历史名人传记

降边嘉措 – 编著

格萨尔王传

四川民族出版社

图书在版编目（CIP）数据

格萨尔王传 / 降边嘉措编著. -- 成都：四川民族出版社, 2025.5（2025.6重印）. -- ISBN 978-7-5733-2219-7

Ⅰ．I222.74

中国国家版本馆CIP数据核字第20255WZ440号

历史名人传记
GESA'ER WANG ZHUAN
格萨尔王传

出 品 人	泽仁扎西
作　　者	降边嘉措
责任编辑	索郎磋么　余启敏
责任校对	李　霞
封面设计	今亮后声
内文排版	四川胜翔数码印务设计有限公司
责任印制	温祥宇

出版发行　四川民族出版社
（四川省成都市青羊区敬业路108号）

印　　刷	四川华龙印务有限公司
版　　次	2025年5月第1版
印　　次	2025年6月第2次印刷
开　　本	710 mm×1000 mm　1/16
印　　张	21.5
字　　数	360千
定　　价	98.00元
书　　号	ISBN 978-7-5733-2219-7

版权所有◆违者必究

电话：（028）80640452

如有印装错误，请与本社联系调换。

前言

《格萨尔》

——一部震撼人心的英雄史诗

从雄伟壮丽的喜马拉雅山脉周边地区到美丽富饶的三江源,在辽阔广袤的青藏高原——这片离太阳最近的地方——到处都流传着一部不朽的诗篇,她的名字叫《格萨尔》。

《格萨尔》是我国藏族人民集体创作的一部伟大的英雄史诗,后来流传到其他兄弟民族中,成为中华民族共同的精神财富和文化遗产。

作为一部不朽的英雄史诗,《格萨尔》是在藏族古代的神话、传说、诗歌和谚语等民间文学的丰厚基础上产生和发展起来的,她代表着古代藏族民间文化的最高成就。这部古老的史诗,通过对主人公格萨尔一生经历细致入微的描绘,展现他不畏强暴,不怕艰难险阻,以惊人的毅力和神奇的力量征战四方、降妖伏魔、惩恶扬善、抑强扶弱、除暴安良、造福人民的英雄业绩,热情讴歌了正义战胜邪恶、光明战胜黑暗的伟大斗争。这部史诗在广阔的背景下，以恢宏的气势和高超的艺术技巧，反映了古代藏族发展的重大历史阶段及其社会的基本结构形态，同时也形象生动地反映了古代藏族人民的宗教信仰、风俗习惯和道德观念，表达了人民群众的美好愿望和崇高理想，描述了纷繁复杂的民族关系及其逐步走向团结、走向统一的过程，揭示出历史发展的必然趋势，是藏族人民智慧的结晶。

《格萨尔》历史悠久，规模宏伟，卷帙浩繁，内容丰富，精深博大，千百年来，在藏族群众中广泛流传，深受藏族人民的喜爱。《格萨尔》在整个青藏高原，包括喜马拉雅山周边地区形成了一个宽阔的流传带，她同时也是多民族文化的一个重要组成部分；她不仅是一部杰出的文学作品，而且具有很高的学术价值、美学价值和文学价值。这部古老的史诗，凝聚着我们中华民族的伟大精神，体现着我国各族人民追求公平、正义和美好幸福生活的理想，是研究古代藏族社会历史、阶级关系、民族交往、道德观念、风俗习惯、宗教文化等问题的一部百科全书式的伟大作品。同古希腊和古印度的史诗一样，《格萨尔》是世界文化宝库中一颗璀璨的明珠，是中华民族对人类文明的一个重要贡献。

国际学术界有人对《格萨尔》给予高度评价，将她称作"东方的《荷马史诗》"。《格萨尔》与《荷马史诗》是世界史诗星空中的双子星座。

《荷马史诗》是古代西方文学的最高成就之一。马克思称赞《伊利亚特》是"一切时代最宏伟的英雄史诗",认为《荷马史诗》"仍然能够给我们以艺术享受,而且就某些方面说还是一种规范和高不可及的范本"①。

恩格斯同样给予《荷马史诗》高度评价,明确指出:"……荷马的史诗以及全部神话——这就是希腊人由野蛮时代带入文明时代的重要遗产。"②而《格萨尔》和《荷马史诗》有着同样的价值和意义。

《格萨尔》这部宏伟的史诗,世代相传,从遥远的古代吟诵至今,还将继续流传下去。她像喜马拉雅山脉那样宏伟雄奇,像长江黄河那样源远流长,奔腾不息,永葆艺术青春。

《格萨尔》的产生、流传、演变和发展过程,是藏族历史上少有的一种文化现象,在我们伟大祖国多民族的文学发展史上,乃至世界文学史上也不多见。她是一首大气磅礴的诗,一首洋溢着蓬勃生机、充满着青春活力的诗,一首孕育着创造精神、闪烁着智慧光芒的诗。从产生、流传的历史来看,《格萨尔》源远流长,有一两千年之久。长期以来,《格萨尔》在辽阔的青藏高原,在环喜马拉雅山周边地区广泛传唱,深受人们喜爱,表现出了强大的艺术生命力。

历史上藏族社会发展的几个重要时期,都对《格萨

---

① 马克思:《〈政治经济学批判〉导言》,《马克思恩格斯选集》第二卷,人民出版社,1970年,第114页。
② 恩格斯:《家庭、私有财产和国家的起源》,《马克思恩格斯选集》第四卷,人民出版社,1970年,第22页。

尔》的流传、演变和发展产生过影响，各重要历史时期的发展变化，都在这部宏伟的史诗里得到直接或间接的反映，使她日趋丰富和完善。反过来讲，《格萨尔》对各个时期藏族文化的发展产生了巨大的促进和推动作用，从而在藏族文化史上确立了她不可替代的重要地位。我们可以毫不夸大地说，在藏族文化史上，没有第二部书能像《格萨尔》那样深刻地反映古代藏族社会发展的历史，对藏族文化的发展产生如此大的影响，《格萨尔》是一部真正伟大的震撼人心的英雄史诗。

《格萨尔》的故事梗概

《格萨尔》是一部关于英雄格萨尔的传奇故事，不仅讲述了格萨尔从诞生到逝世，即从天界到人间，又从人间返回天界的全部过程，还讲述了他诞生之前和逝世之后的故事。根据众多优秀的民间说唱艺人的说唱内容，我们可以把整部《格萨尔》的内容概括为"天界篇""降魔篇"和"地狱篇"三大部分。扎巴老人、桑珠老人，以及其他一些著名的《格萨尔》说唱艺人在说唱时，常常用这样三句话来概括史诗的全部内容："上方天界遣使下凡，中间世上各种纷争，下面地狱完成业果。"

"上方天界遣使下凡"，讲的是诸神在天界议事，决定派天神之子格萨尔到世间降妖伏魔、惩恶扬善、抑强扶弱，拯救黎民百姓出苦海。

"中间世上各种纷争",讲的是格萨尔从诞生到升天的全过程。这一部分全面呈现了格萨尔的全部英雄业绩,也是史诗的主体部分。

"下面地狱完成业果",讲的是格萨尔完成降伏妖魔的使命,拯救堕入地狱的母亲、妻子以及其他一切受苦受难的众生后返回天界的故事。

概括来说,《格萨尔》讲述了这样一个在青藏高原广泛流传的古老故事:

很久很久以前,天灾人祸遍及整个雪域高原,妖魔鬼怪横行无忌,黎民百姓遭受祸殃。他们热切地盼望有一位英雄来拯救他们出苦海。在天界的神佛们为了拯救苦难中的黎民百姓,派神子格萨尔到雪域之邦,做黑发凡人的君王。为了让格萨尔完成降妖伏魔、惩恶扬善、抑强扶弱、造福百姓的神圣使命,史诗的作者赋予格萨尔非凡的才能,把他塑造成神、龙、念(藏族民间传说中的一种厉神)三者合一的半人半神的英雄。

格萨尔降临人间后,多次遭到陷害,历尽艰险和磨难,但由于本身的力量和诸神的保护,他保全了自己,经受了磨炼,增长了才干,对民间的疾苦有了更多、更深、更真切的了解,这增强了他的责任感和使命感。他以超人的神奇力量,率领岭国——古代藏族的小邦——军民,将作恶多端、祸害黎民百姓的妖魔鬼怪统统消灭掉。

史诗里说,格萨尔诞生在长江源头,从诞生之日起就依靠神奇的力量降妖伏魔、惩恶扬善、除暴安良、造福百姓。但是，天神之子下凡转世的格萨尔，在童年时代也历经磨难。他的叔父晁通是一个部落首领，野心勃勃，阴险毒辣，一心想篡夺岭国的王位。格萨尔诞生后，晁通就一直把他看作自己最大的威胁和夺取王位最大的障碍，处心积虑陷害他。格萨尔五岁时，由于遭到晁通的百般刁难和迫害，被迫与母亲移居黄河源头。但是，年幼的格萨尔不仅没有像他狠心的叔叔所希望的那样被冻死、饿死、困死在偏僻荒凉的黄河川，反而以神奇的力量，使这片土地日渐繁荣起来。

格萨尔八岁时，岭地连降大雪，人畜皆无法继续生存，岭地百姓只好向格萨尔的放逐地黄河川迁徙，在格萨尔的帮助下，他们得以在黄河川继续生息繁衍。黄河川水草丰美，牛羊肥壮，确实是个好地方。看到岭国百姓们安居乐业，格萨尔觉得自己完成了一项重大使命，又继续往九曲黄河第一弯的玛麦玉隆松多地方去进行新的开拓。在这里，格萨尔变化为许多化身，降伏了大大小小的妖魔、煞神，使玛麦玉隆松多这个曾经偏僻荒凉的地方，变得繁荣昌盛起来。

格萨尔十二岁时在岭国的赛马大会上取得胜利，并获得王位，成为岭国国王，同时娶了岭国最美丽贤惠的女子森姜珠牡为妃。

格萨尔的坐骑江噶佩布是与他一起从天界下凡的神驹，能通人性，会说人话。格萨尔登上金座后，神驹江噶佩布立于金座一侧，长长地嘶鸣三声，顿时，大地摇动，山岩崩裂，水晶山石的宝藏之门大开，无数珍贵的宝藏滚滚而来，供岭国百姓享用。格萨尔被众神簇拥着，各种宝物饰于其身，仪表堂堂、威武雄壮。格萨尔登上王位后被称作"世界雄狮大王格萨尔洛布扎堆"。

在众人的欢呼声中，格萨尔向岭国百姓庄严宣告："除了岭国的公敌，我格萨尔并无自己的私敌；除了黑发凡人的公法，我格萨尔并无自己的私法。从今以后，我们岭噶布的百姓，有了十善的法纪，就要把那十恶的法纪抛弃。只要我们齐心努力，众生就能长享太平。"

众神随着奇妙的仙乐，热烈祝贺，然后慢慢地离去。岭国民众异常兴奋，兴高采烈地拥向金座，向雄狮大王格萨尔欢呼。这发自心底的欢呼声，震得山摇地动，天上的彩云随之飘舞，海中的浪花随之翻飞。

自降生人世间以来，格萨尔一直犹如被乌云遮住的太阳、陷在污泥中的莲花，虽然为众生做了许许多多的好事，却不为人所知，反而时时遭受误会，处处受到侮辱，被迫流浪四方，历尽艰辛。这大概也是天神的用意，令其吃遍人间之苦再做君王，使其能体恤下情，为众生多办好事。

乌云终于被驱散，污泥终于被冲破，人们欢呼着，岭噶布终于有了自己的君王，百姓们就要过上和平安宁的日子了。

《格萨尔》的结构艺术

前面谈到，《格萨尔》不同于世界上其他著名的史诗，有它自己独特的结构艺术，由"天界篇""降魔篇"和"地狱篇"三个部分组成。

"天界篇"包括《天界占卜九藏》《英雄诞生》《赛马称王》等多个分部本。相当于整部史诗的序篇，主要讲述作为天神之子的格萨尔，为了降妖伏魔、除暴安良，造福百姓，从天界来到人间，历经各种磨难，最后在岭国的赛马大会上取得胜利，成为岭国君王的故事。

格萨尔降临人间，是要降伏那些祸害百姓的妖魔鬼怪，为民除害，所以征战四方、降妖伏魔、除暴安良、造福百姓，成为"降魔篇"的主要内容。这也是整部史诗中最精彩、最吸引人的部分。"降魔篇"包括四部降魔史，即《魔岭大战》《霍岭大战》《姜岭大战》《门岭大战》。

格萨尔降伏"四大魔王"的英雄事迹构成了史诗的主体部分。假如把《格萨尔》史诗比作一座雄伟的艺术宫殿，那么，这四部降魔史就是支撑这座艺术宫殿的四根栋梁。四大魔王被降伏之后，世间还有许多其他妖魔仍在为害百姓，兴妖作乱，格萨尔的英雄业绩也远未完成，仍在继续。于是又出现了若干新的分部本——"宗"。"宗"越来越多，按照内容、情节、规模和篇幅，被划分为"18大宗""18中宗""18小宗"，而且此外又派生出若干更小的"宗"。

"宗",在藏语里是城堡、堡垒的意思。"宗"又指古代藏族社会的部落联盟或小邦。在《格萨尔》里,格萨尔征服一个部落联盟或小邦的过程构成一个相对完整的故事,也形成一个独立的分部本,即"宗",所以"宗"其实就是"征服小邦(或部落联盟)的故事"。"18大宗",讲的就是格萨尔征服18个相对来说较大的"国家"(史诗里自然被夸张成很大的"国家")的故事。"18中宗""18小宗",就是格萨尔征服相对中小、更小的邦国或部落联盟的故事。"18",在藏语里表示多,并不是实指。

从这个意义上讲,《格萨尔》是反映古代藏族部落社会发展历史的一部史诗。迄今为止,在世界文学史上,还没有一部像《格萨尔》这样全方位、多层次、多角度地反映部落社会演变发展的史诗,也没有这样的文学作品。这正是《格萨尔》深厚的历史底蕴、巨大的社会意义、重要的学术价值、非凡的艺术魅力之所在。

在长期流传过程中,由于众多优秀的民间艺人和广大群众的共同创造,史诗的内容不断得到丰富和扩展,枝蔓横生,像葡萄串一样,越来越多,最终发展到120多部,成为世界上最长的英雄史诗。如果加上各种异文本,其篇幅更长,内容更丰富。

整部史诗以英雄格萨尔的成长轨迹和征战经历为中心联结全篇;以事件为中心组织各部,形成连环式的结构，一波刚平，一波又起，一环扣一环，波澜迭起，扣人心弦，引人入胜。《格萨尔》每一个分部本都讲述了一个相对独立的故事，包括三个要素，即缘起、经过、结局。各分部本之间既有联系，又相对独立。这种结构艺术也是《格萨尔》作为民间说唱艺术的一个重要特点，使其便于拍摄成系列电影、电视剧、动画片等"折子戏"。

格萨尔其人

作为英雄史诗《格萨尔》的主人公，格萨尔究竟是真实的历史人物，还是虚构的艺术形象？在民间，在宗教界、学术界，这历来是一个有争议的话题。

藏族社会在赞普时代，赞普用"仲、德乌、苯"治理国家。"仲"是古代历史；"德乌"是古代科学；"苯"是藏族的本土宗教——苯教。藏族社会长期实行"政教合一"的政治制度，宗教观念深入人心，在社会生活的各个领域都有深远影响，因此宗教界对格萨尔其人的认识、理解和评价产生了深刻影响。

关于格萨尔是"人"还是"神"，"有形"（具体人物）还是"无形"（虚拟人物）的争论，都受到宗教观念的影响。

关于格萨尔的艺术形象，我在我的其他著作里多有论述，限于篇幅，这里不展开来讨论。这里着重论述历史人物格萨尔的出生地问题。

《格萨尔》作为一部伟大的史诗，在雪域高原流传广泛。雪域高原的山山水水，许多都与格萨尔的英雄事迹相联系。在康巴地区，当地人们认为格萨尔就出生在这里，是他们的祖先，他们是格萨尔的后代。这里的一切都与格萨尔降妖伏魔、除暴安良、造福百姓的英雄业绩密切相连。四川省甘孜藏族自治州德格县人民认为英雄格萨尔就诞生在德格县的阿须草原上，德格是格萨尔的故乡。这里还有很多相关的民间传说，这在史诗里也找得到相关的描写。

德格县有格萨尔庙，有取材于史诗故事的"格萨尔法舞"，有"格萨尔藏戏"，有"马背上的格萨尔藏戏（演员均骑马演唱）"，更有众多优秀的《格萨尔》说唱艺人。这里独具特色的"格萨尔文化"，成为当地群众文化生活的一个重要组成部分。

从这一方面讲，四川省有关部门将格萨尔列入"四川历史名人"，是有根据的，既有历史文献记载，又有大量的民间传说相佐证。

康巴地区跨西藏、四川、云南、青海四省（区），地处青藏高原与四川盆地连接地带，是多民族交流交往交融的走廊地带，产生了丰富多彩的多民族文化。英雄史诗《格萨尔》，无疑是其中最辉煌壮丽的诗篇。

康巴地区德格县的阿须草原地势开阔，四面群山环绕，雅砻江穿境而过，滋养了这片美丽的草原。当地人因英雄格萨尔诞生在这里而自豪，以传扬格萨尔的英雄业绩为己任。当地群众世代相传,格萨尔的诞生,给这个地方,给他们带来了福气和好运。

《格萨尔》之《赛马称王》中有这样一段描写:

若问觉如①的出生地,
它就叫作吉苏雅,
两水汇合潺潺流,
两岩相对如箭羽,
两个草坪如铺毡。
前山如同大鹏筑高巢,
后山犹如青岩碧玉峰。
右山恰似母虎吼,
左山好比矛刺蓝天。

阿须草原的人们根据古老的传说和其中对格萨尔出生地山川地貌的描绘,结合史诗中的描述,证明格萨尔就诞生在阿须草原。这种说法,流传久远,影响广泛。

从口头传承到经典文本的历史性转折

毛泽东同志生前曾高度赞扬人民群众的历史创造精神。

---

① 觉如:格萨尔少年时代的名字。

在谈到文艺创作时，毛泽东同志高度赞赏人民群众的创造精神，认为人民群众的创造，是一切种类的文学艺术的源泉。毛泽东同志《在延安文艺座谈会上的讲话》中指出："一切种类的文学艺术的源泉究竟是从何而来的呢？作为观念形态的文艺作品，都是一定的社会生活在人类头脑中的反映的产物。革命的文艺，则是人民生活在革命作家头脑中的反映的产物。人民生活中本来存在着文学艺术原料的矿藏，这是自然形态的东西，是粗糙的东西，但也是最生动、最丰富、最基本的东西；在这点上说，它们使一切文学相形见绌，它们是一切文学艺术的取之不尽、用之不竭的唯一的源泉。这是唯一的源泉，因为只能有这样的源泉，此外不能有第二个源泉。"[①]

毛泽东同志在这里一连用了三个"最"，"最生动、最丰富、最基本"，对人民群众的创造给予高度评价和充分肯定。

毛泽东同志接着说："有人说，书本上的文艺作品，古代的和外国的文艺作品，不也是源泉吗？实际上，过去的文艺作品不是源而是流，是古人和外国人根据他们彼时彼地所得到的人民生活中的文学艺术原料创造出来的东西。我们必须继承一切优秀的文学艺术遗产，批判地吸收其中一切有益的东西，作为我们从此时此地的人民生活中的文学艺术原料创造作品时候的借鉴。有这个借鉴和没有

[①] 毛泽东：《在延安文艺座谈会上的讲话》，《毛泽东选集》（一卷本），人民出版社，1967年横排袖珍本，第817页。

这个借鉴是不同的,这里有文野之分,粗细之分,高低之分,快慢之分。"①

早在20世纪50年代,我被调到中央民委翻译局藏文室时,上级领导让我们翻译的第一部毛泽东同志著作,就是《在延安文艺座谈会上的讲话》。以后又对藏文译文多次进行加工修订,精益求精,一版再版。因此,印象深刻,深受教育。毛泽东同志历来十分重视人民群众创造的文学艺术作品,认为这是一切文艺作品的"源"和"根"。《格萨尔》就是藏族人民集体创作的一部伟大的英雄史诗,千百年来,在雪域高原广泛流传,深受群众欢迎。但是,《格萨尔》也不能一直以"口耳相传"的形式在人民群众中流传,随着社会的进步,生产的发展,文学艺术形式的丰富和繁荣,她也必须经历从口头传承到经典文本的转折这样一个历史性的发展变化。《荷马史诗》、印度的两大史诗等,都经历了这样一个发展过程。

毛泽东同志关于《诗经》创作、发展和流传演变过程的论述,给我们以深刻的启示。

苏联外交家、翻译家费德林在《我所接触的中苏领导人》一书中,回顾了他与毛泽东同志讨论《诗经》的情形。费德林回忆说:

> 我们谈到了中国的散文,然后涉及革命浪漫主

---

① 毛泽东:《在延安文艺座谈会上的讲话》,《毛泽东选集》(一卷本),人民出版社,1967年横排袖珍本,第817页。

义的诗歌，我请求对方给我指点语言艺术和智慧的宝库。这里指的是《诗经》，它无疑是中国诗歌的最高典范。

（毛泽东）"《诗经》是中国诗歌的精粹。它来源于民间创作。都是无名作者。创作的年代已经无法查考。这个文献把过去那个久远的年代同我们拉近了。《诗经》代表了中国早年的美学，这种诗感情真切，深入浅出，语言很精炼。"

（费德林）"是不是因为这个原因，几百年来《诗经》一直是中国诗人模仿学习的样本呢？"我问。

（毛泽东）"是的，这是没有问题的。可以说《诗经》中的诗歌对后来每个有思想的诗人都产生过影响。问题在于如何理解这些古代的民间创作。这是问题的实质。对于那些不理解或者曲解了的人我们就不必去说了。我们可以回顾一下那些不仅理解，而且试图模仿这种古代诗学的人。他们模仿的不仅是它的修辞特点，而且继承了《诗经》中民间创作的实际内容。"

（费德林）"您指的是在追随无名前辈的创作方面最有成就的诗人吧！"

（毛泽东）"是的啰。可以说，这是语言艺术和诗歌形象发展中最有价值的内容。古代无名作者的天赋是把自己的思想意念变成简练的诗歌和歌谣。"①

同样，《格萨尔》代表了古代藏族语言艺术的最高成就。《格萨尔》产生于远古时代，反映的是古代藏族历史。有人根据史诗《格萨尔》里的只言片语，论证《格萨尔》产生在什么年代，那是没有科学根据的，也是不严谨的。

从毛泽东同志关于《诗经》的论述，我们可以清楚地看到，从"无名氏"作者在民间"口头传承"，到发展成为"经典文本"，搜集资料，去粗取精，编纂整理，刊印成册，是一个必不可少的中间环节。这个中间环节，是一个漫长的过程，有时可能需要几十年、几代人的努力。

毛泽东同志指出："人类的社会生活虽是文学艺术的唯一源泉，虽是较之后者有不可比拟的生动丰富的内容，但是人民还是不满足于前者而要求后者。这是为什么呢？因为虽然两者都是美，但是文艺作品中反映出来的生活却可以而且应该比普通的实际生活更高，更强烈，更有集中性，更典型，更理想，因此就更带普遍性。"②

毛泽东同志在这里一连用六个"更"字，说明了经过优秀的文人严肃认真的加工、编纂而成的"文艺作品"比普通的实际生活的优势所在，因此，它们也就能够流传更

---

① ［俄］尼·费德林：《费德林回忆录：我所接触的中苏领导人》，新华出版社，1995年，第15—16页。
② 毛泽东：《在延安文艺座谈会上的讲话》《毛泽东选集》（一卷本），人民出版社，1967年横排袖珍本，第818页。

久远，更广泛。

《诗经》经过孔子等人的搜集、整理，比原来流传在民间的诗歌更"精粹"，更优美，最终成为"六经之首"，流传至今，依然受到千千万万读者的欢迎和喜爱。如果《诗经》没有经过搜集、整理，可能早就淹没在历史的尘埃之中，中华民族乃至整个人类，将会失去一份珍贵的文化遗产。

从口头传承到文字记录，编纂整理使民间文学作品成为更高形态的艺术精品，成为经典作品，更便于保存和传播。这也是世界上一切伟大的史诗和其他优秀的民间文学作品发展的一个共同规律。

之前以口头传承为主的《格萨尔》还需要我们去完成整理工作。从目前搜集的情况看，《格萨尔》有几百部之多，若全部翻译成汉文，有几亿字。如四川民族出版社编辑出版的《格萨尔大王》，就有300多部，一亿多字。

不编纂整理不便于保存，不利于学习，不利于传承。而编纂整理的基本要求是，既要保持民间文学即人民群众口头创作固有的风格和特色，保持《格萨尔》的神韵，又要提炼和升华，使之风格更突出、更鲜明、更强烈，更有感染力，更能震撼人心，更具艺术魅力。

时代在发展，社会在进步。人类社会进入20世纪以来，中国社会发生了深刻变化。尤其是改革开放以来，与全国其他地区一样，涉藏地区社会生活也发生了深刻变化。《格萨尔》赖以产生、流传和演变发展的社会生态环境和文化生态环境亦发生了变化。口耳相传的传承形式会被其他更为便捷的方式所取代。年轻一代的史诗传承人将与时俱进,以更加现代的形式传承《格萨尔》。

目前,《格萨尔》史诗正处于从口头传承到经典文本的历史性转折时期。我们编纂、整理、出版藏文《格萨尔》精选本,并有计划地将它们翻译成汉文,正是这一时期的一项重要工作。我们的祖国是一个以汉族为主体的统一的、多民族大家庭。用汉文翻译、编纂《格萨尔》经典文本,能够使《格萨尔》在更大的范围内得到传播,有利于促进和推动各民族之间的文化交流、交往和交融,铸牢中华民族共同体意识,从文化艺术领域,促进祖国大家庭的凝聚力、向心力和亲和力。

这正是编写出版本书的初衷,其价值和意义也在于此。

目录

引　子 _001

第一章　畏艰难神子不愿下凡 _009

第二章　出祥瑞神子降临岭国 _029

第三章　施幻术觉如母子被逐 _051

第四章　赛马会夺魁荣登金座 _071

第五章　大王亲征降伏阿琼王 _101

第六章　降伏辛赤王三军凯旋 _131

第七章　别乡亲大军齐赴嘉地 _143

第八章　历经波折两国王相见 _157

第九章　除祸害岭王焚烧妖尸 _173

第十章　归途中秦恩泪说身世 _181

第十一章　染重疾阿达魂归地府 _193

第十二章　断是非判魔女入地狱 _207

第十三章　救妻心切独闯阎罗殿 _217

第十四章　悯鬼魂大王念诵心咒 _237

第十五章　念情深大王虔诚祈祷 _257

第十六章　偿孽债阿达终得解脱 _275

第十七章　谢恩情与母亲话离别 _291

第十八章　携二妃雄狮回归天界 _299

引子

一

读者朋友们都知道，史诗作为一种民间文学作品，从本质上讲，是人民群众，主要是他们当中涌现出来的优秀的说唱艺人们用嘴唱出来的，而不是文人用笔写出来的。因此，史诗《格萨尔》最重要的特点是她的群众性和口头性。从本质上讲，就是她的人民性。

史诗，顾名思义，她首先是诗。诗性，是《格萨尔》的本质特征。我们说《格萨尔》有多少部、多少诗行，主要说的是她的诗歌部分。民间艺人在讲述格萨尔的故事时，用通俗易懂的语言讲述，这就是散文部分。讲到精彩动人处，用普通的叙述语言无法完全展现情节的惊心动魄，于是说唱艺人禁不住放开歌喉，纵情歌唱。所唱内容全是韵文，也就是诗。所以说，史诗《格萨尔》散韵结合，以韵文为主，散文为辅。这种散韵结合的形式，给后来的翻译者和编纂者带来很多困难和挑战。如果完全按字面翻译，不了解故事情节的读者很难透彻理解其内涵，因此适当的加工、润饰有时确有必要。

比如，第一个故事叫"天界占卜九藏"。"天界"比较好理解，按照古代藏族人民的"三界观"，"天界"是神仙居住的地方。"占卜"就是古代的占卜术，通过它观天象，查吉凶。那么"九藏"是什么意思呢？史诗里说，生活在雪域高原的黑发凡人遭受深重苦难，天神看到后于心不忍，决定派天神之子到雪域之邦，拯救受苦受难的黑发凡人。

但是，天神之子在天界享受着神仙的幸福生活，不愿到人世间去受苦受累，想尽办法躲藏。然而他怎么能够躲过天神的慧眼，天神经过占卜，很快找到了他藏匿的地方。天神之子连续躲藏了多次都被天神找到，这就是"占卜九藏"的故事。最终他听从天神的教诲，降临雪域高原，完成了拯救苦难深重的黑发凡人的神圣使命。

那么，生活在雪域高原的黑发凡人究竟遭受了怎样的深重苦难？而天神之子为什么不愿到雪域高原？他是怎样连续躲藏了多次？天神是如何说服天神之子的？之后他经历了哪些险阻最终完成了拯救黑发凡人于苦难的神圣使命？

让我们按照说唱艺人的思路寻找答案。

二

雪山连绵的雪域高原,是我们这个星球上海拔最高、离太阳最近的地方。在这片古老而神奇的土地上,到处都流传着一个古老的传说。从长江、黄河的源头地区,到雅鲁藏布江流域;从狮泉河、象泉河、孔雀河、马泉河流域,到金沙江、澜沧江、怒江流域;从阿尼玛卿山、唐古拉山,到喜马拉雅山周边地区;从阿里高原到嘉绒地区;从广袤无垠的羌塘草原,到如诗如画的若尔盖大草原;从一望无际的果洛草原、玉树草原,到温暖湿润的门隅地区;从多彩多姿的德格、色达,到四季如春的波密、林芝,藏族人民世世代代传唱着一首不朽的诗篇,她就是《格萨尔》。

传说很久很久以前,北方极地和天湖之间,草木茂盛,森林参天,猛兽遍布。在一个幽深的峡谷中间,有一块黑色巨石,状如牦牛,其下压着铁蝎子三兄弟,他们一只咬着另一只的尾巴，环绕在一起，谁也摆脱不了谁，痛苦万分。一天，从东方五台山来了一位金刚大佛，看见巨石下的蝎子三兄弟，顿生怜悯之心，把铁杵扔过去，巨石立即被击得粉碎，三只蝎子得救了。他们十分喜悦，立即对天神祈祷，希望从此获得解脱。但是，由于前世罪孽深重，他们又转世成了九个头连在一起的雪猪子，模样丑陋，行动不便。

在三十三天神境居住的梵天王看见后，认为这是不吉利的征兆，立即挥动水晶宝剑将雪猪子的九个头齐刷刷地斩断。它们立即变成四个黑头、三个红头、一个花头和一个白头。四个黑头滚下坡时向上天祈祷：我们是恶魔的精灵，但愿来世能变成白业善法的仇敌、世界的主宰。这四个黑头后来成了北方魔国的鲁赞王、霍尔国的白帐王、姜国的萨丹王、门国的辛赤王——危害世界安宁、涂炭生灵的四大魔王。

三个红头滚下山坡后，第一个转世成为辛巴·梅乳泽；第二个转世成为禅师桑结嘉；第三个转世成为霍尔国的唐泽玉周。

那个花头滚得很远，他边滚边祈祷：但愿来世能投生在一个白业善法昌盛的地方。后来他降生在岭国，名叫切喜古如，终生积德行善，救助有难之人，但未能成就大业。

那个白头将一把黄花抛向天空，并虔诚祈祷：但愿来世能变成降伏黑魔的屠夫[①]、拯救众生的上师、主宰世界的君

[①] 屠夫：在藏语里，"屠夫"有两种含义。这里指降妖伏魔、惩恶扬善的大英雄，没有贬义。

王。他的善心感动了上苍，所以他后来成为威震四方、名扬天下的英雄——格萨尔。

岁月流逝，在九个头颅落下之后不知过了多长时间，某日，雪域之邦的上空突然被迷雾笼罩，一片灰茫茫的阴暗景象。倏地，从空中降下黑、白、紫、红等各色刺眼的光团，分别散落在岭噶布的四周，又瞬息消失不见了。这些光团所到之处都留下一道道深深的黑色印迹，所触到之物都化为齑粉。而后哀鸿遍野，百兽乱蹿，草木枯萎，庄稼无收，六畜疲病……种种不祥的迹象使人们陷入了极度恐慌之中。

世尊阿弥陀佛转动念珠，知道这是四个黑头投生转世的征兆，它们即将转世成为四大魔王——北方魔国的鲁赞王、霍尔国的白帐王、姜国的萨丹王和门国的辛赤王，会毁坏白色善业，危害黎民百姓，雪域之邦的黑发凡人将陷入苦难深渊。他念诵咒语，将一道佛光降在牛尾洲无量光神宫上。白玛陀称王见状，立即双手合十，迎向佛光，只见有一金刚杵置于八瓣莲花之中，闪耀着五色光彩。他将世尊阿弥陀佛的教言记在心里，等待那一天的到来。

数年之间，雪域之邦的人们如同生活在无底的深渊，时时刻刻都有不幸的事情发生，分分秒秒都有愤恨的怨念出现。这里刮起了一阵阵邪恶的妖风，这股风带着罪恶，带着魔鬼到来。晴朗的天空变得阴暗，嫩绿的草原变得枯黄，人们不再相亲相爱，也不再和睦相处，开始刀兵四起，硝烟弥漫，生灵涂炭，白骨森森，血流成河。

人们纷纷向天祈祷，祈求慈悲的天神拯救受苦受难的黑发凡人。

天神对众生十分怜悯，为他们虔诚的祈祷所感动。为了消灭恶魔，造福众生，天神为众生连续做了三次降伏恶魔的法事，以求众生安乐。但是，天庭中罪恶深重的奸臣们想尽一切办法来阻止降魔法事，导致降魔法事没能顺利完成。

降伏妖魔的好机缘被错过，妖魔更加猖獗，从雪域之邦的边地侵入腹心地区。一群群妖魔横行无忌，无恶不作，他们扒人皮，吃人肉，喝人血，吞人骨。雪域之邦变成了一片苦海，安居乐业的众生遭受了前所未有的涂炭。

大慈大悲的观世音菩萨①，看到雪域之邦的黑发凡人遭受深重苦难，心中大为不忍，就向极乐世界的救主阿弥陀佛恳请道：

西方极乐世界的教主阿弥陀，
请看看不净轮回②的地方！
您的慈悲最无偏无向，
请您给雪域藏地苦难的众生发一道佛光。

---

① 观世音菩萨：即观音菩萨，为佛教佛祖之一，通常与大势至同为阿弥陀佛左右胁侍，合称"西方三圣"。佛经说此菩萨广化众生，示现种种现象，名为"普门示现"，有说三十三化身，有说三十二化身。其塑像或图像在藏传佛教中为男相。

② 轮回：佛教关于善恶报应的基本学说之一，意为如车轮回转不停，众生在三界六道的生死世界中循环不已。"六道轮回"即在天、阿修罗、人、畜生、饿鬼和地狱之间进行。六道中，前三者叫作"三善道"；后三者叫作"三恶道"，亦称"三毒"。

世尊阿弥陀佛稍微转动了一下脖颈，一道金光立即为观世音菩萨指明了方向。阿弥陀佛告诉观世音菩萨，在三十三天神境里，梵天王威丹噶尔和天母曼达娜泽有一个王子叫德却昂雅。德却昂雅和王妃所生的儿子叫推巴噶瓦①，他的前世是大梵天王的第十五个神子博朵噶布，将降生在人世间的南赡部洲。他将成为人世间的大英豪，降妖伏魔，除暴安良，教化众生，使雪域之邦脱离恶道，让黑发凡人享受太平安乐的生活。"请你前去牛尾洲②，把我的这些话告诉白玛陀称祖师。那他就知道该怎么办了。"

　　观世音菩萨得到世尊的明训，立即向牛尾洲飘去。

---

① 推巴噶瓦：藏语音译，意为闻者欢喜，名字说明他是一位招人喜爱的神子。
② 牛尾洲：亦称拂尘洲，传说中南赡部洲西方海岛名，八中洲之一。

第一章

畏艰难神子不愿下凡

一

　　话说居住在三十三界天幸福天宫中的神子推巴噶瓦，沉浸在安然自得的幸福生活之中，他早已淡忘了要去人间降妖除魔、除暴安良、造福众生的宏愿。当白玛陀称祖师宣示他将要转世人间时，他极不情愿，百般推托。他不愿舍弃神仙生活，更不愿再受轮回之苦。因为他已在天界、龙界、念界轮回转生了无数次，他清楚地记得轮回转生的种种痛苦和磨难，所以他选择了逃避。或许，在冥冥之中，他在等待着什么。

　　想此苦衷难以言说，推巴噶瓦闷声走出了神殿。

　　大梵天王明白这孩子的心事和顾虑，只缘于他那不同寻常的经历，他想：很久很久以前，这神子曾是自己的第十五个儿子，聪敏伶俐，生性贤良，在众神子中最讨自己喜欢。在投生为神子之前，他在上方清静界轮回投生了五百次，又在下方不清净界轮回投生了五百次，在上方天界以天神身份静修了三百天年[①]，在中间念[②]界以念神身份静修了近一百念年，在下方龙界以龙神身份静修了近六十龙年[③]；然后投生于人世间，以上等贵人、下等贫民的身份投生无数次，才终于历尽磨难，功德圆满，转世投生到大圆满无量光佛殿，成为我的爱子博朵噶

[①]　天年：按照藏传佛教的说法，一天年相当于世上数万年。
[②]　念：古代藏族传说中的一种厉神，汉语中没有相应的词汇来表达，意译为"念"。据说一念年相当于世上数万年。
[③]　龙年：据说一龙年相当于世上数万年。

布①，之后又转世为德却昂雅之子……如今，诸天神偏偏认为只有他才能完成降妖伏魔、除暴安良、拯救众生的伟业，这大概是天意。作为天父的我，既不能违背天意，又不能违拗众神的意愿，只好应允。

人们常常感慨世事难，哪里想得到，至尊至圣、至高无上的天父也有为难之时。

大梵天王由此想起了那难忘的往事：

博朵噶布端坐在无量光佛殿莲池中一朵巨大的黄色莲花中间，如同花蕊。博朵噶布静思默想：自己那么多次投生转世，历经磨难，备受艰辛，没有过几天安静舒心的日子，刚刚回到天父身边，怎么又让我到下方人世间去？神子感叹命运如此多舛。恰在这时，天神的使者来到莲花池畔，将他请到神殿。

诸神庄严地坐在神坛上，尊者无量光佛降下旨意："雪域之邦由于四方妖魔作乱，白业善法有毁灭的危险，众生遭受深重的苦难。你博朵噶布早上是降妖伏魔的屠夫，晚上是拯救众生的上师，只有你能担此重任。"

神子博朵噶布双手合十，双膝跪地，向众神请求："我不愿再投生到人世间，以前多次投生转世，受尽了苦难，再不愿受这种苦。"

博朵噶布还从心灵深处呼喊：尊敬的父王啊，您就忍心让孩儿再去受苦受难吗？！

但他的父王没有说话。

众神你一言我一语地告诉博朵噶布，他一定要到人世间去，只有他才能完成这一伟大使命。

博朵噶布心想，诸神众口一词，看来无论怎么请求、祈祷也没有用。他不再请求，想出了隐遁藏匿的主意。

趁坐在神坛上的诸神不注意，博朵噶布化作一道白光消失了。白光直射到东方雪山之巅的不动罗汉②住地，寻求这位法力无边的罗汉保护。博朵噶布认为高居于雪山之巅，神佛不易找到自己。

众神不知神子的去向，到处找也找不到。大梵天王自然知道自己的爱子藏匿

---

① 博朵噶布：藏语音译，意为洁白的宝石。
② 不动罗汉：佛教中六种罗汉之一。罗汉中根性最利，不为烦恼所动乱者。

在什么地方。但是，他什么也不说，装作不知道。他心想：就看你们诸神的本事了，你们不是众口一词地要博朵噶布到人世间去，别的谁也替代不了吗？现在就看博朵噶布这孩子的命运啦！

正在其他神着急的时候，极乐世界怙主无量光佛和世尊白度母用他们智慧的目光环顾四方，发现神子正在东方雪山之巅不动罗汉住地的后花园里采摘鲜花，于是白玛陀称祖师幻化成一个八岁大小的童子，也到花园里去采花。白玛陀称祖师幻身到了那里，假装无意地问神子："你在这里做什么？"神子回头见是一个童子，回答说："我在这里享用无尽的资粮①。"说完两人一起在花园里流连嬉戏，度过了一段美好时光。白玛陀称祖师知道该是请神子回去的时候了，说道："我俩到雪山之巅去，好不好？听说那里有很多好玩的地方。"神子毕竟还是孩子，童心未泯，听到还有更好玩的去处，便忘了自己在藏匿，同意一同登上雪山之巅。

二人来到雪山之巅，首先映入眼帘的是两只正在互相追逐玩耍的雪白狮子。神子十分喜欢，转过头对童子说："你快看啊……"蓦地，他才发现那个童子并没有看狮子玩耍，而是目不转睛地盯着自己；定睛再一看，发现原来是白玛陀称祖师的幻化之身。没等白玛陀称祖师说一语，神子立即化作一道白光飞向佛祖的故乡——灵鹫山，那是佛祖传经布道的地方。

灵鹫山附近有一个叫玛哈坝喇的大草原，那里放牧着一群骏马，神子幻化成一匹五彩的骏马——智慧神驹②，混入马群中，但还是被白玛陀称祖师认了出来，被带回了天界。

他们途经东方嘉地的五台山时，神子看到文殊菩萨胸中射出的光芒形成一座巨大的坛城，暗自思忖：若藏在这个坛城之中，别人是不会发现的。于是又化作一道白光，来到文殊菩萨跟前，双手合十顶礼，真诚地说："诸神都要我到人世间去降妖伏魔，弘扬白色善业，引导众生向善，可是我不想去。请大佛允许我在这里暂避一阵子。"文殊菩萨将神子藏在一个大钵之下。

白玛陀称祖师没有找到神子，只得返回天界告诉诸神，神子在返回途中逃

---

① 无尽的资粮：梵语，音译作"三摩地"，指具有无限的福报，能使身心愉悦。
② 智慧神驹：传说出生在灵鹫山附近的一种骏马。

逸，不知去向。无量光佛、释迦牟尼佛、无量寿佛、大日如来佛①、法身普贤如来佛②、报身大悲观世音菩萨等知道神子正被文殊菩萨保护，又派白玛陀称祖师去请求文殊菩萨让神子回天界。文殊菩萨听后大怒，说："我没有见到什么博朵噶布，没有见到什么神啊佛啊到我这里来。"白玛陀称祖师见状，不知如何是好，只身回来向众神禀报。

文殊菩萨竟然说假话，还故作生气状，观世音菩萨听后很愤怒，立即来到文殊菩萨面前，斥责道："当此众生遭受大灾大难，需要神子去拯救之时，你若不交出博朵噶布，我就把你的道场五台山彻底摧毁，不留一点儿痕迹。"说完便将自己的身躯变作上顶蓝天下触大地的巍峨大山，右手将五台山举起，准备将它砸得粉碎。文殊菩萨见状，心想：神子有难，向我求救，我理应伸出援手帮助他；但是，若不把他交出去，恐怕会遭遇灾难性后果。正当文殊菩萨犹豫之际，神子自己从大钵之下走出来，表示愿意回到天界去。

神子回到天宫中静思了两个多月，还是没有做好下界的准备，心里还是诸多不情愿。有一天，他秘密走出天界，行走在虚空之中，忽然看见居住在虚空中的世间命运的主宰丹金噶瓦纳布③。这丹金噶瓦纳布头戴上方嘉噶的法帽，脚蹬下方嘉纳的靴子，腰间系着卫藏四翼④的腰带，具有威震三界⑤的气势，手里拿着一个能够震动世界的大风箱。神子见状，灵机一动，化作一股风钻进大风箱之中。他心想：这回我藏在这里，诸神应该无法再找到我了。丹金噶瓦纳布只觉得手中的风箱突然变得沉重，他用力抖动，突然从风箱里钻出一个比水晶还要晶莹剔透的童子。丹金噶瓦纳布感到很惊奇，就问他道："你是谁？到这里来做什么？"

神子双手合十顶礼，恭敬地说："我是大梵天的儿子博朵噶布，从前受过许多苦，现在居住在无量光佛的神殿，但是神、龙、念三界诸神异口同声地要我到下界去降妖伏魔，除暴安良，可是我不愿意去，所以到您这里来躲藏。"丹金噶

---

① 大日如来佛：又称明照佛。梵音译作毗卢遮那。五佛之一。
② 普贤如来佛：藏语称"贡都桑布"，原意为完美无缺，尽善尽美。一些高僧大德亦被尊称为"贡都桑布"。苯教称之为"报身"或"应身"。
③ 丹金噶瓦纳布：以山羊为坐骑的世间护法神，意译作"骑羊护法"。
④ 卫藏四翼：指前藏、后藏和阿里地区。
⑤ 三界：佛教用语，指欲界、色界和无色界。

瓦纳布说："既然你不愿住在华丽的神殿，要到我这里来避难，那就住下吧，我会尽力关照，你就放心吧。"

观世音菩萨得知丹金噶瓦纳布把神子藏匿起来了，也幻化成一个比水晶还要晶莹透亮的童子，来到丹金噶瓦纳布跟前，问："丹金尊者，你在虚空之中做什么？"丹金噶瓦纳布回答说："我在锻造箭、刀、矛三种利器。"童子又问："你有没有看到一个小男孩？"丹金噶瓦纳布回答说："我在虚空中走动，什么也没有看见。"那童子又追问："那你看到过一个比水晶还透亮的孩子吗？"丹金噶瓦纳布笑着说："你自己就是一个比水晶还要透亮的孩子，还找什么'比水晶还透亮的孩子'？"

观世音菩萨暗自思忖：看来不让白玛陀称祖师用法力来降伏①丹金噶瓦纳布，他是不会把神子交出来的。于是他立即到白玛陀称祖师那里，说："神子被丹金噶瓦纳布藏匿，您若不去用点非常的法力降伏，他是不会把神子交出来的。"

白玛陀称祖师乘着一片祥云来到丹金噶瓦纳布跟前，左手叉腰，右手托着一尊金刚，沉下脸来，严厉地问道："在你的大风箱里藏着什么？"丹金噶瓦纳布吓得说不出话来，只愣愣地看着白玛陀称祖师。白玛陀称祖师接着说，"你头戴上方嘉噶的法帽，脚登下方嘉纳的靴子，腰间系着卫藏四翼的腰带，具有威震三界的气势，好不威风啊！你违背佛祖的教诲，杀戮众生，罪孽深重，今天我要降伏你。"丹金听了立即匍匐在地，虔诚地说："受人尊崇的上师，过去的事是我错了，现在你要我做什么，我就做什么。"白玛陀称祖师说："你现在马上把神子给我带来。"

丹金把风箱放在白玛陀称祖师面前，神子自己从风箱里走了出来，俯首拜见白玛陀称祖师。白玛陀称祖师对神子说："你同我一起回天界去吧。"祖师移动目光，又对丹金噶瓦纳布说："从今天起，你要保证不杀生，不做恶，为众生做善事。如果你继续作恶，我会用最严厉的法术降伏你。"丹金噶瓦纳布连连磕头，保证按照白玛陀称祖师的教诲去做，并将铁锤、钳子和风箱这些锻造杀人武器的工具恭恭敬敬地交给白玛陀称祖师，保证以后再也不造杀生的罪孽。

---

① 用法力来降伏：藏语称"当拉达"，是专指用一种特殊的法力和手段将对手降伏，让其受自己控制，不同于一般的用武力征服对方的情况。按照藏传佛教中的说法，白玛陀称特别擅长用这种法力降妖伏魔。史诗《格萨尔》里有很多关于这方面的描述。

就在白玛陀称祖师教诲丹金噶瓦纳布的时候，神子化作一道彩虹消失了。

白玛陀称祖师没有办法，只好返回天界，向大救主无量光佛禀报。无量光佛召集诸神，会占卜的占卜，会打卦的打卦，看神子究竟跑到什么地方去了。白玛陀称祖师将法冠抛向天空，又扔到地上，看有什么征兆显示。如此反复，仔细观看后，发现神子藏在远方大海之中一个神奇的大帐篷里，得到白玛苏丹女王的庇护。为了保护神子，大海之上掀起了巨大的风浪，将帐篷遮蔽，使外人不容易发觉。但是，这点法术瞒不住足智多谋的白玛陀称祖师，在数十万空行母①的护卫下，白玛陀称祖师走到大海之中，来到大帐篷前，要白玛苏丹女王交出神子。

女王道："我没有看到什么神子，他想来到这里，要跨过大海，没有谁能跨越这浩瀚的大海；即便能跨越大海，也无法走进这巨大的风暴；即便能走进这巨大的风暴，也无法走进这彩虹般神奇的殿堂。"

白玛陀称祖师说："女王你不要这么说。当前南赡部洲妖魔横行，黑色恶业横行天下，白色善业面临毁灭的危险，你不要把神子藏起来，他有降妖伏魔、惩恶扬善的神圣使命。"

女王从彩虹般神奇的殿堂走出去，向下观望，正如白玛陀称祖师所言，众生正在遭受深重苦难，亟待神子去拯救。于是，女王将神子请出来，请他飞回天界，完成应尽的神圣使命。

神子回到天界，心绪一直不宁静。一天，趁众神不注意，他偷偷地跑到佛祖释迦牟尼面前，诉说心中的苦闷与疑惑。他说："受人敬仰的佛祖，您是弘扬佛法、拯救众生的救世主，我想在您这里得到救助。"佛祖问他："你是不是神子博朵噶布？"神子回答说："是。"佛祖说："感谢你到我这里来。"他俩相谈甚欢，非常投缘，神子在这里一连住了十二天。

而在无量光佛神殿，诸神又找不到神子，急得团团转。白玛陀称祖师占了一卦，说："在雪域之邦有一座神奇的殿堂，是佛祖居住的地方，神子会不会到他那里去了？"无量光佛："那就辛苦你去看看。"白玛陀称祖师便乘着太阳的光芒，沿着彩虹之路，用比闪电还快的速度到达佛祖殿堂门口，对门卫说："我

---

① 空行母：指女神。

曾经在这里降伏七个鬼蜮,现在有两个鬼蜮已经逃跑。"这时,佛祖从殿堂里出来,他们互相顶礼致敬如仪。佛祖向白玛陀称祖师微微点头,问:"大师缘何到此?"白玛陀称祖师微微一笑,说:"我是来找神子博朵噶布的。"

佛祖请白玛陀称祖师到殿中,亲密交谈,畅聊几盏茶的工夫后,佛祖把神子博朵噶布请了出来,诚恳地劝慰他说:"你现在应该与我们一起回到天界去。"佛祖又谆谆教导,"此前我多次跟你说过,对拯救众生出苦海,不要再畏难躲藏;你应该排除万难,尽快到人世间去。"

神子见佛祖不愿收留自己,而且要亲自送自己到天界,只好答应与他们一起返回天界。他恭恭敬敬地向佛祖与白玛陀称祖师磕了三个头,表示愿意听从教诲。

神子回到殿堂,在佛像面前默默打坐,让自己浮躁的心沉静下来,细细反思自己最近以来的所思所念、所作所为:我不愿到人世间受苦受累,一连藏匿了九次,诸神不但不责怪我,抛弃我,另选神子,而是一直寻找我,劝导我。慈祥的父王袒护我,暗中保护我,而不直接让我去人世间。为了拯救黑发凡人出苦海,弘扬白业善法,消除黑业恶法,慈祥的父王是在启示我,磨炼我。我博朵噶布怎么这么不懂事,还以为自己了不得,天上地下到处躲藏。凭我小小的本事,怎么躲得过诸神的慧眼,怎么能逃出父王的手心?!

神子博朵噶布开悟了。

回到天宫神殿中,神子坦诚地对众神说:"你们要我到人世间,拯救受苦受难的黑发凡人,我考虑再三,还是不能去。请你们想一想,那里的人饲养牝牦①、母犏牛和母黄牛,挤下香甜的牛奶,喝下的牛奶有海水那么多;制成珍贵的酥油,堆积起来有山那么大。但是,当牝牦、母犏牛和母黄牛老了,没有乳汁可挤时,就将它们宰杀,牛肉让孩子吃,牛血让孩子喝,牛皮做成衣裳让孩子穿。公牦牛、公犏牛和公黄牛,役使它们驮运和耕地,等到不能再役使时,就吃它们的肉,喝它们的血,牛皮做成衣裳给孩子穿。骏马、骡子和毛驴,他们将其作为运输工具,从东方嘉纳运茶到藏地,又从西方嘉噶运丝绸布匹到藏地。人们用鞭子抽打,让它们迅速奔跑不停留,休息时只给一点水和草料。待到衰老无用

---

① 牝牦:即母牦牛。

时，就将它们遗弃山野，雕鸠活活地将它们的眼珠叼，尚未断气就被野狗咬。哪有一点慈悲怜悯之心？那个地方没有人积德行善，没有人信奉白业善法，没有人念经信佛①。他们欢喜时高歌狂舞声震天，悲痛时哭泣之声遍大地，彼此怨恨，互相仇杀、诬陷、蔑视尊贵者，寺院殿堂遭毁坏。这样的人难以教化，这样的地方我绝对不去。你们当中有很多能人，请让他们去拯救受苦受难的众生。"

大日如来听罢，微微一笑，说："神子，你不能这么讲，能够到人世间的佛很多，但能够降伏四方妖魔的，却只有神子你一个，这是你的缘分，也是你神圣的使命。"

神子听罢，不直接回答大日如来的话，而是说身体有些不适，离开神殿，来到莲花园中，在一朵巨大的黄色莲花之上游玩。神、龙、念三界的诸神认为神子最近天上人间到处奔波，一定很劳累，暂时不会到哪里去，就任由他在莲花园里玩一会儿。

神子敏感地注意到众神放松了对自己的管制，从莲花之上一跃而起，幻化成一只白色的青蛙，跳到龙宫去了。神子对龙神鲁毒仓说："我从天界来，想到龙宫来住，请您保护我，不要对别人讲。"龙神鲁毒仓心想：这么漂亮一位神子从天界来到我龙宫，是我们龙界的福分，也是一种吉祥的征兆。于是将神子请到一间住满蛇和蛙的小宫殿，拿出龙宫最好的食物请神子享用。

神、龙、念三界的诸神发现神子不见了，四处寻找，可是没有找到，占卜也失去了灵性，不灵验了，仿佛整个世界被迷雾遮蔽，就连空行母的慧眼也看不见什么。观世音菩萨非常生气，他把戴在手腕上的水晶佛珠撸下，撒向虚空。霎时，虚空中卷起狂风，山摇地动，如同发生强烈地震；大海波涛翻涌，巨浪滔天，水晶珠子如冰雹般落到龙宫中的蛇和蛙身上。一颗硕大的珠子落在一只白蛙后背，镶嵌进去，怎么也取不出来。过了一些时候，观世音菩萨用他智慧之眼一看，看到神子藏在龙宫里。观世音菩萨知道要从龙宫中把神子带上来是非常困难的事情，不知如何好。恰在这时，白度母来到跟前，说："到桑东白日神山②去

---

① 信佛：藏语里叫"曲"，也翻译成"佛法"。"曲"的本意泛指一切善良、正义、慈悲的观念和行为。神子说他们不"信佛"，不是说他们不信奉佛教，而是说他们没有善良、正义和慈悲之心。

② 桑东白日神山：传说中白玛陀称祖师居住的地方。

请白玛陀称祖师,他会有办法的。"观世音菩萨立即到桑东白日神山去见白玛陀称祖师,告诉他:"神子藏到龙宫去了,请您赶快去把他找回来。"在外部拂尘洲①圣地,莲花光环照射下,宝石制作的法床上,白玛陀称祖师头戴周围用盛开的莲花镶边、顶部插金刚针杵、上面用鹏鸟的羽毛装饰的莲花法冠,身披三套法衣,手托吉祥大钵,与观世音菩萨一起来到众神聚集的地方。

白玛陀称祖师说:"若不答应博朵噶布提出的条件,就是把他找回来,他也依然会逃逸。"

众神说可以满足神子提出的任何条件,有劳白玛陀称祖师去将他找回来。

白玛陀称祖师幻化成神医三兄弟,来到龙宫。当时龙宫里正流行一种很严重的瘟疫,以麻风病和黄水疮最为严重,造成宫中成员有的肢体残疾,有的眼瞎,有的耳聋,有的成了哑巴,整个龙宫痛苦不堪。白玛陀称祖师幻化成的三个医师立即给他们治疗——哑巴会说话了,盲人能看清世界了,残疾人变健全了,麻风病和黄水疮都被治愈了。龙王拿出奇珍异宝,大批马、牛、羊等牲畜送给医师,表示酬谢。三位医师将这些珍宝送给东方玛沁邦拉神山左边的帕热万户长和茹赤万户长,然后在龙宫的吉祥泉水里放了六味药品,诵经祈福,结果龙宫里所有的疾病都被治愈了,菩提树上结出了从未结过的硕大果实,丝绸、金、银、铜、铁、珊瑚、珍珠、玛瑙等奇珍异宝取之不尽、用之不竭,红、白、甜三食②比过去更加丰盛。龙王的儿子桑玛云丹也变得更加英俊,与三位神医相见,彼此都十分喜悦。他们对龙子桑玛云丹说:"以后会有你大有作为的一天。"并赐给他甘露,为他祈福。龙王和龙子非常高兴,向医师们表示感谢。这时,白玛陀称祖师现出真容,说:"天神的儿子到龙宫里来了,现在在什么地方?"

龙王说:"您说天神的儿子到龙宫来了?我这里没有什么孩子。"又说,"您到龙宫帮我们治愈了疾病,为了报答对您的恩情,您需要龙宫里的任何东西,我都可以献给您。"

白玛陀称祖师说:"我什么都不要,大梵天王的儿子博朵噶布在你这里,你

---

① 拂尘洲:又称"罗刹国",为罗刹鬼生聚之地。传说也是白玛陀称祖师居住的地方,因此他有降伏罗刹的法力。
② 红、白、甜三食:红指肉食,白指牛奶、奶酪、酥油等奶制品,甜指红糖、白糖等甜食。在游牧时代,这些是最好、最珍贵的食品。史诗《格萨尔》里多次提及这类食品。

赶快把他带来。"白玛陀称祖师的神态变得严肃，口气也十分严厉，但龙王还是不愿把神子交出来。

见状，白玛陀称祖师十分气愤，想把龙王拉到天空，于是幻变成一只巨大无比、具有神力的大鹏鸟，嘴尖像青铜铸成的那样尖利，鹏爪像黑铁铸成的那样坚硬。它将左边的翅膀一伸展，能够遮盖大地上方的嘉噶；将右边的翅膀一伸展，可以覆盖下方的嘉纳；身子能够覆盖整个南赡部洲，样子凶猛可怖。龙王猜想这只大鹏鸟就是白玛陀称祖师的幻化身，立即幻变成一条有九个头的黑色毒蛇。这毒蛇比大鹏鸟还要大，且极长：若它横躺在大海之中，只要稍微一动，大海就像沸腾一样，海浪直搏云天，大地摇动如同发生剧烈地震，整个南赡部洲都要倾覆。大鹏鸟施用法力，用坚硬的鹏爪抓住黑蛇的脖子，用尖利的鹏嘴咬住一个蛇头，将黑蛇向天空中拉扯，蛇头被拉到上方三十三界天时，蛇连半截身子都没有浮出海面。龙王心想：白玛陀称祖师幻化的鹏鸟连我龙王的半截身子都拉不动，看他还有什么能耐！于是便安稳地躺在大海之中，任凭白玛陀称祖师摆弄。

白玛陀称祖师变了方法，用锋利的铁嘴一截一截地将蛇身咬断吞食。这一下龙王感到了恐惧，他心想：这样吞下去，不就把我的整个身子都吞掉了吗？他变得恭敬起来，说："我为违抗了您旨意而感到内疚，敬请原谅。从今以后，我一定听您的教诲，请您饶恕我。我立即把神子交给您，现在请您随我到我的龙宫来。"

白玛陀称祖师恢复真身。龙王将龙宫珍藏的蓝色宝石做成的曼扎①一个、白色神索一条献给白玛陀称祖师，然后将白玛陀称祖师迎至龙宫。

龙王带白玛陀称祖师去看五颜六色的各种青蛙。其中一只白蛙的后背嵌有一颗水晶珠子，龙王对白玛陀称祖师说："他就是神子博朵噶布。"龙王将水晶珠子取下来交给白玛陀称祖师，白蛙立即变成了神子博朵噶布。白玛陀称祖师慈祥地对神子说："我们一起回天界去吧！"

与龙宫众位拜别后，白玛陀称祖师把神子迎回了天界。

神子博朵噶布不愿到人世间，一再逃跑，一共藏匿了九次，都被天神用占卜术找到，带回天界。这就是"占卜九藏"的故事。

---

① 曼扎：梵文音译，苯教和藏传佛教仪式中所用供品之一种。

二

回到天界之后，白玛陀称祖师把神子博朵噶布叫去，对他开示道："黑发凡人正蒙受深重苦难，神子你不要辜负众神的期望和旨意，赶紧到雪域之邦降伏妖魔，拯救众生。有大慈大悲观世音菩萨为你加持，有姑母朗曼噶姆为你降预言、指路径。你有什么要求和希望，不要有顾虑，坦率地讲出来。"神子听罢，站起来说："尊敬的白玛陀称祖师，三世佛的公德集于您一身，您具有无边的法力。如今在南赡部洲，尤其是黑发凡人居住的地方，妖魔横行，善法无彰，一片黑暗，在那样的地方，我怎么能够弘扬白业善法？"

法身普贤如来、报身大悲观音菩萨来到神子跟前，对他说："不用担心，你去降伏妖魔，弘扬白业善法，有安乐大道菩萨为你去加持，五佛[①]为你灌顶，十万空行母保佑你，神、龙、念及诸战神都会帮助你。众生如果不蒙受苦难，要白业善法有什么用？神子你快到人世间，拯救受苦受难的黑发凡人。"

神子再没有托词，就对众神说："既然你们大家都愿意帮我，那么，请你们从佛祖诞生的地方请来八十位大成就者、八十只鹰鹫。"

没过多久，八十位大成就者就来到天界，对神子说愿意帮助他成就事业。

八十只鹰鹫对神子说："我们可以幻化成八十匹战马跟着你去。"

神子说："这还不够，英雄九兄弟得帮助我，还要一个惯于耍手腕、善于施

---

① 五佛：指大日如来、不动如来、宝生如来、无量光如来和不空成就如来。

计谋的叔叔。"

马头明王拍着胸脯说："我可以做你的叔叔，我可以给你惹下雪山那样庞大的祸端，闯下大海那样宽广的麻烦。"

神子点头表示满意，又说："我还需要一个能干的烹茶者①。"

白度母说："我可以做你的烹茶者，为你操持起居。"

神子略一思索，说："八十位勇士需要八十位空行母做烹茶者，谁能够去？"众神答应在金刚亥母的住地众多的空行母里选八十位，做八十位勇士的烹茶者。

女神朗曼噶姆走到神子跟前，说："作为大梵天的妹妹，我可以向我亲爱的侄儿降预言。"

白玛陀称祖师说："我也会在必要时给你降预言。"

丹金噶瓦纳布为神子锻造他需要的九种武器②，还承诺神子需要什么降魔武器，都给他制造。神子高兴地说："感谢！可是你还要帮我从虚空中召唤十万个神的铁匠，从中间召唤十万个念的铁匠，从下界龙宫召唤十万个龙的铁匠，锻造战神的九种武器和其他勇士所需要的武器。此外还需要什么，我会慢慢地告诉你。"

然后神子到天界去拜见十六尊者③和八大近佛子④。神子走到他们跟前，问道："我肩负下界除魔的重担，会面临诸多凶险和不测，你们会怎样保护、帮助我呢？"十六尊者说："神子，你在降妖伏魔的时候，我们会帮你消除身上意的障碍，会为你祈祷长寿健康，祝愿白业昌盛、众生幸福。"八大近佛子说："我们会帮助你消灭有形的和无形的妖魔，并把它们超度到极乐世界；让土地神和水妖为你所用。为了造福众生，祈祷年年岁岁风调雨顺，五谷丰登。"

神子又问诸神："降伏妖魔，要把他们的灵魂超度到极乐世界，否则他们会

---

① 烹茶者：有两层意思，一是伺候主人的女佣，二是家庭主妇。在游牧社会，男的出去放牧，妇女在家当家，家庭地位很高。《格萨尔》里，格萨尔的王妃珠牡也被称为"烹茶者"，她是白度母的化身。
② 九种武器：指古代勇士必备的刀、枪、箭、矛等九种武器。
③ 十六尊者：俗称十六罗汉，指受释迦牟尼之命主持佛法的十六罗汉。
④ 近佛子：指佛祖最得意的弟子文殊等八大菩萨。

继续转世为妖魔，危害众生。谁能帮助他们往生夺舍①？"

诸神回答说："运用法力能够往生夺舍的就是你博朵噶布，其他谁也没有这个本事。"

神子不相信自己有这样的能力："我有这样的法力吗？"

白玛陀称祖师说："你有这样的法力。我会帮助你打开十二种宝藏②的石门。"然后用质问的口气问神子："你还有什么需求和不满足的地方？"

神子说："我还有很多需要，容我想一想再谈。"然后化作一道白光，飞到一朵硕大的黄色莲花之上，消失在花蕊之中。神子还是不愿意到人世间去，趁众神不注意，他再次藏了起来，飞到六臂护法那里去了。

护法的侍从们见到神子到来，便恭恭敬敬地将他请到六臂护法跟前。

在燃烧着火焰的殿堂之中，六臂护法端坐在法台之上，神情肃穆庄重。见神子走进殿堂，他双手合十，说："欢迎你来到我的殿堂！你是降妖伏魔的勇士，要弘扬白色善业担大任，消灭黑色魔道建奇功，我愿意帮助你，做你坚强的后盾。"恰在这时，白玛陀称祖师运用幻化之术来到六臂护法的殿堂，问道："有一位天神之子到您这里来没有？"护法说："有一位神子来到了我这里，但不知是不是您说的那一位。"护法把神子请出来，白玛陀称祖师见了说："正是这一位。"

六臂护法说："为了成就降妖伏魔的伟业，我把最有法力的武器给你。"

神子表示感谢，说："你们大家都这样关心我、帮助我，我不再犹豫，决心到人世间去，降妖伏魔，造福百姓。"

白玛陀称祖师非常高兴，说："那好，今晚我们就住在护法的殿堂，明天清晨一起飞回天界。"

当天晚上，六臂护法拿出最好的食品供白玛陀称祖师和神子享用，殿堂里响起了美妙仙乐，还有空行母翩翩起舞，令人陶醉。如此，神子又陷入了沉思：人世间妖魔横行，烽烟四起，战乱不断，生灵涂炭，血流成河，尸积如山，哪里能

---

① 往生夺舍：苯教和藏传佛教使用的一种宗教仪轨，指一个人往生——死亡之后，上师帮助其灵魂往生净土，或进入其他尸体借尸还魂。
② 十二种宝藏：指藏在山里的丰富宝藏，不是实指十二种。

享受如此美好的生活？！神子的决心又动摇了：我还是不要到人世间去的好，再找一个偏僻的地方躲起来。趁着护法和白玛陀称祖师交谈的时候，神子端坐在一片祥云之上，飞往北方金刚手菩萨和多闻天王所居宫殿，来到多闻天王跟前，请求他的保护。

多闻天王知道他是肩负重大使命的神子，对他说："诸位天神和神、龙、念三界都把希望寄托在你身上，你不要犹豫，不要动摇，不要贪图安乐，赶快到人世间去完成你的使命。我会尽一切努力助你完成伟业。"

神子博朵噶布听后暗忖：本来我是来求天王庇护我，没有想到他与其他神一样，还是要求我到人世间去。正在这时，白玛陀称祖师和六臂护法一同来到多闻天王的宫殿。多闻天王恭敬地迎接他们两位，之后送神子与白玛陀称祖师一起返回天界。

白玛陀称祖师与神子沿着彩虹飞到西方极乐世界，去拜会怙主无量光佛。无量光佛对神子开示道："神子，你回到天界非常好。你是白玛陀称祖师大弟子，文武殊胜，法力无边，能够为众生谋福祉。你千万次投生转世，历经磨难，具有降妖伏魔的法力和功德，再也不要观望和犹豫，赶快降临人间！"

神子恭恭敬敬地向无量光佛磕了三个头，说："博朵噶布我在三界无数次转世投生，清静界和不清净界都经历过，没有成就什么事业。十方如来和空行母，诸多天神与护法，托付重任予我身，但我因心被污垢遮蔽，不明白自己的使命，想方设法逃避了九次，请众神原谅我。四方妖魔横行无忌，雪域黑发凡人痛苦万分。我决心遵照神佛的指示，立即降生到雪域，降妖伏魔救度众生，不再犹豫，不再动摇。"

于是，怙主无量光佛给神子博朵噶布灌顶，白玛陀称祖师在神子的额头正中加持"嗡"字白色光环，使他具有智慧之眼；用红色之光在喉头加持"阿"字光环，使神子的声音洪亮无比，弘扬白色善业传遍三界；用一道蓝光使胸部显现出"吽"字，象征从东方妙善世界得到众佛的加持；从肚脐射出一道黄色的光，显现出"底"字，象征从南方华丽界得到宝生如来①的加持；从隐秘处射出一道绿

---

① 宝生如来：五种姓佛中在南方的佛陀。

光,显现出"什"字,象征得到圆满法的加持。

这时,天空中显现出五种不同的祥光,"嗡、啊、吽、底、什"五个字全部融入神子的身、口、意之中。这五个字同时发出悦耳的声音,响彻虚空和大地,久久不息,为神子博朵噶布祝愿祈福。

神子以为会立即降生人世间,可众神认为机缘尚未成熟,应该让他再受一次磨难。

为了让博朵噶布更加看清人世间的疾苦,从而担起使命,天神安排他几度轮回转生为凡界平民,之后又转生为天神太子之子——推巴噶瓦。

推巴噶瓦依然留恋天界神仙的美好生活,不愿到人世间受苦受难,他说:"虽然阿弥陀佛有预言,天神的儿子将会降生人间,去解除黑发凡人的苦难,可是天父不是有三个儿子吗,为什么就要我去?在这儿,我位列仙班,享受着无限的幸福与欢乐,如今却要让我脱下这身华美的衣袍去穿俗人的衣裳,这对我是一种惩罚,让我哀伤。"

推巴噶瓦的哥哥东琼噶布、弟弟龙树威琼一听他这样说,也都不乐意了。人间不如天上,更何况还得让这仙界的身体死去才能去人间投胎。他们互相推来推去,最后推巴噶瓦说:"既然大家都不想去,那么就来一场公平的比赛吧,要是谁输了,谁便去人间。我们比三轮,第一轮比射箭,第二轮比抛石头,第三轮比掷骰子。"

三次比赛,推巴噶瓦一次未赢。他原本焕发着纯金般光彩的容颜此时像是被霜打过一般,坐在镶嵌有红珊瑚和绿松石的宝座上一言不发——他不想去人间。

白玛陀称祖师反反复复地向他诉说人间的种种苦难,以及不能弘扬白色善业对天界的影响。祖师耐心地说道:"除了你,没有人能够征服那些恶魔,他们的力量在日益增长,他们是白色善业与天界的敌人。神子推巴噶瓦呀,不要拒绝你所肩负的光荣使命,只有你才能创造伟业,造福百姓,使众生免遭苦难,解除痛苦。"

推巴噶瓦实在找不到反驳的理由,但他又委实不甘心,于是灵机一动,对白玛陀称祖师说道:"在这幸福的三十三天神境,我曾是举世无双的天神之子。而在那凡间,怎么会有与我身份匹配的家庭?若非得要我下凡,必须答应我九个条

件,如若不然,委派其他的天神吧。"推巴噶瓦不疾不徐地将他的九个条件说了出来,自信满满地以为能够把白玛陀称祖师难倒:

> 我曾经发下誓愿,
> 教化众生降伏妖魔。
> 现在有了慈悲的利箭,
> 要有良弓才能射向靶面。
> 要使甘雨降落人间,
> 大海的蒸气要浓如烟。
> 要是父母不造血和肉,
> 神子哪能投生在人间?
> 慈悲的大师请听我言:
> 降生人间要条件,
> 我要父亲出自念界之神,
> 凡有祈求皆能如愿;
> 我要生身母亲来自龙族,
> 没有亲疏厚薄在世间;
> 我要匹永不死亡的骏马,
> 它能像闪电一般,
> 转眼横越长空与世界四大洲,
> 能解人兽之意,说人兽之语;
> 我要一副镶着宝石的马鞍;
> 我要一顶头盔、一副铠甲和一柄非人间铸造的宝剑;
> 我要一张弓和大小与之相配的羽箭,
> 箭杆是角质而非木质;
> 我要两位英雄做伙伴,
> 他们正当壮年,风华正茂,
> 要像阿修罗一般精强力壮;

我要一个妻子，

她的美丽举世无双，

能使见者神魂颠倒，

甘愿为她赴汤蹈火效命疆场；

我还要极乐世界的几位天神下凡人间，

做我的助力，

其余的天神以后有请必到。

尊贵的天神，

现在请你来决定；

列位大神，

也请你们来决定。

我神子的九个要求能否办到？

    话毕，他回到自己的座椅上，得意扬扬地看着众神为此激烈讨论。众神商议之后，白玛陀称祖师就推巴噶瓦提出的九个条件一一卜卦。卜卦完毕，他对推巴噶瓦说道："神子呀，你不要再犹豫不决，降服妖魔是你逃不过的责任，你的条件在你还是博朵噶布的时候已经明了，我现在一一向你说明。白度母做你的妻子，嘉拉多支与沙拉阿巴做你的战友，你的父亲是神族好后裔、美丽岭国的森伦王。"

    然后白玛陀称祖师转头向众神说道："被点到了名的人，马上去准备你们要做的事情。"

    接着继续向推巴噶瓦说："至于武器、盔甲，许久前我已准备好，机缘一到，你便能拿到。朗瓦扎雅将化身成神驹，与你一起投生人间，协助你成就大业。在场的全体天神、女神、法师都会有求必应，在战斗时全力支持你。而我在虚空之中，也在你的身边，陪伴你直到完成大业。现在只有要做你生身母亲的人不在这里，她属于龙族，我会想办法将她带到人间。推巴噶瓦好神子，你的要求我们都会满足，愿你不再食言！"

    白玛陀称祖师又对神子推巴噶瓦教诲道：

你曾以大乘①无上的菩提心，
发过不能超越的大金刚誓。
利他的事业现已来临：
在那晴朗的天空里，
日月没有闲居的权利；
世间有了疫和病，
草木药物没有闲居的权利；
在敌我相互的爱憎中，
黑发凡人没有休息的权利。
为了造福黎民百姓，
认识因果的关系，
颂扬三宝的威力，
请你立即到雪域去。
山神、战神、地方神，
还有威尔玛护法神，
也将同你一道去。
派大乐手印空行母，
为了方便慈悲性，
在四周十八个国家里，
要摧毁那有形的敌人，
还要制服那无形的魔鬼。
好男儿，莫懈怠，
谆谆教诲要牢记！

---

① 大乘：指大乘佛教。

第二章

出祥瑞神子降临岭国

一

　　白玛陀称祖师为神子所选的父系是岭地古老的穆布董氏王族。这个王族传到曲潘纳布这一辈，分成了三支。曲潘纳布娶了三个妃子，一个叫赛妃，生子名叫拉雅达噶；一个叫纹妃，生子名叫赤绛班杰；一个叫姜妃，生子名叫札杰奔梅。三个儿子分别为长系、仲系和幼系。

　　幼系的札杰奔梅生子托拉奔，托拉奔生子曲纳潘，曲纳潘娶了三个妃子，分别为绒妃、噶妃和穆妃。幼系总管绒察查根就是绒妃的儿子。绒察查根娶梅朵扎西措为妃，生了三子一女：长子玉彭达杰，次子琏巴曲杰，三子昂欧玉达，女儿娜姆玉珍。噶妃生子玉杰，他在与霍尔打仗时，落入霍尔人手中。穆妃生子森伦，森伦是婆罗门赖晋的化身，他外表温柔，内心也很善良。森伦娶了嘉地女子娜噶卓玛为妃，于水牛年阳历十二月初一生了一个儿子。这孩子生下来就非同一般，面如满月，眉清目秀，并且长得很快，一个月时比别家一岁的孩子块头还要大。家里人给他取名协鲁·尼玛让夏，外面人叫他奔巴·嘉察协噶。在他出生后的十三天中，家里为他大设宴席，庆祝他的诞生。长系的总管拉布朗卡森协、仲系的总管岭庆塔威索朗和幼系的总管绒察查根三人，各将一条吉祥圆满哈达系在嘉察协噶的颈上。绒察查根为他祝福道："大部族拉德噶布①啊，这是幸福的先行，是权力发达的预兆，是梦兆实现的开始，是降伏四魔的发端。"

---

① 拉德噶布：神圣部落的意思。

绒察查根被尊奉为岭部落的智者，他不仅智慧超群，而且为人正直，办事公道，因此受到整个部落的信任和尊敬。他为嘉察协噶祝福，称赞他是拉德噶布的杰出后代。

嘉察协噶长大后的一天，东方嘉国的皇帝将他的三个外甥——姜国王子聂赤噶庆、霍尔王子拉布雷保与嘉察协噶一同叫到了嘉国王宫，赐给他们很多金银珠宝，其中最珍贵的当属每人得到的一匹骏马、一把宝刀和一副铠甲。

就在嘉察外出的这段时间里，郭部落与岭部落因边界纠纷发生了战争，战事异常激烈而残酷，双方都有很多人员伤亡，绒察查根的儿子琏巴曲杰被郭部落的人杀死。岭地的人都知道，嘉察与琏巴曲杰情谊深厚，如同亲兄弟一般，而嘉察容易冲动，他们担心他会不顾一切地去为琏巴曲杰报仇，便将琏巴曲杰遇害之事对他隐瞒了下来。

嘉察回来后，有一天外出打猎，在一泓清泉旁边猎杀到了一头野鹿。这时在岭国的流浪乞丐母子二人恰好来到这里，那乞丐婆子为了分得鹿肉，讨好嘉察，说道："尊贵的嘉察大人呀，你回来了就太好了！去年你去了嘉地，郭部落与岭部落的人打起仗来，总管的儿子也被郭部落的人杀死了。岭国的人都说您要是在，整个部落就吉祥且平安；您要是外出的话，岭地可真的就要遭殃了。"她又将战事的始末原原本本地向嘉察述说，嘉察怒火中烧，翻身上马，快马扬鞭，直奔老总管跟前。

老总管见瞒不住侄儿了，便说："虽然我的儿子琏巴曲杰死了，可我们也算为他报了仇，郭地的男子几乎被我们杀尽，只剩下一群寡妇。只有然洛家族没有受到伤害，因为他们有龙王和厉神的庇护，龙女就在他的营中，他们不是我们所能战胜的。侄儿啊，还是不要轻动刀兵。"

可嘉察协噶报仇心切，老总管怎样劝说也无济于事。绒察查根见不能制止侄儿，决定和他一起出征去讨伐郭部落。

嘉察的本宗叔叔、达绒部落的长官晁通可不这样想。他觉得嘉察是一个敢揪狮子耳朵、能生擒白狮子的人，如果让他和弟兄们带着部队去郭地，肯定能扫平郭地。那么，龙王的女儿和龙宫的财宝也将归他所有，这怎么可以呢！

晁通想：要给郭部落报个信，这次为他们做了事，以后就可以请求把龙女嫁给自己，龙女要是嫁给自己，不愁得不到龙宫的财宝。咳，即便得不到财宝，成了龙王的女婿也很好。他立即修书一封：

然洛·敦巴坚赞阁下：

　　为了给总管儿子报仇，以嘉察协噶为首的岭国军士已经集合，后天就要进兵郭地。如果作战，你们肯定无力招架，还是及早回避为好。这次我为你们做了好事，将来若对你们有所要求，切勿忘记！

达绒长官晁通启禀

　　写毕，将信拴在箭尾，口中念念有词，举弓搭箭，书信随着箭响，很快到了郭地。

　　然洛·敦巴坚赞见到信，慌忙通知郭地各部族所剩的妇幼老少们赶快逃命，自己也带着家眷老小，拔起帐篷，准备逃难。龙宫的帐房和大般若经等宝物，哪匹强壮的骡马也驮不动，只有那头龙畜——绿角乳牛才驮得起来。

　　郭部落的人开始逃跑，可绿角乳牛驮着龙宫的财宝却向反方向跑。奇怪的是，除了龙女梅朵娜泽，任何人也看不见它。龙女本来是骑马而行的，见绿角乳牛向反方向跑，便想调转马头去追。那马却不愿往回走，龙女只得下马，徒步去追。平日温顺的绿角乳牛突然暴躁起来，四蹄腾空，龙女怎么也追不上。龙女大声喊叫，可谁也听不见。在黄河川的旷野，龙女紧紧地跟着绿角乳牛。龙女走多快，乳牛就走多快；龙女坐下休息，绿角乳牛也停下来吃草，始终保持着快要追上而又不真的追上的距离。龙女累极了，又饥又渴，痛苦万分。

　　再说嘉察，他带着岭地的兵马来到郭地，看到的只是旷野，除了一些牲畜的粪便，什么都没有。

　　"郭地的人到哪里去了呢？他们怎么会逃跑呢？无论他们逃到哪里，我们也要追上他们。"嘉察把自己的想法一说，森达等岭地的年轻勇士纷纷表示赞成，恨不得马上追上郭部落的人。

　　晁通则反对追击："我们又不知道他们在什么地方，到哪里去找？我们还是回去的好。"有些年老怕事的人随声附和。

就在持两种意见的人争执不下的时候，老总管说话了："既然出征了，就应该有所获，没有空手而归的道理。我看还是请森伦算个卦，看看郭地的人到什么地方去了，我们应该怎么办。"

没有人反对绒察查根的主意。在旷野荒郊，没有齐全的占卜用具，森伦便用箭占了一卦。卦象显示：再过一顿饭的工夫，刀不必出鞘，箭不必上弦，美女和宝物唾手可得。

晁通一听，心中暗笑，语气充满讥讽之意："如果刀不出鞘、箭不上弦就能得到美女和宝物，所得之物就全部归你所有。"

"好，就依达绒长官晁通的意思办。我们现在就休息，吃饭。"老总管是很相信弟弟森伦的，也相信他的卦辞，不愿意和晁通再费唇舌。

再说龙女梅朵娜泽，她累极了，只想挡住牛后坐下休息一会儿，可怎么也跑不到牛的前面去，心里一着急，脚底下被什么东西绊了一下，跌倒了。龙女又困又乏，又渴又饥，想闭上眼睛休息一下再走，谁知眼睛一闭，竟然睡着了。

一个身穿红色丝绸衣服的小孩来到她的面前，给她倒满了一松耳石桶的奶汁，告诉她："这是阿姐给你的，阿姐让我告诉你，一定要跟在乳牛后面跑，它会把你带到你应该去的地方。你为众生办事的时机到了。"

梅朵娜泽见小孩要走，忙上前要拉住他问个端详，谁知一使劲，竟从梦中醒来，满满的一松耳石桶奶汁放在自己面前，小孩却不见了。她心中感谢父王和阿姐对自己的护佑，将奶汁喝干了，体力好像立即得到了恢复。乳牛像是知道梅朵娜泽又有了劲似的，跑得比刚才还要快，龙女更用劲地追赶着。跑到郭地达吉隆多沟时，她与岭地兵马相遇了。

刚刚吃罢饭的岭兵几乎都看见了朝他们这边飞奔而来的一牛一人。这乳牛见到岭地兵马，站住了，回头等着自己的女主人。梅朵娜泽只顾追牛，并没有看周围的情况，见牛站住了，心中好不喜欢。她一把抓住牛角后，这才发现眼前的兵马，不禁大吃一惊。

岭兵被龙女的美貌惊呆了：眼前的这个美女，容光似湖上的莲花，莲花上闪耀着光芒；黑白分明的眼睛好像蜜蜂，蜜蜂在湖上飞舞；身体丰腴似夏天的竹子，竹子被风吹动；柔软的肌肤如润滑的酥油，被嘉地的绸缎包裹；头发似梳过的丝绫，丝绫涂上了玻璃溶液。

　　好色的晃通更为龙女的美貌倾倒，忙抢上前一步，说："啊，对面来的仙女般的姑娘啊，你是投奔岭地来的吗？我们是去追郭部落人的岭部兵马，请你告诉我们，他们现在在哪里？姑娘你又是从哪里来的？"

　　龙女梅朵娜泽心中暗想：我是然洛·敦巴坚赞的养女啊，怎么能让郭部落的人们落在他们手中呢？！眼下，除了我的身世，其他什么也不能对他们说。她想了想，对面前的岭地将士说：

> 佛陀空行是我前世；
> 富庶安乐的龙宫，
> 是我今世投生地；
> 龙王邹纳是我父，
> 三女之中我最小；
> 梅朵娜泽是我名，
> 献给了祖师白玛陀称，
> 转赐给郭部然洛家，
> 说不是终身是暂寄。
> 郭部落发生事变时，
> 部落不知去了何地。
> 我只顾追赶这乳牛，
> 远离部落来到这里。
> 若是神佛指引求慈悲，
> 若是魔鬼所引难躲避。
> 古人早有谚语道：
> 父母、配偶和住处，
> 三者是前世命中定；
> 苦乐、祸福和财富，
> 命运的图画早画成。

> 现在我只要回龙界，
> 来到此地不由我自己。
> 我未死时跟着乳牛走，
> 死后也要为众生办好事。

岭地人听了半信半疑。经商议，老总管决定班师回岭地。森伦说："达绒长官说过，这次出征所得战利品，要给我作为占卦的酬劳。"

晁通马上反悔："这女子不是战利品。"

岭地的公证人威玛拉达调解道："这女子和这些东西是然洛·敦巴坚赞家的，应该是战利品。龙宫大般若经一十六包和龙宫帐房唐雪恭古这两样东西，应该作为岭地的公共财产；这女子和龙畜乳牛应该给森伦，作为他占卦的酬劳。"

众家弟兄都说好，晁通无可奈何，他真是后悔。

岭人请龙女上马，但马没有鞍。龙女忽然想起一件事，对老总管说："去年夏天，我在对面石山旁边玩，一个小孩给了我一副金鞍和一条松耳石辔，悄悄对我说：'你不要把它们带到别的地方去，也不要告诉任何人，用得着的时候，你自来取用就是。'所以那副鞍辔一直放在石山嘴上的那个洞里，不知现在还在不在。"

绒察查根立即派人去找，派去了几拨人都没有找到，只得让龙女自己去。梅朵娜泽一去就拿了回来。众人确信她是龙女无疑。

二

　　森伦把美丽的龙女领到家中，家里马上变得异常光明。嘉妃娜噶卓玛心中很不愉快，因为梅朵娜泽过于漂亮，又有吉祥的兆头，嘉妃很怕她凌驾于自己之上。

　　老总管看在眼里，心中暗想：上师预言将有一个神子降生在岭部落，那他的母亲必定是这个龙女。

　　森伦另备了一顶精巧的小帐房，扎在娜噶卓玛的帐房旁边；又收拾出一套干净的家庭用具，供梅朵娜泽使用。嘉妃也给了龙女骡、马各一匹，犏牛、母牦牛各一头，母绵羊一只。龙女的家取名为"四门福院"，龙女另取名为郭妃娜姆，简称郭姆。智慧空行母[①]转世的梅朵娜泽随遇而安。那头绿角乳牛，只有梅朵娜泽去挤奶时才有奶汁，而且无论早晚，只要去挤，牛奶总是没个完。

　　人们喜爱龙女，娜噶卓玛的心中难受，所以挑各种小事与她争吵。本来喜好清净的森伦王每天都要因为家中小事烦恼，他不想将精力用于调解家庭琐事，想保持自己的宁静心性，于是干脆收拾行囊去了远方朝圣。

　　森伦王离开后，娜噶卓玛面对郭姆换上了一副慈眉善目的样子，其实她在心里有另一番打算。一天，她将郭姆叫到跟前，说道："郭姆呀，你把我儿子嘉察的宝马套上鞍鞯，牵到托央森奇玛附近的山上去牧放吧。我昨天晚上做了一个

---

① 智慧空行母：密宗女神，空行母之一。

好梦，天神说要让吉祥、贤德的妇人去那松石一般的草原上牧马，这马儿扬起四蹄，能够掘出宝藏，为岭地带来莫大的福气。放眼岭国，哪里有人比得上你这位来自龙宫的仙女？所以呀，这趟差事真的非你莫属。"

郭姆心中暗暗叫苦，有谁不知道到托央森奇玛牧场需要翻过魔鬼横行的山口。然而嘉妃把话说到这个地步，要是不去，有损龙宫吉祥的美名，她只好在心中默默祈祷父王与白玛陀称祖师保佑，牵着嘉察的白马往山口走去。到达山口的时候，她果然见到狂风中飘荡着几条黑影。回想起自己在龙宫被呵护得如同宝珠，来到岭地以后要做各种繁重家务不说，更要忍受嘉妃的百般刁难，她越想越伤心，便在山口掩面痛哭起来，哭着哭着，恍恍惚惚地进入了梦幻的境地。

白梵天王在六百天人的拥护下自空中缓缓飘来，他柔声对着郭姆说道："邹纳龙王的好女儿，在你身上肩负着一项伟大的使命。"说着白梵天王走到她的面前，手里拿着一盏金杯，里面盛满了圣水。"这杯水里有一百一十位大成就者加持的法力，喝下去能帮你不受妖气和各种魔法的伤害。而你的父王与白玛陀称祖师会一直守护在你身边。"

白梵天王将圣水倒进一个装饰有吉祥八宝图的白玉碗中，看着龙女一饮而尽，便在飘飘仙乐中隐去了。龙女醒过来，口中还有圣水的甘甜，立刻又生起了无限的信心。而不知在什么时候，山口的妖风也已经停息。郭姆踏着轻快的步伐翻过山口，将马儿牧放在碧草茵茵的草原上，心中无限欢喜。夜晚，郭姆牵着喂得饱饱的马儿回来，嘉妃娜噶吃了一惊，连话也未与郭姆说半句便钻进了自己的帐房。

过了几个月，森伦王朝圣回来了。

一天晚上，郭姆做了一个梦，梦见一位上师对她说："你的帐房下角有一座蛤蟆似的石山，你马上搬到它的前面去住。告诉森伦，要他保守这个秘密。"森伦听说后，将郭姆的小帐房移至石山前。

郭姆使用的一切物品都由嘉察协噶供给。他并不问父母，郭姆要什么便给什么，郭姆待他如亲生儿子一样。

一天，郭姆吃罢饭，来到湖边散步消遣。清清的湖水缓缓波动。她用手掬起一捧湖水，一饮而尽，顿觉精神畅快。看着自己在湖中的倒影，想着自己离开龙宫已经整整三年，梅朵娜泽禁不住思念起父母和美丽的龙宫，于是唱起一支歌：

> 不唱歌曲哪能行，
> 不唱歌曲情难禁。
> 欢乐时唱歌使人欢笑，
> 愁苦时唱歌安慰人心。
> 救主、本尊①、佛教这三宝，
> 请勿离开我龙女！
> 说什么三女权利都平等，
> 说什么要把我送到乐土。
> 有恩的父王言而无信，
> 将我忘记已经三年整。
> 在这陌生的人世上，
> 我无救主孤苦伶仃。
> 听不见龙的声音已经三春，
> 金座上的父王是否知道此情？

梅朵娜泽两眼噙满泪水，泪珠慢慢地滴落在湖中。泪珠变作珍珠，一粒粒沉到湖底。龙王邹纳仁庆化作一青面男人，骑着一匹青马，来到女儿面前，关切地说："女儿不要抱怨，不是我和上师没有关照你，也不是我和你母亲不想念你，这是因为各人的命数不同。"

邹纳仁庆见女儿面带泪痕，给她念了一段偈语：

> 生在天上的日和月，
> 要苍天将它们把握。
> 金色的太阳绕行四洲，

---

① 本尊：密乘的不共依怙主尊佛及菩萨。

黑暗的夜色障蔽明月，

　　是日月宿命所应得。

　　大地上形成的草山，

　　要随季节改变颜色。

　　石山无论冬夏永远洁白，

　　并不为季节所左右，

　　这是草山石山命中应得。

　　我龙王邹纳的三个女儿，

　　长女和次女留在龙境，

　　上师要小女儿来人间，

　　这是女儿命中所应得。

　　龙王念罢，取出一个如意宝珠，对梅朵娜泽说："女儿，不要怨父王，你的命运该如此。嘉察协噶待你如生母，不久你就会有自己的儿子。父王把这如意宝珠交给你，你需要什么就会有什么。记住，在你的儿子诞生之前，宝珠切莫离身。"说完，龙王钻进水里不见了。

　　龙女手捧着父王赐的宝珠，浑身温暖舒畅，不知不觉地竟睡着了。

　　一朵白云由西南飘来，白云上站着白玛陀称祖师。祖师来到梅朵娜泽面前，将一个金质五股金刚杵放在她的头顶上，说："有福分的女子啊，自从你与父王离别，并未有一刻离开我的注意。现在该是你为藏地百姓做善事的时候了。"

　　祖师又说："记住，今年三月初八是神子投胎的时辰。他会是藏地周围四大城、八小城及边地十二小国的首领，他是降伏妖魔的厉神，是黑发凡人的君王。还要记住，神子出生时，要在他的上颚涂上上师的长命水，初次要用头顶进饮食，同时要祭祀玛沁邦拉山神，要厉神给他穿第一次衣服，以后降敌之前要祭天。这些话你要牢牢地记住。"

　　龙女醒来，不见了白玛陀称祖师。她心中不胜感激，对大师更加敬仰。

　　三月初八的晚上，梅朵娜泽与森伦睡在一起，梦中却见一个金甲黄人不离左右，前次梦中所见的金刚杵发出嘶嘶的响声，竟钻进了自己的头顶。

郭姆确定有了身孕之后,众人都很开心。却有两个人犹如失了魂魄一般,郁郁寡欢,甚至惊恐,仿佛预感到他们会失去什么重要的东西。

娜噶卓玛生怕郭姆生下一个儿子,影响嘉察今后在幼系的地位。

而另外一位——晁通又是为什么担心呢?夜里晁通做了一个梦:一片荒凉的大滩上刮起了一阵风,仿佛幻变一般,大滩上长满了青草,在每片草叶上闪闪放光的并非露珠,而是各种耀眼的珍宝,草疯长起来,蔓延至整片天地。顾不得天还没有亮,他赶紧起身占了一卦,得到的结果是岭地将有一位大人物到来。他又想到流传在岭地的一些预言,惴惴不安起来。倘若不把幼虎扼杀在母亲的子宫中,等到它将来爪牙长全……

第二天,晁通来到了森伦家的大帐,然而他要找的不是兄长。"尊贵的嘉妃嫂嫂呀,想你当年如花美貌,从嘉地皇宫嫁到这偏远的牧场,为幼系的血脉延续立下大功,养育了我那如皓月一般的侄儿嘉察。可我这兄弟也太不知好歹了,自从有了年轻的龙女,便把嫂嫂你忘记一般。郭姆把哥哥迷得找不到方向,就连嘉察也是每天跟在她后面,要是不知道的人呀,还以为郭姆才是嘉察的母亲。"

娜噶卓玛怎么会不知道晁通是个爱好搬弄是非之人,平日里就不怎么待见他,但他此时所言,就像是一根根针扎进她的心。

"不用你晁通王费心,看看你对你家丹萨的脸色,可不比森伦王给我的好。"

"我家黄脸婆怎么可以与嫂嫂比?你是出生于嘉地皇宫的高贵公主,黄铜哪能和黄金相提并论。再说我不是为你考虑吗?对我那侄子嘉察,我可是骄傲得很呀。岭噶三系中,谁不把嘉察看作耀眼的太阳?可是郭姆怀孕的消息传出去以后,很多人便不这样认为了。大家以为只有依靠龙族的力量才能壮大岭地的势力,都盼着龙子出生。嘉察为岭国立下的战功被遗忘了。嘉察糊涂呀!看他比谁都盼望郭姆的孩子早日出生。"

"可不是嘛,还每天说些疯话,说什么'将来一定要辅佐弟弟成为岭地的大王'。"

"现在岭国所有的人都像被酥油蒙上了眼睛,这郭姆是来历不明的女人,究竟是龙族还是妖魔谁说得清?就算真的是龙女,生下来的孩子也非我族类,有什么资格称作神族后裔？我们可千万不要等到妖魔之子五毒俱全了才懊悔呀！"晁通说着，眼睛滴溜溜地看着满腹心事的娜噶卓玛。

娜噶卓玛似乎也像是想到了什么，定了定神，然后对晁通说道："现在岭国上下都着了魔障，我当然知道应该怎么做。"

几天后，娜噶卓玛满脸挂笑地对森伦王说道："郭姆怀上了孩子，这样大的好事，怎么不好好庆贺一番？应该快在高山上悬旗挂彩，快在山脚下烧香供神，应该大摆筵席，让所有岭地的人都来好好庆贺一番。"

听嘉妃这样说，森伦王心里很高兴：因为这孩子，竟然连嘉妃都敞开胸怀了。

嘉妃又说："大摆筵席，虽然酥油、糌粑这些自己能做，可是野兽的肉却没有。你应该带人去打野牛，为做岭地从未有过的丰盛筵席准备食材。"

森伦王觉得这话很有道理，又在老总管面前说了很多吉利的好话，带上众英雄一起去远方打猎。他们猎杀了很多的野牛、黄羊等，多得一时之间无法全部运回营地。晁通主动请缨，说是回去调人来帮忙搬运。

几天后晁通回来了，看起来满怀心事的模样。森伦问他为何一副愁眉不展的模样，他道："为了迎接神子降生，我们不辞劳苦来远方狩猎。难道因为我们对龙女过于呵护，她就越来越不将我们放在眼里了？说：'我的儿子是龙王亲孙，是黑发凡人的首领，凭什么要去迎接他们？'这样说实在是不像话呀！"

见森伦王皱眉不语，晁通便不再说话。究竟发生了什么事情呢？原来森伦王一行外出之后，嘉妃在郭姆的饭食中放了毒药。因有白梵天王赐的圣水，母子二人保住了性命，但毒药还是让郭姆神志不清。晁通回来后与嘉妃计划，准备先让岭国的人将郭姆赶出部落。

森伦王知道郭姆的个性，当下没有对晁通的话语做出任何反应，带领兄弟们不分昼夜地往家里赶。

幼系部落的人都来山口迎接他们，森伦并没有在人群中看到郭姆。见他失落的样子，晁通又在进言："我昨天不是跟哥哥说了吗，这女人可是你帽子里装不下的头盔。大家都累了，还是先喝点酒吧。"

森伦王的苦酒一杯接着一杯。而在家中，娜噶卓玛趁着郭姆不清醒的时候，将她的辫子剪掉，自己托上金盘去向丈夫献酒。森伦问起郭姆的情况，她说："郭姆说她可是尊贵的龙女，现在又怀着岭噶神族的后裔，怎么能来向你们这些凡夫俗子敬酒呢。"

森伦王火冒三丈，冲到郭姆的帐房去。听到丈夫在帐房外面叫骂，郭姆这才慢慢清醒过来。她摸摸头发，辫子竟然不见了，这副模样让他看到可如何是好呀！于是她将自己关在房中，任凭森伦王说些什么，她就是不回答，也不开门。

森伦王酒劲上来，加之气急攻心，竟然昏死了过去。晁通假意哭喊道："我眼珠子一样的哥哥呀，你要是有个三长两短，我可怎么办呀！你和郭姆情分已断，但看在她是龙族后裔的份上，分给她一点财产，将她送回娘家吧！"

老总管觉得事有蹊跷，想起多年前唐东杰布大师的预言，深信郭姆怀的孩子会是岭国的希望，认为无论如何也不能让郭姆回去。在他的劝说下，森伦王没有遣送郭姆回龙宫，而是在娜噶卓玛的安排下，将老弱病残的牛羊分给郭姆，又给了她一顶破烂的帐篷，将她赶到阴山沟里去待产了。

三

虎年腊月十五这天，郭姆自觉与往日不同，身体变得像棉絮一样软，内外透明，无所障蔽。而此时，岭国的大地也震动起来，约莫黄昏时分，郭姆先生下一条黑色的长蛇。长蛇一落地就唱道："我是梵天之友黑毒蛇，用着我时我就来。"唱完便隐身而去。接着生下来一只金黄色的蟾蜍，那蟾蜍唱道："我是哥哥黄金蟾，用着我时我就来。"又生下来一只绿松石颜色的蟾蜍，那蟾蜍唱道："我是弟弟绿玉蟾，用着我时我就来。"又生下来七只黑铁鹰，它们唱道："我们是铁鹰七兄弟，用着我们便一起来。"又生下来一只人头大雕，大雕唱道："我是人头大雕，用着我时我就来。"又生下来一条红铜色的狗，它唱道："我是红铜狗，用着我时我就来。"

它们落地之后都不见了，最后郭姆生下来一个羊肚子一样圆的肉蛋，因为生产劳累，郭姆都没有看看这东西，便昏昏然睡着了。当天夜里，森伦王家里所有的母牛、母羊、母马都产下了小犊子。天空雷声轰鸣，降下花雨，半空中响起悦耳的仙乐，郭姆的帐房被一团彩云所笼罩。嘉妃看见郭姆的帐房上方闪着金光，十分惊讶，立即通知晁通一起来到了郭姆的帐房前。

帐房里没有动静，晁通在外面喊道："以往每天日头没有出山就见你郭姆在帐外挤奶，今天你犯什么懒？"

见还是没有人应声，两人便走了进去。郭姆似睡非睡，她的脚边有一个巨大的肉球。晁通预感不妙，拿起随身携带的宝刀向肉球劈了下去。

劈开肉球,却见这肉球里面是个红光满面的孩童,那孩童用食指指向天,站起身来,做出要拉弓的模样,厉声说道:"我将来要做黑发凡人的君王,制服你们这些凶狠残暴的强人!"

晁通与娜噶卓玛吓了一跳:刚生下来的小孩就能说人话,将来可怎么了得,趁现在众人还不知晓,要马上将他除掉。

晁通将这孩子从地上提起来,虚弱的郭姆想要起身阻止,晁通骂道:"你果然是个邪恶的妖女,岭噶上下,远至大食、嘉噶,从未听过有妇人产下如此奇怪之物,若留下他,必然成为岭国的祸害!"说着,他提起孩子的一只脚,用生平最大的力气将他的头在石头上面砸了三下,然后将他摁在地上。不料这孩子却站起身哈哈大笑,目无惧色地盯着这个想要将自己置于死地的人。

晁通十分惊慌,但他还是很快镇定了下来,他从帐房里找来一块破布,在娜噶卓玛的协助下,将孩子严严实实地包裹起来;然后在帐房附近挖了一个大坑,将孩子扔在里面,又在他身上压了很多荆棘和大石头,才将坑洞填了起来。随后两人扬长而去。

郭姆拖着虚弱的身体爬到埋葬孩子的坑边,伤心欲绝:"我可怜的孩子呀,刚刚的事情是前世的因果业力所致,阿妈我会请上师超度你到西方极乐世界。"

突然从地下传出孩子的声音:"阿妈别哭,我没有死,我是天神的儿子,死亡与我没有缘分。我在晁通手中受到虐待是吉祥的兆头,他埋葬我,表明我要获得躺卧的土地;覆盖我的石头,象征我的权力犹如磐石般稳固;这些荆棘是我锋利的刀、剑、矛三种武器的象征;而他包裹我的布,是未来我的王袍。妈妈,你不要为我哭泣,我先到神界去探望我的七梵友兄弟,三天后我会再回来。"

说完,天空中一道白光射在埋葬孩子的坑洞上方,天神们为孩子搬开石头,抛开土块,将他擦拭得干干净净,带回到了众神的居所。

晁通回到家中,想到自己下了那样的重手,那孩子竟然还能够站起来,越想心越不安,于是将郭姆生下怪胎的事情报告给了老总管,他谎称孩子是个怪物死胎,所以只好埋起来。

老总管长长地叹了一口气,他捋捋胡须,说道:"看来我岭噶布迎接贵人的时机尚未到来。"他想:郭姆毕竟是龙王的女儿,被驱逐不说,孩子又夭折了,森伦王不去探望说不过去。于是叫森伦王去看看郭姆。嘉察不相信他弟弟会是一个死胎,随父亲到了郭姆的帐房,却见帐房被一团彩云笼罩,郭姆的怀中抱着一个可爱的幼儿。

嘉察问:"这是怎么回事?"

他母亲娜噶卓玛说道:"郭姆生下的这个孩子竟然像是三岁的孩童,一定是中了妖法,也不知对岭地有益还是有害。"

嘉察抱过孩子看了又看:"我有弟弟了!他今天刚生下,就已经长成三岁孩子的体魄。穆布董氏的家族中,白色狮子用乳汁喂养、大雕用翅膀孵育的神变之子,已经生了许多,现在又生了这个金翅鸟一样的孩子。"

可能是由于前世的缘分吧,这刚刚诞生的神子见了嘉察,猛然坐起,做出各种亲热的动作。嘉察把自己的脸贴在孩子的脸上,说:"常言说得好,'打虎亲兄弟'。两兄弟一起是打败敌人的铁锤;两匹骡马一起是发财的基础。我们兄弟二人,做事不愁成功不了。我的这个弟弟,暂时起个名字,就叫觉如吧。"说罢把孩子交给郭姆,并请她以最好的三种素食①好好养育。

晁通心中暗想:长、仲、幼三系总根原是一个,分支之间并无上下高低之分,但是自嘉妃生下嘉察协噶以后,幼系的力量日渐强大。这回郭姆又生了个儿子,有森伦王为父亲,龙王为外祖父,龙女本身又是神所派遣、龙所鼓动,若不及早将他除掉,将来幼系会更加强大。

晁通的毒计又生上了心头。第三天早上,他骑上古古饶宗马,带上拌有剧毒的白酥油团子、蜂蜜、蔗糖来到郭姆的帐房。

"啊,可喜呀,我的侄儿了才生下几天,身体便和三岁的孩子一样。我这做叔叔的特地准备了干净的素食,给孩子吃了,对他以后健康成长有好处。"

说罢,把自己带来的东西全部让觉如吃了下去。晁通暗自得意:那么多的甜食、油脂,不要说一个婴儿,就是个壮男子也消化不了,况且还涂了剧毒,觉如只有死路一条。

晁通一直注视着觉如,觉如却一点异样都没有。他早用风力将毒药化为一道

---

① 三种素食:指牛奶、酥油和糖。

黑气，顺着指头缝排解出去了。

晁通见此计没有害死觉如，想起一个人来。此人乃黑教术士，名叫贡巴热杂。他修行法术，能勾夺众生灵魂，过去几次请他，都能如愿。

晁通心中想着害人，脸上却挂着笑容："这个孩子是天难覆、地难载的，要请一位上师来给他灌顶、祈祷。我马上去请，你们在这里铺上干净的毯子。"

贡巴热杂听了晁通的请求，思忖：要杀死觉如，三日之内是不成问题的，因为他还未长大成人，龙的福运还未圆满；而我的威力，能将金刚般的石山粉碎，可以把南方的苍龙弄到平地上来。贡巴热杂心中料定能胜觉如，嘴上却说："啊，达绒长官，不是我不听您的命令，实在是不能胜任。如果发了不能遵守的誓言，是要被拖到地狱里去的。"

晁通一听，行九叩之礼："天地之间，您的威力是无敌的，这次无论如何您要走一趟。将觉如除掉，我不会亏待您。"

"既然长官如此心诚，我马上就去，觉如今晚必死无疑。"

晁通欣喜异常，立即回到郭姆的帐房，对郭姆说："今天我本想到上师贡噶那里去，不想在路上碰见贡巴热杂老人，请他占了一卦。他说三天之内将有大难，因为嘉妃和嘉察对他有大恩，他要来保护你们。"

晁通离去后，觉如对母亲说："母亲，我降伏老妖贡巴热杂的时机已到，快拿四个石子来。"

郭姆将四个石子递给觉如，觉如将石子按顺序摆好，闭眼静坐，心中默默呼唤诸神。

贡巴热杂从修行室起行，到第一个山口时，嘴里念一声"拍"，空中其他的神都不见了，但九百个身穿甲胄的神依然围绕着觉如；到第二个山口时，贡巴热杂又念一声"拍"，下面的龙王消失了，但九百个眷属依然在；到了可以看见帐房的地方，老妖又念了一声"拍"，中间的厉神都不见了，但觉如呼唤的护法神依然在。

就在贡巴热杂到达帐房，觉如抛出了四个石子。九百个白甲人、九百个青甲人、九百个黄甲人、九百个空行神兵同时出现在贡巴热杂面前，吓得老妖扭头就跑。觉如将化身留在郭姆身边，真身去追赶贡巴热杂。

贡巴热杂飞快地跑回自己修行的山洞，觉如马上以神通搬来牦牛大的一块石头堵住洞门。贡巴热杂遂把每日的供神之物抛了出来，石崖震得轰隆隆响。他又把每月的供品抛了出来，石崖炸开了一个缺口。觉如变化成白玛陀称祖师的模样坐在那里，贡巴热杂无奈，把全年的供品都抛了出来，石崖发出猛烈的霹雳般的声音。觉如将那石洞化为霹雳室，老妖想抛出的东西竟一点也未能抛出洞外，没有损害觉如，反把自己炸为粉末。

觉如除掉了贡巴热杂，马上变作贡巴热杂的模样去见晁通，声称觉如已除。他要晁通报恩，只要晁通的手杖做谢礼。

原来，晁通家有一根魔鬼献给象雄黑教贤人的手杖，名叫姜噶贝噶，借用它，念动真言，可以快步如飞，行止如意。觉如认为现在是索取这个宝物的时候了。

晁通听说觉如已死，异常高兴，但听到贡巴热杂要他家的魔杖，非常舍不得。可是贡巴热杂说，如果不把魔杖给他，他就要把害死觉如的事告诉总管和嘉察。假如他们知道自己害死了觉如，那自己还有活路吗？晁通禁不住打了个冷战。俗话说："权力被别人夺去，头发被树梢缠住，就会身不由己。"现在已经没有别的办法了，只好他要什么给什么；况且他已经老了，不会活得太久，等他死了，宝物还归我晁通所有。想到这里，晁通心把魔杖交给了"贡巴热杂"。

第二天，晁通越想越生疑：不知觉如是不是真的死了，也不知贡巴热杂在做什么。他想去郭姆的帐房，又想去贡巴热杂的修行室，最后决定还是先去贡巴热杂的修行室看看。

他来到离修行山洞不远的地方，见洞中冒出一缕缕青烟；快步走到洞口，见洞口被一块大石堵住，只有两个被捣开的窟窿。他透过窟窿向里望去，见洞内非常凌乱，贡巴热杂的头朝下，面色紫黑，魔杖在他的身边放着。

晁通见贡巴热杂已死，想得把魔杖拿回去。他变成一只小老鼠钻进洞内。到了里面，魔杖突然不见了。晁通以为是自己变成了老鼠而不可见的缘故，遂将头还了原形，可还是看不见魔杖。他心里一阵发慌，马上念起咒语，想使自己的身子也还原，谁知竟不能如愿。他更慌了，想要马上出洞去，于是再次念起咒语，想把头再变成鼠头，以便钻出洞去，但也不能如愿。他哪里知道，是觉如的法力在他身上起了作用。

当觉如来到洞门口时，他一下发现了晁通变化的人头鼠。觉如装作不知情，说："这个怪东西，一定是个吃人的魔鬼，我要用它害人的办法来杀掉它。"

晁通吓得嘴唇发抖，好似柳叶被风吹动，上下牙碰得直响，央求道："尊贵的觉如啊！你不是常人，是神子，是佛祖，是上师和本尊，虽然愤怒，但不要记在心里。我是你的叔叔，不要杀我，救救我，你说什么我都答应你。"

"啊，叔父，现在你的幻变身子恢复不了原形，是因为你对岭地产生了黑心。你要发誓，对岭地不使坏心，不在内部起争斗。如果你从内心里答应，我可以使你的身体还原。"

晁通哪里顾得上细想，马上发了誓。觉如遂使他还原成人形，自己也以真身回到母亲身边。

晁通见非但害不成觉如，还险些丧了性命，自知力不能敌，但又不甘心就这样失败，每日里叹息。

觉如在岭地度过了四年。在此期间，他降伏了杂曲河和金沙江一带的一些鬼神，为众生办了许多好事。

第三章

施幻术觉如母子被逐

一

壬午年十二月十五——觉如降生岭地五周年，这一天黎明时分，他在睡梦中得到白玛陀称祖师的授记：

觉如神子好好听，
有件事情要告诉你。
鸟王大鹏的幼雏，
有一身乘风的羽毛。
若不腾空飞翔，
有没有六翅①有何区别？
勇猛的兽王的子孙，
有绿鬃和三种武艺，
若不到雪山顶上，
三艺圆不圆满有何区别？
神子降生于人间，
具备所向无敌的神通，
若不去征服世界，

---

① 六翅：传说大鹏有六扇羽翼，所以才能搏击长空。

有没有神通有何区别？
降生的地方是美丽岭地，
居住的地方是黄河之畔，
好地方黄河流域莲花谷，
好日子甲申年正月初一，
好事情神通归你掌握，
好部落六族自然到手里。

白玛陀称祖师唱罢，俯身在觉如耳边低语了半晌，然后飘然离去。

觉如把白玛陀称祖师的话牢牢记在心里。他要遵照上师的旨意，离开此地，到黄河流域去。但要离开岭地，也必须遵照上师指示的办法做。

觉如对郭姆说："母亲啊，我的头上要一顶帽子，脚上要一双鞋子，身上要一件好衣服。"说罢，他骑着魔杖姜噶贝噶走了。

到了赛玉山，觉如杀死了黄羊妖魔弟兄三个，用他们的皮做了一顶不好看的帽子，把黄羊角镶在上面，羊角高高地竖着。晚上到了老总管的牛圈里，把七个牛魔偷偷杀死，做了一件不好看的牛皮破边衣服，把牛尾巴系在衣服上，长长的拖着。半夜里，他又到晁通的马圈里，将马魔杀死，做了一双不好看的红色马皮靴子，又把马兰草根倒过来，缝在上面。

郭姆见觉如把自己打扮得令人害怕又讨厌，觉得奇怪，便问觉如为什么要这样做。

觉如说："常言道，自己的事情自己来解决，那比上司官长的金字公文还要强；自己的事情自己来做主，那比居高位的一千个金座还要强。我要离开，这样，我觉如上面没有官长，属下没有百姓，即使世上的人都成了我的敌人，我也没有什么可畏惧的。我们母子没有家产，就不必瞻前顾后；我们母子没有亲属，就不需要为顾情面、奉承别人而多费精力。我们走吧，哪里的太阳暖和，哪里的地方安乐，我们便往哪里去。"

郭姆没有表示什么，觉如继续照自己的想法办。他把自己住的地方变成肉山血海，拿人肉当食品，拿人血当饮料，拿人皮当地毯。这种状况，不要说人见了害怕，就连罗刹也变色。部落的人看见之后，起了传言：神子觉如已经变成恶魔，变成了红脸罗刹，但是没有人能降伏他。

母子二人来到澜沧江畔，觉如认为应该征服澜沧江对面山上以吃小孩为生的罗刹鬼，于是让母亲将自己绑在双胎马驹上，渡江到对面山上去，看见罗刹女正在吃四五个小孩子，他对罗刹女说道："罗刹姐姐长命百岁！给我一点火吧，我给你出个好主意。"

"我给了你火，你能给我出什么主意呢？"罗刹女问。

觉如回答道："你住在这里，除了小孩，其他什么都吃不到，不如到对面山上去。"

"可是我没有办法到对面山上去呀。"

觉如把双胎马驹的尾巴拴在罗刹的脖子上，说："你跟我来。"

走到河中心，罗刹的脖子被拉断，立刻沉到了河底。

然后，觉如前往蛇头山口，途经一条狭路，遇到一个水妖出游。他知道降伏这个水妖的时机已经到来，就对郭姆说："母亲，你随后来，我先去看看路好不好走。"

他到水妖前面时，那个水妖正张开大口等着他呢。觉如暗暗呼唤天神，在八十尺长的一根皮条末端拴上铁钩，抛出去，铁钩钩在了妖怪的心上，觉如将他拖出水面杀死了。

觉如母子二人就在蛇头山口安了家。觉如狩猎周围山上的野兽，用肉垒屋墙，拿兽头围院落，使血液汇成了海子。他还把附近山沟的商旅过客抓来关进牢房，饿了吃人肉，渴了喝人血，用人皮做坐垫，把人尸抛滩头。这情景，鬼神看见了也惊心。这一带的商路交通被觉如截断，有一年半之久。

过了一段时间，达绒家的七名猎人来到觉如住地附近打猎，在森林里住下来。觉如立即把森林里的七个黑衣人、七匹黑马找到眼前，命令他们三个月之内不许把达绒的猎人放走，并对猎人和马匹做了在这期间不死的加持。然后，觉如又施展杀死猎人七人七马的神变，把人尸和马尸堆放在那里。

来到山上寻找达绒家猎人的人们以为猎人和马被觉如杀死了，然而没有一个人敢到觉如面前去质询。

得知这些情况,老总管绒察查根忧虑万分,从预兆来说,觉如无疑是来征服四方妖魔的神子;可依现在的行为,纯粹是危害岭国百姓的恶魔。若说这是别有用意,他为什么要这样做呢?应该怎么办呢?老总管满心忧虑。

一天,在老总管半梦半醒之时,觉如在天界的姑母朗曼噶姆骑着无鞍鞯的白狮降临,对老总管授记道:

黄金宝座上的大首领,
总管绒察查根你细听。
鸟王大鹏的幼雏,
好像暂时落入人家,
展翅随风翱翔的日子里,
若不到如意树枝上去,
主人的房屋有可能尘土四扬。
毒蛇头上的宝珠,
虽然由穷人得到手里,
如若没有享用的缘分,
遇到能保卫珍物的强者,
穷人也不能消受那宝珠。
神子变化而成为人,
诞生地是吉祥之所,
如若不能将降魔基地——
黄河两岸来占领,
占据岭地小地方有何益!
那澜沧江和金沙江之间,
大象行走嫌路窄,
骏马驰骋嫌路短,
和要教化的霍尔相距又太远。
善恶颠倒的预示和征兆,

标志着白业①战神遭厄运。
为洗净岭地法律的污垢,
勿留觉如,把他撵出去。
今后三年时间内,
澜沧金沙会被白绫覆盖,
野马的蹄子要抬上天去,
黄河流域的白螺供柱上,
要用五种珍宝来做装饰。

女神朗曼噶姆这样说完后便飘然隐去,老总管连日来的担忧一并散去。而此时,晁通家派的仆人来向老总管报告,把七个猎人、七匹马被杀害的事添油加醋地说了一通。

老总管听得不耐烦,捋捋胡须说道:"你说的这些可靠吗?再怎么说觉如也是奔巴王的弟弟。俗话说一口能吞大海的人,肚量应该有天那么大;两膀能抱起大山的人,力量应该像地那么大。我想最好还是让他们自便,觉如母子好歹是龙王的亲人,就算他们是罗刹厉鬼,我们也是毫无办法的。晁通王是岭国法术最厉害的人,如果就连他也不敢面对觉如,我们呢?"

老总管将晁通的仆人打发走以后,去了嘉察那里,将女神的预言说给嘉察听,知晓了天机的两个人商量好了要守口如瓶。

初八那天,在晁通的主持下岭国举行了英雄会,晁通当着众人的面说道:"总管兄长、侄儿嘉察,还有各位到场的神圣岭国的子民们,今天请大家来到这里,商议觉如的事情。并不是我晁通有意要为难侄儿,想我达绒王,有哪个时刻不是把岭国放在首位?觉如于我而言,就像俗话说的,'身上无疼痛,大病在心里',我总是在想他是不是被罗刹恶鬼迷了心窍,想着如何做一场驱邪的道场,治好他那疯癫的病。"

然后,他又将觉如残害人马的事情更夸张地讲述了一遍,并说一定要当着大

---

① 白业:指善良、正义的事业。

家的面占上一卦。卦象显示：只有除掉觉如，岭噶布才能安宁。这样的卦象让嘉察十分担心。而老总管对大家唱道：

在岭国达塘查茂地，
请把总管绒察的歌儿听。
就像藏族俗语说，
肉类、酥油、糖食最香甜，
可是吃多了会生疾病。
天神所赐的神子觉如，
暂时虽然危害岭噶布，
岭国福运好像也完了，
这是说个笑话给你们听。
只要地上有潮气，
绿草总会从中生；
只要命纹在额头，
祸害会变成好事情；
勇武在身的小伙子，
敌人再多也会把战利品来夺。
上面讲的这些道理，
六大部落可听清？
法律庄严需肚量大，
语言是流水需探源头，
说达绒人被觉如杀死，
究竟有谁可以做证人？
若要驱逐觉如出岭国，
这是处分犯法的人。
请问要如何驱逐他？
由一百个上师吹法螺来赶他，

抑或一百个青年放箭来赶他，
抑或一百个姑娘扬灰①来赶他。
如果觉如没有罪，
七人的命没有错伤过，
待到真相大白后，
谁人应该为此后悔？
觉如本是穆布董氏好后裔，
又是邹纳龙王好外孙，
没罪受罚就是不合理。
因此嘉察协噶你请听，
弟弟要被流放到边陲，
所需一切都由你准备。
现在达塘查茂会场上，
岭国英勇小伙子们，
谁敢答应说"我去"？
若有人愿意走一趟，
赶快出来报名字，
六大部落岭噶人，
请把这话记心里。

　　没有人愿意去给觉如传话。嘉察伤心地叹了口气，说道："既然众家兄弟都不愿去，那就我去告诉弟弟吧。"大臣察香·丹玛绛查见嘉察满面悲戚，知道他不忍让弟弟觉如离开，走上前去，说："尊贵的奔巴协噶，请您坐在金座上不要走，由我丹玛前去。"

　　察香·丹玛绛查骑马来到觉如的住地，看到的是人皮撑起的帐房，肠子做的帐房绳，人尸和马尸砌成的短墙和堆成一座小山的尸骨，不禁毛骨悚然。仔细思

---

① 扬灰：妇女一面抖动裙摆，一面扬灶灰，是古代藏族祛邪驱魔的一种做法。

量,又觉奇怪:就是把岭地的人和马全都杀死,也不见得有这么多尸骨,莫非这是变幻出来的?想到这里,他心里不再害怕,摘下帽子向觉如挥动。觉如马上跑下山坡,请他进帐房。

他们走到帐房跟前时,那些尸骨像烟雾一样消失了。帐房里面香气扑鼻,令人身心愉快,神志清明。觉如以天神饮食招待丹玛,二人亲密异常。觉如对丹玛说了许多预言,对事情的真相也做了一些暗示。丹玛发愿:生生世世愿为君臣,永不相离。

觉如听了说:"丹玛你先回去,就说你没有敢过来,只是喊了一下。刚才我说的话和你看到的情况,暂时不要让别人知道。切记!切记!"

丹玛回到岭地,说觉如简直是活生生的罗刹。就在这时,传来消息,又有几个岭人被觉如吃掉了。

晁通马上下命令:"大家披甲戴盔,手执兵器!"

嘉察说:"哪里用得着这样,达绒长官去令他悔罪,驱逐出境就可以了,再不要惊动他人。"

老总管命令一百名女子每人拿一把灶灰,准备诅咒、驱逐觉如。

嘉察心中大为不忍,说:"觉如是穆布董氏的后裔,是龙王邹纳仁庆的外孙,是我协噶心肝一样的弟弟,是母亲郭姆的第一个儿子。对他撒灰诅咒,对战神也是不恭敬的,不应该这样做,可用一百把糌粑团来驱逐他。"

郭姆母子被召到众人跟前。觉如头戴难看的黄羊皮帽,身穿难看的牛皮衣服,脚穿红红的马皮靴子,带着魔杖姜噶贝噶,模样令人厌恶。他却把母亲郭姆打扮得比以前更加美丽动人,骑在骡马卓洛托嘉上,好像出山的太阳一般。

岭人一见郭姆母子,议论起来:"觉如多可怜呀!""郭姆多美丽呀!"

他们把可怕情景忘得一干二净,对于眼下觉如的处境十分担心,眼里充满泪水。

嘉察早已将乘马、驮牛和其他物品、护送之人准备妥当,只等送觉如上路。

觉如用一种只有嘉察听得懂的话对嘉察说:"嘉察哥哥啊,我此去,是因为天神所预言的时机已到。我走之后,您不必担心。护送我的人和物品等,我不需要。邦拉和黄河流域的土地神已经派人来迎接我了,昨天已经到这里了。"

嘉察协噶猛然醒悟，要对觉如说些什么时，觉如已把脸转向大家——临行前他要向大家说几句话："善良的人们啊，我觉如并没有做什么危害众生的事情，以后你们会明白。我觉如无罪而被放逐出境，虽不妥当，但是是叔父的命令；虽不公正，但是是先业所定。我走后，你们应照善业行事，将事情的真假是非弄清。在叔伯严厉的命令下，我觉如不再逗留，当即前行。"

说罢，他骑上魔杖姜噶贝噶，从吉普地方向北而去。上师们吹螺号驱逐他，螺号声却像迎接觉如一样地在他面前呜呜而鸣。勇士们尽力射箭驱魔，利箭却像给觉如敬献彩箭一样，接连落在他的手中。那些糌粑供品，也像雪片一样在他们母子面前飘落，落在郭姆手中的绫带里。

郭姆大声呼喊："尊贵的白玛陀称祖师、本尊神旺钦锐巴、空行益喜嘉措、姑母朗曼噶姆、司寿珠贝杰姆、嫂嫂郭嘉噶姆、哥哥东琼噶布、弟弟龙树威琼、战神念达玛布、父王邹纳仁庆、山神格卓念布、地方神吉杰达日……请为我们母子做救主，并做旅途的保护神。愿岭地能获得人、物、财三种福祉，一切享受，像大海汇集小溪、母马后面跟着马驹、父母后面跟随子女一样，随着我们母子！"

郭姆的呼声在山间久久回荡，十三沟的山林和神山都向郭姆母子前进的方向围拢过来。直到现在，吉普地方的地势地貌还保持着当时的样子。

二

郭姆母子在黄河川的玉隆改拉松多住了下来。天神和地方神都在暗中保护他们。

离他们不远的堪隆六山，被可恶的地鼠占据着。它们挖开了山巅的黑土，咬断了山腰的灌木，吃掉了平原的野草。人到那里，被尘土笼罩；牛到那里，饥饿而死。觉如知道，消灭这些地鼠的时机已到，遂在抛石器里放上三颗羊腰子大的石子，口中念诵咒语，将石子打出去。三颗石子正好打中鼠王扎哇卡且、扎哇米芒和地鼠大臣扎哇那宛。其余的地鼠被石子震得头破血流，纷纷死去。

鼠害已除，人害仍在。一天，上拉达克的大商人白登晋美、朗嘉洛桑和拉达曲噶三人带着伙计七十余人，用两千多匹骡子驮着装着金银、绸缎的箱子前往嘉纳地方，经过阿钦纳哇查莱时，被七名霍尔人抢劫。觉如知道后用法力杀死了霍尔人，夺回了商人们被抢的财物。商人们千恩万谢，一定要将财物分一半给觉如。觉如用手一推，说："这些我不要。但今后你们路过此地，要给我觉如送上哈达作为见面礼，并献上嘉茶作为礼品。我想请你们到黄河川的玛卓鲁古卡隆去，帮助我修一座宫殿，费用由我给。从今以后，无论你们到什么地方，我都会保护你们。"

商人们有了报恩的机会，欣然同意。后来又来了几拨商人，觉如用同样的办法把他们挽留下来，帮助建造宫殿。

商人们来到玛卓鲁古卡隆，看到那里有座四层楼的宫殿，宫殿的四面还有四座小城。觉如要他们修一座房顶突出的大殿，发给每百人一口袋糌粑、一包酥油、一包茶叶、一包肉、一包面，并告诉他们："修到食物吃完后就可以回来，没有完工也没有关系。"

商人们的食物在宫殿完工之前一直没有吃完。宫殿建成之后，商人们继续做买卖去了。

觉如满八岁那年，岭地百姓迁居黄河流域的时机已到，他遂向龙王邹纳仁庆求雨，并请求八部鬼神帮助，在岭地降下大雪。

大雪从十月初一开始日夜不停地降落，下得岭地一片洁白，山顶上的树，只能望见树梢。

岭地的人们心中焦急，老总管绒察查根比别人更急：雪若不停，继续在这里住下去，岭地的人和牲畜恐怕一个也保不住，得马上迁往别处。迁到哪里去呢？老总管派出四人，向四方去寻找一个可以迁居的地方。

四人去往上方、下方和嘉绒地方，走了好多天也不见雪停。这是八部鬼神的变化，他们看到的，是与岭地完全相同的雪景。

向黄河川方向去的人，详细察看了那里的地形，只见澜沧江、金沙江和怒江三条河流与黄河川交界处，山上墨绿，平原紫黑，那里的牧草岭地六部的牛羊三年也吃不尽。他们看中了这块地方，但不知这块地方的主人是谁——如果不经允许迁来，是会引起战争的。

他们不知该到何处去问询，这时正好迎面来了几个人，他们是去向觉如献礼品的商旅。一人忙上前问道："好人们，你们这里的主人是谁？要借地方，该和谁讲？"

"此地以前是旷野荒郊，无人为主，我们商旅通行很困难，常有霍尔强盗拦路抢劫，不让通行。后来来了个叫觉如的，他不是人，是鬼神的君王，神威无限。我们向他敬献哈达、茶叶，求得他的保护，才能够没有恐惧、放心大胆地通行。你们要借地方，应该向他请求。"商人们说完，赶着马走了。

四人一听这地方是觉如的，面面相觑，不知说什么好。觉如是被岭地驱逐出来的，怎么好再去向他借地方呢？

四人回到岭地，六部的人马上集合，询问他们探查的情况。他们把情况一一说了,老总管、嘉察及丹玛心中明白,按照预言,迁徙黄河川的时机已到,但佯装不知。

嘉察说:"现在没有雪的地方是黄河川,而那里的主人又是觉如,我奔巴嘉察可以去。但是觉如的行为与乡俗不合,想法也与别人不同,我一个人去恐怕无济于事,其余五部落均应派出代表和我同去,向觉如求情。"

听了嘉察的话,察香·丹玛绛查、晁通、甲本·色吉阿干、嘉洛·敦巴坚赞、珠噶德曲炯贝纳等五人表示愿与嘉察同去。于是六部落的六名代表向黄河川进发。

觉如知道他们要来,为了煞煞他们的傲气,当他们出现在玉隆噶达查茂的时候,觉如昂首挺胸地迎面走来,手拿抛石器,挡住了他们的去路,唱道:

> 六名盗匪听我唱,
> 好汉名叫觉如王。
> 你们竟敢闯到此,
> 等待你们的是死亡。
> 我手里拿的抛石器,
> 是千位战神的命根子,
> 我瞄准你们的前面,
> 炸毁石崖如霹雳。
> 然后抛出一石子,
> 将你六人全毁灭。
> 六匹马做我的战利品,
> 看什么妖魔鬼怪还敢来!

觉如唱罢,抛出手中的石子,石子带着灿灿的火星,将石崖砸得粉碎,轰隆隆的巨响震耳欲聋。

嘉察协噶立即跳下马，从怀里掏出一条雪白的哈达："尊贵的阿吉觉吉[①]啊，长命百岁的觉如啊！我们到此地，有话对你说。"他唱道：

> 黄嘴野牛的犄角，
> 碰上谁便要抵坏身体，
> 它从来不抵自己的牛犊。
> 红色母虎的锋利牙齿，
> 什么人碰上也要被吃掉，
> 却不会咬噬亲生的幼虎。
> 岭地足智多谋的诸好汉，
> 和哥哥为求情来到此地，
> 拿石子对付是否妥当？
> 觉如弟弟请听仔细：
> 岭地被大雪覆盖，
> 大批牲畜遭饥馑，
> 欲向奔氏后裔觉如你，
> 求借黄河川之宝地。
> 最好能借三年整，
> 至少也以六个月为期。
> ……

不等嘉察唱完，觉如就跑上前去抱住了嘉察："原来是哥哥和岭地的亲人们，我没有认出来，请不要见怪。我们母子二人住在这个强盗横行、魔煞打尖的地方，只能小心从事啊！"说罢，把六人让进家中。

帐篷从外面看来很小，里面却极为宽敞，富丽堂皇。端上的茶点、酒菜、饮食，也似天神的食品，百味俱全。觉如听嘉察等人把情况讲了之后，给六个人每

[①] 阿吉觉吉：对觉如的爱称。

人一条吉祥圆满哈达、一枚金币，同时答应了他们的请求。

六个人很快返回岭地，召集六部商议移居黄河川之事。因为在那里，草尖上开着美丽的花朵，草腰上沾着露水，草根里聚着酥油汁。在那里，有英雄驰骋的大道，有男女购物的集市，有赛马休息的草滩，即使无财宝，也使人欢乐。而且觉如的意思很明白，岭人可随意住在那里，没有什么时间的限制，也不需要缴什么地租。觉如将商旅建造的宫殿城堡无偿地送给岭人，作为见面礼。

岭地的首领们一致同意，尽快移居黄河川。老总管绒察查根决定，十二月初十，全部人马在黄河川的德雅达塘查茂会合，等候觉如分配领地。

人们捉摸不透觉如将怎样给他们划分地区。特别是晁通，心中更是惶恐，害怕觉如把不好的地方划分给他，所以他急急地赶路，抢在其他部落之前到了黄河川。到了那里，第一件事就是请觉如到他的帐房里做客，拿出了牛犊呷了三年以上的乳牛的奶①、又香又甜的酥油和奶渣制成的食品，以及肥美的绵羊肉，然后毫不掩饰地向觉如提出了自己的要求："侄子是想啥成啥的，请侄子关照，给我分配一块好些的地方。"

觉如心里暗笑，但还是点点头，答应了。

十二月初十这天，岭地人马在德雅达塘查茂会合了。觉如头戴礼帽，身穿礼服，足蹬闪亮的马靴，站在他们面前，精神振奋，神采飞扬，令人生发崇敬而又有几分畏惧。

觉如首先向大家介绍黄河川的地理位置，然后唱道：

　　上面插入嘉噶地区，
　　下面插入嘉纳地区，
　　前面插入阿钦霍尔地区，
　　后面插入阿底绒地区。
　　此地黄河有三曲，
　　第一曲位于岭部的地界，

---

① 当时人们认为，牛生犊后，经过三年仍未断奶，其奶质最好。

第二、三曲位于霍尔地界，叫昂塘。

接着，觉如开始分配领地：

黄河川则拉色卡多，
天文好似八辐轮，
地文好似八瓣莲，
中间小山具有八吉祥。
这里是最好的地方，
是适于长官居住的领地。
我把它划给尼奔达雅，
长系色氏八弟兄住在此地。

黄河川最好的山沟白玛让夏，
是大鹿跳跃嬉戏的地方，
是黄嘴巴野牛磨角的地方。
草吃不完，野牛生犊子，
林烧不尽，麋鹿可存身，
是大丈夫居住的地方。
我把它划分给弟弟巴森，
仲系文布六部落在此居住。

黄河中游的则拉以上，
野花儿开遍芳草地。
玛卓卓鲁古卡扎地方，
凉风来缴纳草税，
河水来缴树木税。
靠山好似挂上帘幕，

黄河好似摆上净水。
这是大势力的长官居住地，
我把它划分给叔父总管。

黄河阴面的札朵秋峡谷，
有一百零八座雄伟宝塔，
一千零二十二个坛庙。
这是下界母龙进行礼拜地，
是龙畜牛羊杂居地，
是辖地广大的长官居住地，
我把它划分给父亲森伦王。

黄河下游的鲁古以上，
有如利箭插在箭筒里。
司巴科茂绒宗地方，
不分冬夏均降雪，
不分春秋皆刮风。
叫人时，魔女来应声；
叫狗时，狐狸来答应。
是骒马不到九岁之时，
不生马驹的地方；
是小牛犊不吮干九次乳，
不生牛犊的地方；
是绵羊未满三岁时，
不生羊羔的地方。
有关隘如咽喉的峡路，
有平原如莲花开放。
这是强悍男子居住的地方，

我把它划分给叔父晁通王。

每一个首领都分到了自己的领地，觉如和母亲郭姆仍旧住在黄河下游自己的小帐房里。

岭地其他人都满意，只有晁通不情愿，却又不能表露出来，因为这毕竟不是在岭地，觉如的力量也更加强大了。

从此，岭地六部落的民众在黄河川开始了新生活。

第四章

赛马会夺魁荣登金座

一

　　岭地六部落自从在黄河川安安稳稳住下来，日子一天比一天好。此地水草丰美，牛羊肥壮，确实是个好地方。看到百姓们安居乐业，觉如像是完成了一项重大使命。他欲往玛麦玉隆松多地方去进行新的开拓，又恐岭地众生不允，于是又像在岭地居住时一样生出许多事端，令人厌恶生嫌，好让人们将他们母子驱逐出黄河川，去往那妖魔逞凶、煞神横行之地——玛麦玉隆松多地方。

　　觉如以各种各样的神通将地方上的妖魔鬼怪一一降伏，将蛮荒的玛麦玉隆松多地方变成了一块祥瑞的土地。藏历铁猪年，觉如到了十二岁。

　　这一年寅月初八，天尚未破晓，觉如还在熟睡的时候，天母曼达娜泽在众空行女①的簇拥下，骑着白狮子降临，附在觉如的耳边轻轻唱了一支歌：

　　　　在那棋盘似的田畦里，
　　　　青青禾苗粗又壮，
　　　　若无累累果实来点缀，
　　　　长势再好也只能当草料，
　　　　颗粒无收空惆怅。
　　　　在那高高的蓝天里，

---

① 空行女：女神。

无数星星在闪光，
若无皎月来辉映，
星星再多也不亮，
大地一片黑茫茫。
在那美丽的岭国里，
觉如神变百怪又千奇，
若不称王掌国政，
仅把叔叔来震慑，
神变只能毁美誉。
出自乌仗的千里驹，
混迹北方野马群，
和你同年同月同日生，
今年若不将它擒，
如虹消逝难觅寻。
天神为你选美妻，
嘉洛家的珠牡初长成。
你今岁若不娶过门，
达绒家也想与她配成婚。
无她辅佐，伟业难告成。
明日清晨天刚放亮时，
你应化作马头明王神，
向那晁通降下假授记，
要他宴请岭国众兄弟；
宴席必须达绒家操持，
告诉他：王位、财宝与珠牡，
作为赛马的奖品，
他的玉佳马能取胜，
珠牡定是他家的人！

骏马需用套索擒，
美女要以幻术取；
勇士喜揉猛虎皮，
虎皮装扮添英气。

觉如似睡非睡，又听见天母说："孩子啊，在明天这个时候，你要变化成马头明王，去给晁通降下预言，告诉他必须立即举行赛马大会，将王位、七宝①作为赛马的奖品，还有岭地最美丽的姑娘——嘉洛家的森姜珠牡将许配给赛马获胜的人。你要告诉他，赛马的胜利定属他的玉佳马。"

觉如猛地醒了过来，睁眼看看四周，黑洞洞的一片，天母早已离去，可天母的旨意他牢牢记在心中。他想：过去十二年中，我为众生做了很多好事，可谁也不知我其实是怎样的人，还常常被人误解。现在到了我公开显示本领的时候了，我必须遵从天母的旨意，参加赛马大会，夺取王位。

他要做的第一件事，就是让达绒长官晁通提出举办赛马大会。此时，晁通正在专心致志地修法，修的是马头明王法，这真是天赐良机。初九的后半夜，觉如化作一只乌鸦，在晁通半修法半昏睡的时候向他唱了一支预言歌：

此地是壁乌达绒宗，
我是红面马头明王神，
达绒莫睡听我降授记！
古时有谚语说得好：
"在星罗棋布的田畦里，
撒播青稞，盼望雨及时，
南方祥云到时不降雨，
寒冬才下雪时已迟。"
晁通修持马头明王法，

---

① 七宝：《法华经》中以金、银、琉璃、砗磲、玛瑙、珍珠、玫瑰为七宝。佛经中的"七宝"与藏族传统文化相结合，泛指珍贵的"七种财宝"，与"吉祥八宝"相对应。

> 重大事儿盼加持，
> 神灵此时不保佑，
> 事后预言已过时。
> 明日你就做准备，
> 岭国英雄弟兄们，
> 不分贵贱全邀请，
> 宴会由你家主持。
> 嘉洛家族的珠牡，
> 宝库里的七珍宝，
> 美丽岭国国王位，
> 作为奖品，赛马定输赢。
> 王位定由你家坐，
> 珠牡丈夫出自你家，
> 弟兄三十四骏马里，
> 玉佳马定能夺头名。

待晁通睁眼看时，觉如所变化的乌鸦已飘然隐没到他所供奉的马头明王神像中去了。晁通对预言深信不疑，立即翻身起来，连连向马头明王叩头，又对王妃丹萨讲了马头明王给他预言，让王妃马上为赛马大会做好准备：

> 丹萨赛措玛莫要睡懒觉，
> 贪睡的人儿无安闲。
> 石头贪睡集尘埃，
> 大树贪睡根腐烂。
> 大师贪睡戒不严，
> 官吏贪睡法松散。
> 女人贪睡家业败，
> 武士贪睡敌凶顽。

五更天明北神降授记，
他说六个部落须会聚，
岭国众弟兄要齐宴请，
宴席就由我家来主持，
财富、王位和美女珠牡，
作为奖品，赛马论输赢。
还说美女珠牡属于我，
金轮的宝座我坐定，
岭国的王位我继承。
崇高的权势与珍宝，
齐作美饰炫耀在头上，
两相结合越来越显耀。
无耻的伴侣与靴筒，
两相结合越来越低下，
最后扔到门外无人要。
还有话儿要对你讲：
要想取物手腕莫僵硬，
要想赛跑膝盖莫颤抖。
成就好似神圣的旌旗，
莫要沾上衰败的污垢；
庆典如同纯净的白铜，
莫使长出怨恨的铜锈。

赛措玛，你快快起来！
迎宾酒宴快快去安排。
甜美的酥酪糕多备办，
可口的鲜肉要堆成山，
香醇的美酒要汇成海。

三种上等好茶准备全，
盛入吉祥的铜壶中，
配上晶盐与牛奶，
熬出的奶茶味道鲜。
宴席要丰盛又气派。
贵人库存的财物，
越是施舍越增多；
家财万贯无福禄，
不穿不用也变没有。
珍宝奉送不心痛，
是给知心的挚友。

丹萨想了想，过去曾耳闻，岭地的王位、七宝和美女珠牡，已由神明预言给了觉如，而觉如善于变化，恐怕这预言是他假造的。她觉得应该对晁通说明白："我的王啊，不要相信深更半夜的乌鸦叫，那不是神灵是恶鬼，不是预言是欺骗。我的王啊，俗话说'天黑逼着人躺下，深夜不得不睡眠；起床要受天明的驱遣，白昼催人忙耕田'，四种安排人人都照办，为什么你正相反？这样不待天明就把你催起来，不是好兆头呀！劝你今晚安安稳稳睡，明日与众人商议也不晚……"

不等王妃把话说完，晁通想起马头明王预言中的话，说道：

上等人将心给神佛，
心中明亮像太阳；
中等人将心归于王，
自由自在不彷徨；
下等人将心归老婆，
命中注定不兴旺。

晁通心想：只有下等人才听老婆的话，我堂堂达绒长官是上等人，当然要听神明的预言。再说，岭地的七宝、王位，特别是那个令人难以忘怀的珠牡姑娘，要是能把她娶进家来，就是别的什么都不要，我也心满意足了。

晁通越想越高兴，马头明王的预言正合他的心意。他的玉佳马，在岭地首屈一指，赛马的胜利非它莫属。只是有一件事令他担心，那就是珠牡是否愿意嫁给赛马获胜者。如果她同意，那就绝对有把握将她娶进家门。晁通转念又想：珠牡进了门，和丹萨肯定合不来，那岂不委屈了珠牡？不如趁现在就把丹萨赶走，免得将来生事。想到这些，晁通恶狠狠地对丹萨说：

羊唇毒舌的丹萨，
竖起两耳听我讲：
天神若不悲悯来启迪，
必定神思混乱智昏昏。
马头明王亲自前来授记，
你竟说引来灾难是祸根。
冲撞了吉兆本应受惩处，
念你生儿育女的情分，
暂且饶恕这次不处分。
达绒城堡的内当家，
珠牡到来就由她当，
宝库、金箱、寝宫锁，
全要交到珠牡手。
贱妇丹萨的一双手，
从今去拿木碗和瓢勺，
若是情愿你留下，
若不情愿就请走！
三春大地春意浓，
寒冰不得不解冻，

三秋严霜来催促,
成熟的庄稼不得不收获。
丹萨眼看要飘零受冷落,
故此你只好抱怨神,
当珠牡像太阳东升起,
丹萨如鸱鸮的眼睛要失明。
珠牡俊美像朵圣洁花,
开在达绒海子岸边上,
众眼把她当甘露饱尝,
忿怒王似蜂儿迷恋她。
丹萨是普通的邦金花,
曾在草原艳丽开放,
可惜岁月的冰霜摧残,
如今似脚垫任人践踏。
前世命运来安排,
今生受苦躲不过。
我家食物储藏最丰富,
你不愿动手就一旁坐。
忿怒王的公主晁牡措,
精明能干可以伴珠牡,
盛大宴席她定能办妥。

说完,又吩咐家臣阿库塔巴索朗道:

岭国英雄召集齐,
当众传达我旨意:
莲花鲜艳要遭冰雹袭,
岭国弟兄不抢先要悔不及,

珠牡貌美，别的部落都想娶。
为此全国举行赛马会，
嘉洛·森姜珠牡与仆役，
还有珍藏的七珍宝，
作为赛马胜利品看谁争夺去。
由我达绒家来操持，
商讨大事的盛宴席。
邀请众兄弟来赴宴，
本月初十要做决议，
本月十五赛马大会要举行。

丹萨被晁通的话气得直发抖。她想：当年我丹萨年轻貌美，像草原上娇艳的花朵，被晁通娶进家门。这些年来，我为他生儿育女，操持家务。如今我老了，他却喜新厌旧，想把半辈子夫妻情一笔勾销，把我的良言当恶语。丹萨欲和他争辩，又恐他说出更难听的话来。她又想：神明们是公正的，我倒要看看这个小人的下场！丹萨不再说什么，不声不响地为晁通准备筵席。

二

盛大的赛马会就要举行了，美丽的玛隆草原充满了欢乐的气氛——杜鹃在唱，阿兰雀在叫；天空蓝得像宝石，白云白得像锦缎；花儿红，草儿绿，草原似乎变得更广阔了。

达塘查茂会场上人头攒动，姑娘们穿上自己最心爱的、平日舍不得穿的衣服，嬉笑着，打闹着，像一朵朵盛开的鲜花。连那些平日弓身驼背的老阿爸、老阿妈也穿着簇新的衣服，喜笑颜开地挤在人群中，使劲挺着腰，看起来年轻了许多。会场上最令人瞩目的，还是那些参加赛马的汉子。你看：

那上岭色巴八氏以琪居的九个儿子为首的人，如同下山猛虎一般，众弟兄一律黄锦缎袍、黄鞍鞴，在阳光照耀下，显得富丽堂皇、灿烂夺目。

那中岭文布六氏以珍居的八大英雄为首的人，如同降在大地的白雪一般，众弟兄一律白锦缎袍、白鞍鞴，在阳光下泛着银光。

那下岭穆姜四氏以琼居的七勇士为首的人，如同湛蓝的天空一般，众弟兄一律宝蓝锦缎袍、蓝鞍鞴，在阳光下放射着琉璃般的光芒。

还有右翼的噶部、左翼的珠部、达绒十八大部、达伍穆措玛布部、嘉洛部，等等，无人不锦衣彩鞍，满怀豪情。

大家都在祈祷，而且坚信神灵会帮助自己。你看：

达绒长官晁通、他的儿子东赞和达绒十八部的弟兄们，把头昂得高高的，自以为胜利在握——举行赛马大会的预言是马头明王讲给晁通王的，玉佳马又是岭噶布公认的最快的骏马。达绒的人早把王位视为己有,认为赛马会不过是做个样子罢了。

长系的众家兄弟,位居长房,认为如果神灵有眼,就该把王位给长房来坐。所以他们个个摩拳擦掌,人人信心百倍。

仲系的弟兄们认为,以往好事轮不到他们,趁今天赛马的机会合理地夺得王位,可以为本房争口气。八大英雄早把骏马驯养得油光水滑,跑起来像是在草上飞。

以老总管绒察查根为首的幼系,早就心中有数。老总管时时记起十二年前白玛陀称祖师给他的预言,这次赛马会,就是要让觉如名正言顺地坐上王位。所以,他们不相信晁通说的马头明王的预言。他们心中有底,这王位是属于幼系的,只有他们的觉如才配娶珠牡。可是,觉如并没有在他们的行列中。觉如到哪里去了?怎么还不来?

"觉如来了!"人群中不知是谁先看见了觉如,大喊了一声。珠牡望去,一下愣住了。她甚至怀疑自己的眼睛出了毛病,便使劲地揉了一下,没错,是觉如。可他怎么会这副样子呢?只见他头戴一顶又破又尺寸不合适的黄羊皮宽檐帽,身穿一件绽开口子的牛犊皮硬边破袄,脚踩一双露出了脚趾的皮制红靴子,马上的金鞍和银镫破烂不堪。这哪里是来参加比赛的,分明是个叫花子!

幼系的众弟兄一见觉如这副落魄的样子,离觉如远远的,生怕他的晦气玷污了自己。只有嘉察和老总管深信,岭噶布的王位,定是觉如稳坐无疑。但是他们没有说话,只静静地等着赛马开始。

一只蜜蜂飞来,在珠牡耳边轻轻唱了几句,珠牡明白了:眼前的觉如是他的化身,自己竟忘了觉如有神变本领。

晁通见觉如这副样子非常高兴。他想:这下好了,自己没了对手,达绒家不用担心奖品落入觉如手中。他更加相信马头明王的预言,兴高采烈地喊道:"弟兄们,准备好啊,打起精神,赛马就要开始了。"这喊声分明透露出得意和骄狂。

看到觉如那经不得阵仗的样子,再看看晁通那春风得意的样子,人们确信,今日得胜者，除晁通以外，不会是别人。

在阿玉底山下，众家勇士一字排开，只听得法号长鸣一声后，赛马开始。一匹匹骏马像一团团滚动的云彩，在草地上向前飞驰。很快，岭噶布大名鼎鼎的三十位英雄跑到了前面：

色巴、文布和穆姜，对内称三虎将，对外称"鹞、雕、狼"三猛将。他们是岭噶布的心、眼、命根子，是岭噶布的画栋和雕梁。他们的马儿跑得快，不是在跑像飞翔。

以嘉察为首的岭噶布七勇士，是保护百姓的七豪杰，是七十万大军的总首领，犹如七座黄金山，像大地一样能负重。他们的马儿蹄不停，犹如长虹舞天空。

以老总管为首的四叔伯，是岭噶布大事的决策人，也是祖业的继承人。见多识广的四叔伯，犹如冈底斯神山的四大水，是灌溉田地的甘露汁。他们的马儿腾九霄，好似狂风卷黄尘。

以昂琼玉叶梅朵为首的岭噶布十三人，是青年英雄的生力军，犹如十三支神箭，是降伏魔敌的好武器。十三匹骏马好像浓云旋，长啸奔腾震大地。

具有福命的二兄弟，是米庆·杰哇隆珠和岭庆·塔巴索朗；具有毅勇的二兄弟，是甲本·色吉阿干和东本·哲孜喜曲；这四兄弟是岭噶布的四面旗，是支撑帐幕的四绳索，是修盖房舍的四根柱，是四翼兵马的统率人，正直无邪亦无私。他们的马儿犹如大鹏鸟，好似碧空走流星。

嘉洛·敦巴坚赞等四位，是持宝幢的四兄弟，犹如白狮子的四只爪，是雪山岭噶布的美装饰。他们福德最高，众人祝愿他们永不衰老福寿长。他们的马儿跑得飞快又轻柔，好似青龙腾九霄。

俊美的三兄弟以阿格·仓巴俄鲁为首，犹如镂花镶玉的刀鞘与箭袋，是岭噶布俊秀丰盛的标志。他们骑着藏地雪山马，好似天空飞雪花。

威玛拉达和达潘，是岭噶布的大证人和公正判断者，是成百意见的最后决定者，是成百会议的最后总结人。他们的眼睛观察善恶明如镜，他们的命令恰似锋利无比的钢刀。威玛拉达骑着"金毛飞"，达潘胯下是"金黄黄"，往日为别人排难解纠纷，今日也参加比赛欲称王。

一股股如云似雾的青烟从鲁底山袅袅升起。在鲁底山上，有十三个供烧香敬神的神房，人们在那里已经烧起祭神的柏树枝和"桑"①树枝。香烟缭绕，布满天空。佛灯也在神器的坛城周围燃起，灯火闪耀。只听螺声呜呜，人们匍匐在地，口中念念有词，向天神、护法神祈祷，为战神唱赞歌。

在拉底山上观看赛马的人们，心情一点也不比参加赛马的人轻松。就连那平日最活泼的七姊妹，也紧张得瞪大眼睛，唯恐漏掉赛马场上每一个细小的变化。在岭噶布的重大活动中，最善于打扮的要数姑娘们，而姑娘们中打扮得最漂亮的要算七姊妹。她们不光服饰绮丽，还有婀娜的身姿、照人的光彩和动人的神态。所以她们一出现，立即引来众人注目。她们毫不羞怯，愿意让众人多看自己几眼。

莱琼·鲁姑查娅忽然想起一件事，便低声对珠牡说："珠牡姐姐，我昨晚忽然做了个梦，梦见……"

"别那么小声，老跟珠牡嘀嘀咕咕，有什么话，大声讲出来，让我们也听听！"卓洛·拜噶娜泽对莱琼说。

"是嘛，也让我们听听。"几个姑娘都凑近了。赛马场上的马群越来越远，她们看不清了，又不甘寂寞，恢复了她们活泼风趣的本性。

"嗯，好吧！"莱琼把水灵灵的俏眼一扬，唱起来：

  嘉洛、鄂洛和卓洛，
  有钱时被称为叔伯三兄弟，
  无钱时被称为叔伯三奴仆；
  珠牡、莱琼和娜泽，
  有钱时被称为三姊妹，
  无钱时被称为三奴仆。
  ……

---

① 桑：意译，指一种树枝，具有独特的香味，焚烧"桑"树枝等是一种祭神祈祷的仪式，叫"煨桑"。

"谁要听你说这个。"卓洛·拜噶娜泽有些不高兴。

"莱琼,你不是说昨晚做了个什么梦吗?说说你的梦。"珠牡也不想听莱琼·鲁姑查娅那格言般的演唱。

"你们不要急嘛,我总要先教导教导你们,然后再给你们讲故事啊!"莱琼·鲁姑查娅调皮地说,接着又唱了起来:

> 在昨夜香甜的睡梦中,
> 梦见玛隆义吉金科地,
> 大鹏苍龙空中嬉;
> 梦见狮虎地上驰,
> 大象奋力在行走,
> 彩虹的穹窿更美丽。
> 梦见勇士凌太空,
> 威武似要镇大地,
> 没到天际返回来,
> 没到地面悬空中。
> 梦见古日的天湖中,
> 太阳浓云相竞技,
> 浓云虽在天空飞,
> 烈日光辉照天际。
> 我莱琼祝愿日光好,
> 温暖舒畅心欢喜。

唱罢,莱琼·鲁姑查娅把小嘴一闭,不说话了。

"完了?"晁通的女儿晁牡措问。

莱琼·鲁姑查娅点了一下头,似乎不想再说什么。

"这是什么意思呢?"晁牡措显然没听懂。不仅她没听懂,旁边几个姑娘也直摇头。只有珠牡心如明镜,却含而不露,微笑不语。

"哪位姐姐能解我的梦呢？"莱琼扬了扬眉毛。

"我试试！"我总管的女儿玉珍不像晁牡措那样愚钝，不喜欢莱琼的轻狂，做不到珠牡的沉稳，是个心急嘴快、机敏聪慧的姑娘。她看了看周围的姐妹，唱道：

长系的神魄依大鹏，
仲系的神魄依青龙，
幼系的神魄依雄狮，
达绒的神魄依猛虎，
弟兄们的神魄依大象，
倘若武勇上能凌太空，
下能镇大地，
定是神武无比的好象征。
可听莱琼唱罢梦，
武勇、本领却不行，
骏马不能夺取黄金座，
穹窿架出七彩虹。
太阳和浓云在天湖上竞争，
象征着觉如是龙所生；
浓云消逝太阳照碧空，
象征着苦行要解除。
烈日灿烂升天空，
是觉如登上王位的好兆头；
光辉照遍全世界，
是觉如为大众做事圆满的好兆头；
祝愿日光金灿灿，
是觉如给众生造福的好兆头。

玉珍唱罢，不仅莱琼高兴，珠牡也微微点头表示同意。只是晁牡措像被激怒了的母狮子，身子像蛇一样，烦躁不安地扭来扭去；头发像黄牛尾巴似的甩来甩去：她真是气极了。玉佳马是岭噶布公认的快马，那么她阿爸坐上王位已确定无疑，可这两个臭丫头却说王位是觉如的，这还了得！晁牡措"哼"了一声，叫莱琼听着：

　　脏地方尘土飞扬遮碧空，
　　青草香花都不生；
　　贪官脑子里多诡诈，
　　颠倒是非和曲直；
　　坏妈妈的丫头多自大，
　　却没有智慧和聪敏；
　　有道上师说话前，
　　无知和尚抢先哇啦啦；
　　有识长官考虑前，
　　无知大臣训斥叭叭叭；
　　了解主人口味前，
　　女仆炒菜当当当。
　　眼睛还未看见家宅门，
　　就想把婢女去克扣；
　　三顿饭食不知在何方，
　　就自以为是狗的主人。

晁牡措这一番没头没脑的斥责，让姑娘们一时不知所措，懵了。她们哪里知道晁牡措的想法，正思考怎样回敬她几句时，晁牡措又开口了：

　　你说觉如穷是好象征，
　　是好象征你去等；

你说觉如苦是好兆头，
是好兆头你去应；
你说乞丐觉如是神子，
既是神子你去配婚姻。

莱琼和玉珍这才明白晁牡措发火的原因，原来是她们二人关于梦和圆梦的言辞激怒了她。二人刚要回敬，珠牡轻轻拽了一下她俩的袍襟，示意不要理晁牡措。莱琼把小嘴一噘，很不高兴。玉珍也认为不必与晁牡措计较，只有看到赛马的结果，才能让她自己打自己的嘴巴。

晁牡措以为姑娘们被她说得无言以对，便更加肆无忌惮，唱起来：

黄金宝座将属玉佳马，
森姜珠牡将属晁通王，
嘉洛的财富要归达绒仓，
岭噶布定归我父王。
男子汉、公马、公犏牛，
外表不美哪会有内才？
譬如空心的肺做菜，
嚼之无物也不饱肚。
在外流浪是叫花子，
看内在也是空肚皮，
觉如的马儿像老鼠，
不像在跑像在爬。
掉在弟兄们后面像啄食，
又像达勒虫儿用鼻向前拱，
倒数第一的锦旗虽然少，
觉如一定能拿到。

众姐妹虽没有回击晁牡措的恶言恶语，但莱琼和玉珍的脸早被气得通红。只有珠牡像是没听见什么似的，依旧笑着，微微昂起头，仔细地观察赛马场上的情况。

三

　　晁通骑在骏马上，眼见距赛马的终点古热石山已经不远，暗自高兴——可见马头明王的预言一点不错，这王位，这七宝，还有美丽世无双的森姜珠牡，都要归我达绒家所有了……晁通乐不可支的时候，忽见觉如已经跑到自己眼前。顿时，就像在燃烧的干柴上泼了一瓢冷水，晁通的喜悦心情踪迹全无。可他装出一副镇定自若的样子，笑容可掬地问觉如："呵，侄儿，你怎么现在才跑到这儿？你看谁能得到今天的彩注？"

　　觉如早已看穿了他内心的紧张，要捉弄一下这个自作聪明的人："叔叔啊，我已经在金座前跑了两次了，但并不敢坐上去。现在参加赛马的众家兄弟，一个个累得满头大汗，马累得四腿打战，谁知还能不能有人跑到终点，坐上金座呢！"

　　晁通听觉如说已经在金座前跑了两次，不禁心头一紧；又听说觉如没敢坐那金座，松了一口气。他觉得得想办法稳住觉如，说服觉如自动放弃夺取王位。于是，他笑眯眯地说："跑到终点的人会有的，可坐上王位也不见得是件好事。这赛马的彩注，对年轻无知的人来说，不过是引诱他们的工具。得到彩注，只会给家庭增加麻烦和困难，给自己带来不利。你没听到歌里唱：

　　　　那'光辉灿烂'法鼓，
　　　　实际上是木头蒙着一层皮；
　　　　那'雪白响亮'法螺，

实际上是个空虫壳；
那"雷鸣龙吟"铙钹，
本体是青铜的乐器。
宰它不会有肉和油脂，
挤它不会流出乳汁，
穿它不会有温暖，
吃它也不能充饥。
那粪堆中的花朵，
颜色鲜艳枝叶茂，
做供品却会玷污神灵；
没有见识的嘉洛女，
眼看起来虽中意，
作为伴侣却是搅家精；
那有毒的甜果实，
吃起来虽嘴中很甜
下到肚里会让你丧命；
做许多部落的首领，
听起来耳中似好受，
实际上痛苦负担重。

"觉如啊，叔叔是一片好心、一番好话来忠告你，不要再为彩注奔跑了。"

觉如听晁通哇哩哇啦说了这许多，冷笑了一声，说："既然赛马的彩注会带来这么多厄运，叔叔您还是不要参加了吧，免得受害。我觉如是什么都不怕的，从来都把好处让别人，把坏处留给自己。就让我觉如去承担这彩注带来的恶果吧。"说着，他扬鞭打马而去，只留给晁通飞扬的尘土。

晁通见到这般情景，顿时醒悟：自己被觉如捉弄了。这正是：本欲骗别人，最终被人骗。他又气又恼，一时不知说些什么才好，但他不甘心，扬鞭催马，继续往前跑。

转瞬间,觉如追上了嘉察协噶。只见嘉察身穿白镜甲,胯下嘉佳白背马,腰间暗藏宝刀,正在奋力打马前进。那白背马已累得鬃毛汗湿,四蹄打战,连长嘶的劲儿似乎都没有了。

望着哥哥的背影,觉如心生一计。

突然,嘉察面前出现了一黑人黑马,挡住了去路。只听那人说:"喂,嘉察!听人说,嘉洛家的财富和森姜珠牡都交给你了,快快交出来,留你一条活命;如果敢说个'不'字,马上叫你鲜血流满三条谷。"

嘉察气得牙齿咬得格格响:"黑人妖魔,你别梦想我们岭噶布的七宝和姑娘交与你,就连我也没有权利享用。能够称王的,只有我的弟弟觉如,他才有这种权利。识相的话,趁早闪开一条路,不然叫你下地狱去见阎王。"

"我要是不闪开呢?"黑人狞笑着,露出一排带血的牙齿。

"那好!"嘉察从怀中抽出宝刀,用力向黑人劈去。没想扑了个空,他险些从马上掉下来。黑人黑马不见了,只见觉如端端正正地坐在宝马江噶佩布背上,他对嘉察协噶微笑着说:"协噶哥哥,请你不要劈!不要怪我,我是想看看万一岭噶布发生什么事情,特别是弟兄们发生争斗时,你会怎么处理。"

嘉察方知是碰上了觉如的化身,道:"我的好弟弟,哥哥的心意你不用试,天神早有预言——降伏四魔,天上地下,所向无敌。除了为你效劳,我并无别的想法,你快快扬鞭飞马,早早夺得王位。"

"怎么,哥哥你不想要王位和岭噶布吗?你若不想要,我这个叫花子更不需要它!"说着,觉如翻身下马,把身上的牛犊皮袄脱了下来,安闲地坐在地上,不动了。

嘉察一见,慌忙下马:"觉如弟弟啊,重要的不是王位,而是为众生办好事,为了众生的事业,我们在所不辞。现在你若松懈,不仅会失去王位,还会给百姓带来灾祸。万一晁通在公众面前夺了王位,你觉如就是再有神变,又有什么用呢?觉如啊,为了岭噶布的百姓,你快快上马飞驰吧!"

觉如一听,嘉察哥哥的话句句在理。再看天色已不早了,晁通已遥遥领先,距金座很近很近,绝不能再耽搁了,觉如飞身上马,朝终点飞奔。

晁通心里别提多高兴了——距金座只有咫尺之遥,只要玉佳马再向前一跃,他就可以稳坐金座，宣告他是胜利者。赛马的彩注将归他达绒家了，让那些不服气的人嫉妒去吧。他双腿使劲一夹马肚子，向金座冲去。

但是玉佳马并没有像晁通所希望的那样向前奔驰，反而腾空向后退去。晁通惊得大叫起来，过了好一会儿，他才想起应该勒住马缰。可无论怎么勒，玉佳马不但不停下来，反倒更快地向后退去。晁通想：莫非金座前有什么魔鬼？他顾不得许多，立即滚下马来，想跑到金座上去。

玉佳马一下子跌翻在地，呼呼地喘着粗气，哀哀地鸣叫着。晁通往前跑了几步又跑了回来，他实在不忍心把玉佳马扔下。他用手抚摸着玉佳马的鬃毛，玉佳马不再鸣叫了，但仍在不停地喘着粗气。他又用力拉了拉马缰，想把它拉起来和自己一起走。可玉佳马把眼睛闭上，又呜呜地鸣叫起来。晁通明白，它是再也走不动了。眼见后面的人已经奔了上来，晁通把心一横，丢下玉佳马，用力朝金座奔跑。但是两只脚像是踏在滚筒上一般，无论怎么跑，都不能靠近金座，只是在原地踏步。他累得气喘吁吁，汗流满面，可一转身，玉佳马就躺在自己的脚边，瞪着两只悲哀的眼睛，像是在说："主人，救救我吧！救救我吧！"

晁通心软了，停下来看看他的马，想救它。就在此时，觉如骑着宝驹江噶佩布风驰电掣般飞到了晁通的眼前。晁通一见觉如，浑身肌肉紧缩，再也顾不得玉佳马，又朝金座跑去。觉如见他如此模样，冷笑了两声。

晁通听见觉如冷笑，不由得怒火中烧："臭叫花子，你在笑我吗？"

"尊贵的叔叔，你是在和我说话吗？"

晁通王不跑了，质问觉如："你为什么要和我过不去，为什么要夺我达绒家的金座？"

"金座是你达绒家的？"

"那当然。这是马头明王预言过的，岭噶布哪个不知？"

"好吧，我站着不动，让你一个人跑，怎么样？"

"觉如，你不要再给我要这套把戏，你不离开这里，我是没法靠近金座的。"

"那是为什么？刚才我并不在你身边呀。"

晁通想：对呀，刚才觉如并不在我身边，莫非马头明王的预言错了？难道这金座不属于我达绒家，难道赛马的彩注不该被我得到？晁通望着玉佳马那透着哀怜的眼睛，扑通一声跪在地上，抱着它的脖子大哭起来。

"叔叔，你还想得到赛马的胜利吗？"

"不！不！我什么都不想，什么都不要。我要我的玉佳马，我的玉佳马呀！"晁通声嘶力竭地哭叫着。

"如果我能医好你的玉佳马，你肯把它借给我用用吗？"

晁通的哭声戛然止住，他连连点头道："只要玉佳马同以前一样。"

"我要往嘉纳地方驮茶叶，借它去驮一趟，你看怎么样？"

"好，好。"晁通现在不再想金座，一心只希望玉佳马赶快好起来。

觉如把马鞭向上一挑，玉佳马霍地站了起来；觉如又在玉佳马的耳边低语了几句，玉佳马一扫刚才那濒死的状态，变得像赛马前那样精神抖擞了。

晁通一见玉佳马恢复了原样，夺取金座的欲望复燃了。他一把拉过玉佳马的缰绳，翻身就要上马，却被觉如拦住了："叔叔，玉佳马只能往回走。如果你还想去夺金座，玉佳马就永远站不起来了。"原来，觉如早就从晁通的目光中看出了他的野心。

晁通虽不甘心，却也无可奈何。他再次感到受觉如的威慑力，不敢轻举妄动。既然金座已经无望得到，还是保全玉佳马的性命要紧。

觉如来到金座前面站定，并不忙着坐上去，而是细细地打量着眼前这耀眼的金座。为了它，多少人急红了眼；为了它，多少马累吐了血；为了它，晁通不惜花费重金举办赛马会；为了它，连我的宝驹也不轻松。它仅仅是个金座椅吗？不！它是权力的象征，是财富的象征，是……觉如环顾四周：天，蓝蓝的；草，青青的；雪山闪着银光，岩石兀然耸立。这一切的一切，都要归坐上金座的人统治了。想到此，觉如安然地登上了金座。

刹那间，天空出现了朵朵祥云，吉祥长寿五天女乘着色彩缤纷的长虹，拿着五彩装饰的箭和聚宝盆；天母曼达娜泽捧着箭囊和宝镜；神子的嫂嫂郭嘉郭姆掌着宝矿之瓶，率领部属和众多空行者显现于前。

宝驹江噶佩布立于金座一侧，长长地嘶鸣了三声，顿时，大地摇动，山岩崩裂，水晶山石的宝藏之门大开。玛沁邦拉山神、厉神格卓、龙王邹纳仁庆等献茶，其余众神捧着胜利白盔、青铜铠甲、红藤盾牌、镶有玛茂神魄石的颈带、战神神魄所依的虎皮箭囊、威尔玛神魄所依的豹皮弓袋、战神的长寿结腰带、威镇天龙八部的战靴……觉如被众神围着，一一穿戴整齐。曜主的大善知识又献上宝雕弓，玛沁邦拉山神拿出犀利无比的宝剑，格卓捧出征服三界仇敌的长矛，龙王邹纳仁庆拿出九度长青蛙神变索，多吉勒巴拿出能运千块磐石的投石索，战神念达玛布拿出霹雳铁所制的水晶小刀，嘉庆辛哈勒拿出劈山斧。种种宝物皆饰于觉如一身，加上华丽的服饰，他顿时变成了仪表堂堂、威武雄壮的大丈夫。

许多童子手持法鼓、法螺、铙钹、令旗等，吹吹打打，热烈地祝贺觉如登上王位。

前来参观赛马的人们惊住了，他们有生以来，还是第一次看到这样的情景，恍然若梦。

自降生以来，觉如犹如被乌云遮住的太阳、陷在污泥中的莲花，为众生做了许许多多的好事，却不为人所知，反而处处受贬，被迫漂流四方，历尽艰辛。大概是上天想令他吃遍人间之苦后再做君王，这样方能体谅下情，为众生多办好事。

觉如登上王位，天神给他赐名"世界雄狮大王格萨尔罗布扎堆"。

众神热烈地祝贺觉如登上王位之后，奇妙的仙乐慢慢地消失了。岭噶布的人们像是被什么提醒了一样，呼地拥向金座，向雄狮大王格萨尔欢呼。这发自心底的欢呼声，震得山摇地动，天上的彩云随之飘舞，海中的浪花随之翻飞。

人们欢呼啊，太阳终于驱散了乌云，莲花终于冲破了污泥，岭噶布终于有了自己的君王，众生就要过上和平安宁的日子了。

格萨尔大王怎么不说话？该让我们的雄狮大王说几句话了。人们的心愿是一致的，人群立即从欢声鼎沸变得寂静无声。

雄狮大王格萨尔从金灿灿的宝座上站了起来。他当然知道人们的心里在想什么。看着欣喜若狂的臣民们，他略微顿了一下，开口道："赛马的众弟兄啊，岭噶布的众百姓，我本是天神之子、龙王的外孙，我降临人间已经一十二载，历尽艰辛，遍尝苦难。今日终于登上金座，乃是上天的旨意，不知你们是否诚服？"

众人匍匐在地。看见格萨尔登上金座的时候，上有天神撒花雨，中有厉神布彩虹，下有龙神奏仙乐，他们怎能不服从？他们不但心悦诚服，而且认为这是他们虔诚地祈祷上天的结果——上天被他们的诚心感动了，才派神子下界拯救众生。

格萨尔见众人心悦诚服，虔诚之至，便开始封臣点将："既然如此，我来封臣：奔巴·嘉察协噶为镇东将军，主要防御萨丹王统治的姜国人；巴拉·森达阿东为镇南将军，防御南方魔王辛赤；察香·丹玛绛查为镇西将军，防御黄霍尔人；绒察阿丹为镇北将军，防御北方的妖魔。"

封臣点将之后，格萨尔王庄言宣告："除了岭国的公敌，我格萨尔并无私敌；除了黑发凡人的公法，我格萨尔并无私法。只要我们齐心努力，众生就能长享太平。"

万众同声欢呼，心悦诚服地拥戴格萨尔为岭噶布的君王。

在众人的欢呼声中，老总管绒察查根捧着穆布董氏的家谱和五部法旗，一起献给了雄狮大王：

在那黄金宝座上，
坐着世界雄狮王，
面如红枣牙如雪，
格萨尔本领世无双。
上有稀奇宝幢与旗幡，
中有众人在歌唱，
下有龙族的好供养，
甘霖普泽花开放。
天上神仙喜洋洋，
世间百姓欢舞且歌唱，
下界群龙高兴布祥云，
地狱魔类失败在悲伤。
这一面白色旗，
是象征太阳光辉的旗；
这一面黄色旗，
是赞颂权势的旗；

> 这一面红色旗，
>
> 是象征吉祥的旗；
>
> 这一面绿色旗，
>
> 是拜谒天母的见面旗；
>
> 这一面青色旗，
>
> 是龙王邹纳的见面旗。
>
> 将家谱献给您，
>
> 愿您和臣民不分离；
>
> 将法旗献给您，
>
> 愿您为众生谋福利。

老总管祝愿完毕，岭噶布众兄弟纷纷上前献礼：

嘉察协噶献上一顶胜利白盔，上面饰有"太阳自现"的丝缨、"吉祥九层"的胜幢、"鹫鸟柔羽"的凤缨、"神之哨兵"的羽翎。觉如登上王位，他心情无比激动。他衷心祝愿格萨尔大王的盔帽永稳固，愿格萨尔大王的权势高如碧空。

丹玛献上了青铜铠甲和红藤盾牌，铠甲上装饰着背旗和寿结，盾牌上闪耀着彩虹和浓云。

七英雄献上了"千部不朽"七寿衣；八勇士献上了"威镇八部"战靴；琪居的弟兄们献上了神魄箭囊、豹皮弓袋和宝雕弓；珍居的弟兄们献上了"犀利无比"宝剑、"征服三界"长矛和"九庹青蛙"神索；琼居的兄弟们献上了霹雳制成的水晶刀，那刀闪耀着紫色的电光。

众家兄弟齐声祝愿威猛的雄狮大王格萨尔：

> 愿您镇压黑魔王，
>
> 愿您铲除辛赤王，
>
> 愿您打败霍尔王，
>
> 愿您降伏萨丹王，
>
> 愿您征服四大魔，

愿您把四方黑暗齐扫光!

　　晁通也走上前来,叩首庆贺。此时的晁通,不再像准备赛马时那样猖狂,也不像赛马途中那样得意,他的心中失去了光明。岭噶布的百姓在欢庆,而他只有羞愧和忧愁;岭噶布的众家兄弟高兴地祝贺觉如称王,他却恨不得把觉如一口吞进嘴里嚼烂。仇恨,深深地埋在了晁通的心里。有朝一日,他要报此大仇,以平息自己心头之恨。他现在虽然心中有千仇万恨,但是不能表现出来,装着高兴的样子,庆贺觉如称王。

　　格萨尔佯装不知,不但收下了他的哈达,还把先前答应给他达绒仓的所依品——苦行时用的棍棒和财神的布袋赐给了他,又嘱咐他说:"这是我的化生之物,今日赐给你,日后在射杀魔王鲁赞时,我还要借来一用。"

　　晁通连连叩首:"大王放心,我一定精心保管,何时需用,一定及时奉上。"

　　天神们又雨一般撒下一片花朵,岭噶布的众生敲响了名为"光辉灿烂"的法鼓,吹起了称作"雪白响亮"的法螺,打起了叫作"雷鸣吟吟"的铙钹,姑娘们边跳边唱:

　　快乐呀,雄狮王!
　　欢喜呀,岭噶布人!

　　森姜珠牡从轻歌曼舞的姑娘们中间走出来了,用长哈达托着嘉洛仓福气所依的宝物——财神所用的长柄吉祥碗,碗内盛着长寿圣母的寿酒和甘露精华——笑吟吟地献到了雄狮大王面前。然后,为格萨尔唱了一支美好祝愿的歌:

　　尊贵的雄狮王格萨尔啊,
　　我是嘉洛·森姜珠牡。
　　献上拜见的彩绫十三种,
　　还有美酒吉祥碗中盛。

披这彩绫能长寿，

喝这美酒能办大事情。

在您金山似的身体上，

犹如彩霞环绕相拥抱，

愿武器的光泽和您的光辉，

永远灿烂辉煌！

在您雄伟的身体上，

放射着珍宝的彩光，

愿常享受福利的甘雨，

与众生永不离，雄狮王！

在我娇嫩的身体上，

俏丽面庞邬波罗花上，

荡漾着灵活的眼波，

敬献给您，雄狮王！

在曲折的道路上，

在处理众人大事时，

我犹如影子随你身，

永不分离，雄狮王！

　　珠牡的眼睛里荡漾着快乐的光彩，比平日更显得婀娜妩媚、楚楚动人。格萨尔心猛地一动，立刻走下金座，与珠牡双双起舞，走到了众臣民中间，陶醉在欢歌曼舞的喜庆之中。

　　格萨尔称王以后，岭噶布的百姓相安无事，日子过得平静、安乐。臣民们喜在心里，笑在脸上。

　　格萨尔迎娶森姜珠牡为王妃，二人恩恩爱爱，珠牡爱大王英俊、勇敢，格萨尔爱王妃美丽、勤劳。过了不久，按照规矩，格萨尔又娶了梅萨绷吉等十二个姑娘为妃，后来又娶了魔国的阿达娜姆为妃。

第五章

大王亲征降伏阿琼王

一

格萨尔大王做了岭地的王后，先后征服了北方魔国的鲁赞王、霍尔国的白帐王，以及姜国的萨丹王，解救黑发百姓于水深火热之中，朵康岭地百姓的生活也更加富足。

藏历火鸡年，格萨尔大王派以尼玛拉嘉、东赞·亚麦东丹、西绕沃为首的数十人的商人队伍，前去圣地拉萨，朝拜布达拉。他们选在一个良辰吉日起程。商队准备完毕准备出发，三十匹骏马和骡子身上挂着彩绸，镶着珊瑚与松石的马鞍上驮着珍宝。岭国的大臣和百姓纷纷赶来，向商人们托付黄金，请他们到布达拉以后化成金水，涂在佛像上，以求增加福报。他们出发的时候，格萨尔大王亲自前来，为三个领队挂上装有护法神明的噶乌，祝福他们一路平安。

眼见一天比一天更接近拉萨，众人的心情一天比一天愉悦。这天，他们来到了一个叫作隆巴松多的地方。这里是工布的地盘，是三条山谷交汇之处，其中一条山谷是千年不化的冰封之地，一条山谷里的原始森林遮天蔽日，另外一条山谷里则住着凶恶的罗刹。商人们只好在谷口处安下营寨，并在帐外放了三十条小牛一般大小的獒犬看护。

就在扎下营帐的同时，三个领队派人打探周边情况。不多久，前去打探的人回来说，他们已经到了工布地方边境，商队所有人听了心中一颤。

话说这工布地方，地处雪域高原的东方，很久以前是块神奇的沃土，水草丰茂，牛羊如星星般散落，百姓安居乐业；春天宛若天神的后花园般美丽，夏天百鸟归来热闹非凡，秋天如七彩云霞铺满似的绚丽，到了冬天便是银装素裹晶莹剔透的乐园……没想到安宁祥和被魔王转世的一个叫阿琼穆扎的国王打破，他占领着雪域藏地东部的全部地方，控制了上好的铁矿，切断了通往嘉纳地方的茶马大道，阻隔了姜国运送盐巴的通道，穷兵黩武，喜欢黑色恶道，仇视白色善业，使民众苦不堪言。

此时，阿琼穆扎的大臣帕多杂赞带着下属打猎，刚好经过此地。他远远望见一顶彩色营帐，帐外的骡马驮满货物。他想：这里既不是去东方嘉纳地方的茶马道路，也不是从姜地运送盐巴的道路，除了我工布的勇士，什么人胆敢穿越这阴森的罗刹之地？他思量再三，决定先回去向国王阿琼穆扎禀报。

帕多杂赞见了国王，添油加醋地将他所见到的情景说了一遍："国王呀，今天竟然有一个从天上掉下来、从地下长出来的营帐安扎在了隆巴松多。也不知道这些人的来路，臣只是远远地看见他们的骡马，扎着五色的锦缎，马鞍上驮着各种货物，很可能是贵重的东西。这样的队伍来到了我们工布地方，也不知是天神的礼物呢还是魔鬼的祸害，所以我赶紧回来报告，怎么处理请国王您来定夺。"

贪婪的阿琼穆扎眼中冒着金光，立即传令众大臣第二天到宫中议事。

第二天太阳还没有爬上山头，国王最重要的二十五位大臣便早早地来了。国王头上戴着野猪皮做成的帽子，怒目圆睁，鼻子里面冒着毒气，对大臣们说道："昨天竟然有一支霸道的队伍在我工布的地方扎下营寨，你们当中有谁愿意去看看，究竟是谁有那么大的胆子？！如果是商人，不要让他们带走财宝；如果是强盗，就让他们留下性命！"

下面的大臣你看我，我看你，谁也没有说话。朗喀多丹想：出自阿琼家族的历代国王骁勇彪悍，要从阿琼家族守卫的工布地方上开辟出一条道路，就好比从金刚岩石上开辟出一条道路，因此这些年来几乎没有任何一个国家胆敢侵犯。唯独有一次，十几年前，上代国王在位时，与岭国发生边界纠纷，竟然被还是孩子的觉如打败了。如今听说觉如降伏了魔国、霍尔与姜国，要说谁有胆量来工布的地盘上挑衅，可能只有他岭国的臣民了。朗喀多丹心里有些眉目，但碍于国王是个脾气暴躁之人，他忍住了，没有把自己的想法说出来。

大臣朱拉是性格火暴之人，很快沉不住气了，大声道："天上落下的大鹏，要把它的羽毛拔光；富人的财产已经送到了跟前，怎么能够放过？"

说完，朱拉主动请缨，与帕多杂赞各自带领一百名士兵向隆巴松多地方疾驰而去。这些士兵头上全部插着黑色的乌鸦羽毛，一想到商队驮着财宝，心里更是黑，各自打着如意算盘。可是，当他们到了那里，哪里还有什么营帐的影子，偌大的草地上只剩下打翻的灶台、柴火的灰烬和散落的茶叶末。气急败坏的工布士兵在草地上仔细寻找骡马蹄印，追踪着往西走去。

原来前一天夜里，岭国的护法神玛沁邦拉山神给尼玛拉嘉托了个梦，告诉他工布的人图谋他们的财产，一定要尽快离开此地。来不及等到天亮，他便安排队伍赶紧拔营，离开这个罗刹之地。

驮着货物的商队，脚程自然比不过轻骑兵，听见后面追赶的马蹄声音越来越近，尼玛拉嘉指挥众人拿好随身携带的武器，骑在马上严阵以待。

朱拉与帕多杂赞带领的两百多名士兵将商队团团围住。朱拉骑在马上，耀武扬威地问道："你们从何而来？是谁给你们的胆子，敢在我工布的地盘上扎营？你们在这里做什么见不得人的勾当？只有甘霖才能自由地降落在大地，无论你们是多么霸道的强盗，都不准把脚尖落在我工布的土地上！"

尼玛拉嘉听完，心想：与罗刹共居一处的人不可能是什么好人，现在不要说是财宝，就算是性命也可能不是自己的了。他在心里默默祈求玛沁邦拉山神以及护佑岭国的其他神帮助自己，然后答道："你们这些骑着黑马的黑人，我告诉你们，天空的飞鸟去哪儿是它的自由，大海的鱼儿去哪儿是它的自由，森林里的猿猴去哪儿是它的自由，行走天下的人要去哪儿是我们的自由，长官你何故过问？"

朱拉听了这话非常生气："俗话说，'上等人说话就像激流冲击磐石，响声簌簌悦耳；中等人说话如同上师说法，善恶自在言语之间；下等人说话就像驱赶黄牛，要一鞭子才能走一步'。长官问话，你答非所问，那么我也不跟你多费唇舌！既然你来到我们的地方，就要遵守我们的规矩，昨天你们在此处扎营，畜生吃了多少草料，该交草钱；人和骡马饮了多少水，要交水钱！我这样说，你该明白了吧！"

原来真的是冲着钱财而来，三个领队相互望了一眼，然后尼玛拉嘉不卑不亢地答道:"这些年来,我带领商队到过很多地方,无论西方嘉噶还是东方嘉地,从来没有听说过要交什么水草钱。天下从来没有这样的规矩,我们自然也不会答应你!"

朱拉恨不得立刻就把财宝据为己有,一点都不想跟他们讨论什么道理,他更加愤怒地说道:"若说霸道,你们更甚!问你们话,不好好答;问你们要钱,也不给,那么只有取你们的性命了!"

看来一场恶战难以避免。这些财宝可是受格萨尔大王托付,到拉萨献给神佛的,无论如何也要保全。领队东赞·亚麦东丹想:如果开价不是太高,那么不如给他们一些钱财了事。于是他说道:"每一条河都是鱼游的地方,每一条路都是人走的地方。你们的国家强大难道就是因为向所有路过的人征收水草钱吗?或许我们地方上的风俗有些不同,无论如何,还是应该好言好语好好协商。既然这是你工布的规矩,那么我们就来听听看,究竟水草钱应该怎样算计。"

朱拉只关心金银财宝,随便应付了几句:"该说的我都已经说了。至于价钱,无论是两只脚的人和还是四条腿的畜生,每个都要交八两黄金的水钱;骡马吃的草料,每匹付十两黄金。我的答复你该满意了吧,给钱,如若不然,你们的性命都不可能保全!"

话已至此,还有什么商量的余地?!即使今天拼了性命,也要保全献给神佛的礼物,尼玛拉嘉迅速抽出宝刀,趁着朱拉还来不及反应,对着他的脖子砍了三刀。因为朱拉有他的寄魂妖物蛇神的护佑,这三刀并没有对他造成任何伤害。朱拉用长矛向尼玛拉嘉刺了三下,幸好有格萨尔大王赐的噶乌保护,尼玛拉嘉才没有受到伤害。领队的两人刀戈相向,其他人都拔出武器,战在一块儿。商队哪里是兵丁的对手,一边战斗,一边往森林里撤退。当看到有一条逃生的小路时,他们杀出重围,夺路而去。

朱拉无时无刻不挂念那些财宝,追了一阵子便无心恋战,调转马头去清点战利品。看见那么多他们从未见过的奇珍异宝,一行人心里乐开了花,带着财宝欢呼着向国王请功去了。

一番恶斗之后,岭国的商队连同领队一起,逃出来的人不过十五六个。他们即使在满布荆棘的森林之中也不敢停顿脚步,昼夜兼程地逃亡,才保住性命到了拉萨。那雄伟的布拉达山上供奉着观世音菩萨，而福德兼备的卫藏国王此时正在庙宇中与一千名沙弥说法。狼狈的商人们在山下被守卫拦住："这里是观世音菩萨加持过的地方，是国王的起居之处，你们这群狼狈的人，来此做什么？"

尼玛拉嘉取下自己的噶乌，连同一点钱财交予守卫，央求道："我们从美丽岭国而来，带着岭国雄狮大王的无数珍宝敬献给菩萨和国王。但是没想到在临近正法守护的地方竟然有比罗刹更加凶狠的强盗，不仅抢走了珍宝，还任意夺取比金银珍贵的人命。请求您把我们的遭遇告诉国王，守护人间正法的国王一定会为我们这群可怜的人主持公道！"

守卫见这群人确实可怜，去向国王做了禀报。

卫藏国王对他们的遭遇心怀悲悯，吩咐守卫："朵康岭地的人是神的后代，在来拉萨的路上遭遇这样的事情实在是不应该呀！让这群可怜的人来我面前吧。"

商人们进入宫殿面见卫藏国王，向国王献上了无垢哈达，然后将自己遭遇"强盗"的事情禀报，请国王主持公道。国王满怀慈悲地说："你们的不幸，我都知道了，但世间一切因缘已定，人到了时间要走，太阳的时间到了就该黑暗来临，就不要再为死去的人过度悲伤了。杀人偿命，欠债还钱。那些魔鬼是所有黑发凡人的敌人，而你们的国王是天神之子，是所有恶魔的克星。我会写信把你们的情况告诉给他，在他答复之前，你们就先住在我们的宫中吧，我会提供给你们所需要的一切。"

卫藏国王亦是遍知世间真相的真神子，他知道雄狮大王降伏阿琼魔王的机缘已经来到，立刻写了一封信，不仅说明了岭国商人所遭遇的杀人越货的强盗行径，还请格萨尔大王务必征服阿琼穆扎国王，这样，各个地方前来拉萨朝圣的道路才会畅通，正法才能得到更加广泛的传播。国王写完言辞恳切的信后，将信交给仙鹤要求带到岭国去。

在那朵康岭的森珠达孜城中，格萨尔大王正在金色的宫殿中休息。女神朗曼噶姆在虚空之中对格萨尔大王唱道：

在恶魔逞凶的工布地方，
魔王与他的二十五个魔臣丧尽天良；

他们阻隔了正法传播的道路，
他们拦断了茶、盐运输的通途，
他们视正法为外道，
他们视人命如草芥。
如今又逞凶狠，
不仅抢去了向观世音菩萨献供的宝物，
更是将岭国子民的性命夺取。
好孩子推巴噶瓦，莫贪睡！
赶快出兵去降伏阿琼穆扎魔王，
莫要错过降魔的好时机！

女神隐去，大王从睡梦中醒来，回想从天界来到人间的这几十年，在阿妈郭姆肚中之时就在遭受坏人的迫害，妖魔鬼怪真是除之不尽，令人生厌。再想想在天界的逍遥生活，格萨尔大王对当初投生人间的决定甚为后悔。因此女神降下预言后好几天，格萨尔大王并没有做出任何反应。收到卫藏国王派仙鹤送来的信件，大王方才想起自己来到人间的使命——只有将妨碍白色善业的妖魔鬼怪除尽了，黑发凡人才能享受安乐太平，苦难才不再轮回。于是大王立刻派传令官侏儒米琼向岭噶六部、北方魔国、霍尔国送信。

珠牡提醒大王，此次征伐阿琼穆扎的魔国时，正好可以检验不久前征服的姜国王子及投降的将领们是否真的忠于岭国，看看他们的武艺究竟如何。格萨尔王认为这个想法很好，于是吩咐珠牡，让她的寄魂仙鹤前去送信，让姜国王子玉拉托琚带领姜子玉赤、尼玛扎巴等四方大将，各自带领两万大军，在十九日前赶到达塘查茂草滩集合，不得有误。

至于自己那位常常坏事的叔叔晁通，他在霍岭大战时倒戈相向，给珠牡和岭国众人造成了深重的苦难；但在征服姜国时，他用法术战胜了姜国的魔物，功劳也不能说不大。如何才能让晁通再次在战场上发挥作用呢？格萨尔大王想了想，决定请仙女东噶措姆去向晁通降下预言。

东噶措姆来到晁通的宫殿，变化为一只五彩玲珑的小鸟，用婉转动听的声音对晁通唱道：

  如果不认识这个地方，
  是一夫当关万夫莫开，
  犹如铁桶一般的碉堡，
  是马头明王法脉传承地，
  是达绒晁通魔法修习地，
  如果不认识我是谁啊，
  马头明王佛堂里供奉，
  用宝物和黄金来装饰，
  带着月光的智慧仙女，
  诵唱预兆来消灭愚痴，
  是迷路人的指路仙人。
  这黑发凡人生活之地，
  是正法传承弘扬之地。
  晁通王听我对您道来，
  还有谁能比得了你？
  马头明王秘法传人，
  黑发凡人首席帝师，
  岭国叔王中第一人。
  在藏地的那卫藏地域，
  有一魔鬼统治的国家，
  他有鸟、猪、蛇三名大将，
  还有九位厉害的猛将。
  魔鬼的大王阿琼穆扎，
  他降临人间无恶不作。
  和岭国也有旧怨新仇，
  雪耻报仇之时已来临，

> 达绒的国王和众将士,
> 快穿起盔甲集合兵马,
> 在这个月的十九那天,
> 和其他的军队出征吧!

唱完预言后,智慧仙女挥舞翅膀消失在天空。

晁通心想,现在这个时候,仙女降下预言是非常罕见的,他当然知道阿琼穆扎国王的厉害,虽然他也想去表现一下,淡化一点霍岭大战时岭人对他积下的怨恨,也想在格萨尔那里讨得一些战胜的奖赏,但对方是阿琼穆扎,犯不着拿自己的性命去冒险。如果觉如非得让达绒部落出兵,那么就让自己的儿子带一些兵丁去。格萨尔大王怎么会不知道晁通的心思?在仙女降下预言的第二天,格萨尔大王下了命令,让晁通集结达绒部落的军队,务必在十九日到达塘查茂草滩。晁通的计划破灭,决定走一步看一步。

这天启明星升起的时候,在姜域,王子玉拉托琚坐在大殿中,殿外突然传来一阵阵飞鹤的叫声,几只飞鹤正盘旋在姜国王宫上空,玉拉王子心里纳闷:这是怎么回事呢?他快步走到城楼上,见是岭国珠牡王妃的寄魂仙鹤,马上叫侍从将牛奶等供养放在宫殿的屋顶。仙鹤落下来,围在一起喝了两口牛奶,然后其中一只仙鹤抬起头,用十分悦耳的声音将格萨尔大王的话原原本本地说了一遍,要玉拉托据带领姜域的将士奔赴岭国集合。

传达完了大王的指示,仙鹤们就展开翅膀准备飞回岭国,玉拉托琚看见后忙说:"三位仙鹤兄弟,请暂留片刻,很感谢你们的到来,先不要忙着回去,请享用了供养再回去。"

盛情难却,三只仙鹤接受了供养。它们准备离去时,王子请三只仙鹤代表他问候雄狮大王、珠姆王妃以及岭国所有将士,并请禀告大王:"我玉拉托琚,在这个月的十九日前,定遵照雄狮大王的命令,带领姜域善战的兵将去大王定下的地点集合。"

十九日这一天,四方英雄,八方好汉,一起来到达塘查茂草滩上,盔缨飘飘,战旗猎猎。英雄们相互问好,在达塘查茂草滩上饮酒、唱歌,欢快地度过了七日。

　　七天后的大早，将士们整装待发，斗志昂扬，意气风发。岭国以丹玛为首的将领集聚在格萨尔大王的神帐之中，老总管起身，对众将士说道：

　　先顶礼三宝的护佑，
　　祈求加持岭国将士，
　　祈愿岭国兴盛发达。
　　你如果不认识此地，
　　这是黑发凡人之地，
　　就叫朵康查穆岭国，
　　是四方世界的中心，
　　天下众生向往之地。
　　谁看见都会发愿，
　　祈求下一世生在此地。
　　如果不知道我是谁，
　　我是岭国的老总管，
　　上方的冈底斯神山，
　　中间的玛旁雍措湖，
　　下方绒察查根的故乡，
　　藏人自古在此生存。
　　那个魔王阿琼穆扎，
　　他也不是法力无边，
　　但心肠却是最毒的，
　　是十八属国的国王，
　　有凶狠恶毒的臣子，
　　是无边罪恶的根源，
　　他拥有最好的铁矿，
　　比岭国的多产百倍；

> 他拥有富饶的土地，
> 比岭国的肥沃百倍。
> 他阻碍正法的传播，
> 他阻碍商路的通畅。
> 今日我们就去征服，
> 这无恶不作的魔王，
> 所得的矿产和粮食，
> 是岭国不可或缺的！

将领们个个精神振奋，发誓要将那阿琼魔王降伏。

岭军出发的时候，以郭姆、珠牡、柔萨等为首的岭国贵妇人端着金杯来送行，祝愿他们早日凯旋。

雄狮大王带领将士们往工布进发，沿途的小部落纷纷向大王进献礼物。这魔国，小国不敢与之抗衡不说，还要常常忍受魔王和魔臣的欺凌。如今格萨尔大王亲征，定能将魔国降伏，造福众生。卫藏国王听说格萨尔大王启程以后，立即派出大臣尼玛坚赞一行人，带着礼物，护送岭国商队去与格萨尔的大军会合。

大军出发十五天后，与卫藏使者尼玛坚赞等一行人会面。尼玛坚赞向格萨尔大王献上哈达与礼物，敬上美酒，表示卫藏地区愿意在财力、物力等方面予以支持。

老总管代表格萨尔大王表示感谢，说："感谢国王在我岭国属民受到伤害的时候施以援手，进行保护。我岭国向来有仇报仇，这就去讨回岭国的珍宝，为死去的岭人讨回一个公道；我们亦知滴水之恩当涌泉相报，将来一定会报答卫藏国王的恩德。俗话说，'感觉不到饭香味的是死人，听别人话而不会回答的是哑巴，受别人欺负而不会反抗的是懦夫'，受别人的恩德就要报答，借别人的东西就要还，你们的到来是我们胜利的好兆头！此番征战，胜利必然属于正义一方！"

老总管慷慨陈词完毕，向尼玛坚赞一行献上了洁白的哈达，并回赠了很多金银珠宝。双方对如何征服阿琼魔国作了商议，然后尼玛坚赞一行带着格萨尔大王的允诺与礼物回国，而岭国将士继续浩浩荡荡地向工布进发。

二

几天以后，岭军来到了商队被抢劫的隆巴松多地方，他们在森林边缘扎下比天上的星星还要多的营帐。当天夜里，白梵天王被一圈彩色的光环绕，右手持铁梨木做的禅杖，左手拿着铃铛，脚踏彩虹来到格萨尔大王的营帐，对格萨尔大王预言道：

若不知道我是谁，
我是三十三界天的白梵天王，
是知世间一切真相的神仙之王，
现在来到这里，
是因为我们好久没见面，
今天到了该见面的时候。
三月吟啸的青龙，
到了该降临的时候。
岭地雄狮大王格萨尔，
受世间所有神佛加持，
是人世间魔鬼的克星，
是所有弱小者的救星。
格萨尔王和噶登，

阿克昭通和兰巴达母，

贡嘎坚赞和罗晶晶妹，

是岭国法术最强的六人。

虽说这六人之中，

神子法术最为高强，

但做先锋非晁通莫属，

百花盛开的山垭口，

只有派他前去侦察。

一切因缘已定，

神子你当谨记！

　　白梵天王唱完这首歌，天空中降下彩虹，白梵天王便隐入这虹光之中不见了。第二天一早，格萨尔大王即刻下令召集所有将领到大营，把预言告诉了他们。格萨尔大王按照白梵天王的叮嘱，对晁通说道："天父预言只有法术高强的大将才能做岭国的先锋，在美丽岭国的地方上，若说咒术，还有谁比叔叔您更加高强？因此到百花山垭口去侦察的，没有比叔叔更合适的人。"

　　丹玛、辛巴·梅乳泽等人暗地里都对晁通嗤之以鼻，但转念一想，大王肯定自有安排，便都没有异议。晁通想：这个侄儿一直都记着我跟他的仇，如今将征战比罗刹还要凶狠的工布，他笑脸以待，一定有阴谋。想到这里，他立刻站起来说道："只有一匹马快不能说成马都快，同样的道理，岭国的军队中只有我晁通王一人英勇，不能算作岭国人都英勇。想想平时，我连佣人的名分也没有，战时将军们也不爱和我一起。现在到了工布这个鬼地方，热的时候身上能着火，冷的时候全身似被冰雪覆盖，这里有魔鬼的旋风，你们却要派我做先锋？"

　　晁通觉得甚是委屈，说完还意犹未尽，接着唱道：

在湖中心的青龙啊，

遇到风雨就会飞上青天，

他愤怒的声音能传遍整个世界，

他是闪电和冰雹的主人。
你们平时不重视我,
现在需要打仗的时候,
又把我晁通放到王的位置;
你们不需要我晁通的时候,
我是岭国所有叔侄讨厌的对象,
是岭国所有女人取笑的对象,
是岭国所有男人看不起的对象。
需要我的时候,我是宝石;
不需要我的时候,不过一把砂石。
你们平时对我无所不做,
有难时却要我做先锋官,
就算你们之后如何恨我,
这个地方我也定然不去!

他唱完这首歌后,猛地坐了下来,喘着大气。

格萨尔大王向嘉察的儿子扎拉王子使了一个眼色,扎拉王子便知道该是他去说服晁通的时候了,于是从座位上站起来,从他金色的噶乌中取出来十五枚金币和一条吉祥的哈达,放在这位爷爷面前,说道:"朵康岭的子孙都是神的后代,而在这美丽岭国,有谁的法术能与您晁通王较高下?现在是征战工布魔国的关键时刻,将士中谁也不能取代你成为先锋官。关于过去种种,您应该大人有大量!"扎拉王子接着唱道:

岭国众将士来到南边,
是为了打败魔王。
魔王手下有众多将士,
而法力无边的法师,
只有晁通王能够降伏。

天神已经降了预言，
马到了一定年龄要骑，
孩子养到一定年龄要走，
我们不能再这样待下去，
将士们！
胆小的爷爷要是不去，
黑帽的法师也会来找你，
这些都是天神的预言。
爷爷，如果不往南边走，
那就我扎拉去，
没有爷爷又有什么关系？
生前没有修炼白色善业，
死后落地狱有谁来救你？
孩子要听父母的话，
天神对你的事早已有了预言。
你又有什么担心的呢？
是不是这样啊，将士们？
我去给爷爷做伴，
爷爷把我的话放在心里！

听完扎拉这席一半是宽慰一半是威胁的话，晁通心里特别害怕，过了好一会儿才说道："传说魔国有三个法力无边的黑帽法师，要是我与他们相遇，说不一定谁会胜利。如果是我赢了，你们会给我什么奖励？想想过去与姜域作战的时候，是谁取了魔鬼上师的性命；现在与黑帽法师做对手，看我怎样将他们的性命来取。"

晁通想，既然是天神的谕旨，不去肯定是不行的，先离开大营再作打算，一定能够想到两全的办法。他一边想着，一边接受了安排。

晁通动身往黑压压的山垭口走去，就在快要到达百花山垭口的时候，晁通看见前面走着三个美若天仙的女子，她们有说有笑，手里拿着赶牛的石子。晁通心里立刻欢喜起来——在这附近一定有牧场，如果是一般人家的姑娘，肯定巴不得攀上他达绒家的高枝。他想象着三位美女已经做了他家的新娘，把做先锋官的使命和对黑帽法师的惧怕都抛到了九霄云外。他立即施展法术，变成一个年轻英俊的小伙子，追上那三个姑娘。

一个姑娘看见了他，问道："威武英俊的汉子，你是哪个地方的人？要往哪个地方去？你所忠诚的国王又是谁呢？"

见姑娘与他说话的时候眼中饱含情意，晁通在心里暗自得意，想着今天的变化用对了地方。他答道："途中偶然遇见的人，何必非要知道底细？看我这样气宇轩昂，为什么不会是国王，而是只能效忠于国王？你们这三个乡野的姑娘，今天遇见我是你们的福气，以后跟着我过日子，保证你们有享受不尽的荣华富贵。"

晁通说完这几句话后，三个姑娘你看看我，我看看你，一人抛出了一个放牛时用的抛石器套在晁通的脖子上，开始拉扯。晁通万万没有想到，这三个姑娘竟然是他最不想碰到的三个黑帽法师所变化。他们破掉了晁通的法变，把他拎起来，犹如巨雕抓住弱小的兔子一般飞向天空。

此时，在岭国大营里的众将士看见了这样的情况：被抓住的晁通悬在天空无路可逃。大家不知道如何才能将他解救下来。雄狮大王听见晁通哭爹喊娘的叫声，连忙运用法力，召唤岭国的护法玛沁邦拉山神。

山神一身白衣，骑着白马，跟上黑帽法师。到了黑帽法师修行的山崖，玛沁邦拉山神还想进一步跟近时，突然刮起了一阵黑色的旋风，天空瞬间布满乌云，电闪雷鸣。山神无法前进半步，只能先返回雄狮大王的营帐。

"他们三人法术高强，我跟上他们却无法近身半步，看来只有去请天界之神才能降伏。"向格萨尔大王交代完毕以后，玛沁邦拉山神隐身而去。

这阿琼穆扎的魔臣们究竟有多大的能耐呀？！很多人心中有些发颤，却不敢在雄狮大王的面前表现出来。

晁通被三个黑帽法师带到了山洞里，被捆得结结实实，就连呼吸都有些困难。法师们派人去报告阿琼穆扎国王，说抓到了一个不一般的人物。次日天还未亮，国王在魔臣的簇拥下来到了关押晁通的黑洞中。听完法师们简单的报告之后，国王亲自审问这个俘虏："你是来路不明的人，最好现在就把自己的身世交代清楚了，否则可不会有好下场！"

晁通心想：觉如也不念叔侄的感情，不来救我。我逃出去的可能性几乎没有，今天很多话要反着说，如果他听着不高兴，我受折磨是肯定的了；如果苦苦哀求的话，可能暂时不会杀我。于是他求饶道："我是岭国的晁通王，是被我那可恶的侄儿觉如骗到了这里。请国王放我一条生路，我在岭国的军队，有儿子，还有侄子，个个都是英勇的战将，只要您放过我，我马上就去劝说他们退兵。凭我在岭国的威望，他们一定都会乖乖听我的话。如果不相信，我们可以立下协议。放过我这个可怜的老人吧！"

晁通说着，痛哭流涕，仿佛自己真是一个懦弱无辜的老人。阿琼穆扎国王和魔臣都看着他，竟然被他那嘴上涂酥油一般的话语打动了。一个黑帽法师说道："你是达绒部落的晁通王？听说在岭国，你的法术无人能及。昨日他们派你过来做探察的先锋，想必你有点过人之处，那么现在你来说说，你觉得我们在法力上谁更厉害呢？"

说完，那法师用力在晁通的头上弹了三弹，疼得他惊叫起来，上蹿下跳。阿琼穆扎国王想：早就听说霍岭大战的时候晁通给霍尔送过很多东西，那么他应该是一个识时务的聪明人，现在暂且留他一命，或许未来能有大用处。但他又顾忌晁通的法术，便安排守卫里三层外三层守着他，然后威胁晁通说："我会给你松绑，不会让人打骂你，但是你要把岭国详细的情况全部告诉我。此番来的究竟有些什么人？他们都有怎样的本事？他们的弱点在何处？只要你如实说来，我就饶了你的性命。否则，一定让你知道，落到我阿琼穆扎的手里，就是等于进了地狱！"

晁通见阿琼穆扎国王这样问自己，就知道自己的小命保住了。既是为了保命，也是真心希望阿琼穆扎魔王能够将格萨尔大王打败，都不用阿琼穆扎再威胁，他巨细靡遗地将自己所知的岭国的机密和盘托出。

在太阳快要落山时，雪山穿上金色的衣服，一道白色的光从天空中射下，白梵天王从空中缓缓走来，来到雄狮大王的营帐，做出预示：

如果不知道这里是什么地方,
这里是魔鬼的领地。
如果不知道我是谁,
在三层金顶的神殿里,
三面威武的修行者。
你的叔叔达绒晁通王,
已经落入敌人手里。
如果说为什么会这样,
黑帽法师变化通天,
变为美貌无比的女子,
诱惑晁通王来上了当。
晁通施展变化却丢了魂,
贪图美色而落入了圈套。
好孩子推巴噶瓦你该知道,
王叔已将岭国机密出卖,
留他在工布的大牢一天,
岭国事业便多一分危险。
在明日太阳升起之前,
不能留在这里要前进,
在湖边河畔的草原上,
已布满了魔国的军队。
正直的话语不让人喜欢,
燃烧的火焰不能落在石头上,
心直的人交不到朋友,
更不说对手是那魔王,
要用好言好语来欺骗,
要将巧言善变的人选,
就让姜域王子玉拉托琚,

霍尔将领辛巴·梅乳泽，
还有贡巴三人前去。
他们三人口齿伶俐，
用协商谈话的方式，
将王叔晁通王带回。
父王的话你要牢记！"

说完，白梵天王便随着白光回到三十三界天的宫殿去了。

次日太阳初升的时候，岭国的营帐前点起了桑烟，大营里飘满了檀香，雄狮大王召集所有将领到营帐，将白梵天王的话告诉众人。大家按照大王的旨意拔营前进。

雄狮大王则施展法术，幻变成一个骑白马的骑士，拜见阿琼穆扎国王，说道："我是魔王噶然旺修的使者，我们长期享受您的供养，今天来帮助您指引道路。岭国的晁通，可不要杀了他，也不要把岭国当成敌人，要软硬兼用来对付。第一要和他们签下协议，把格萨尔收为大臣，把三十勇士封为将军，要是能够如此，那么工布的领地会再扩大，在阿琼家族的历史上，您将是最伟大的王！"

阿琼穆扎国王听后十分心动，立刻召集大臣们来殿前听令："今天我得到魔神的预示，和岭国能和解是最好的，岭国三十勇士如猛虎，会收入我的麾下。我就不带领军队过去了，你们不要留在这里，各带领五百将士去谈判。如果他们暂时不向我们投降，不要带晁通走，把他关在牢里，等签好了协议，我们再慢慢收拾他。"

工布派出的使臣与格萨尔大王事先安排的三位英雄——玉拉托琚、辛巴·梅乳泽和贡巴在森林边缘相遇。自视甚高的工布人见岭国的英雄好言巴结，仿佛看到了工布将士征服了世界的模样。

看守晁通王的兵将们多去见证"岭国投降"的时刻了，格萨尔大王化作一道彩虹出现在监狱，将原本晦暗的山洞照耀得光彩夺目。晁通见到侄儿出现在虹光之中，心里一阵惭愧，眼中流下泪水，默默地跟在大王身后。两人各乘一骑，化在彩虹之中，回到了岭国大营。

工布这边，前去谈判的使臣回来了，他们兴高采烈地向国王诉说岭国人的种种懦弱。国王十分高兴，赏赐给众人美食。君臣酒足饭饱之后，国王命令将晁通王带上来，作为条件，岭国人要晁通王平安回到岭国了才肯签降书。国王传令官到监狱一看，犹如鸟飞过没有痕迹，这牢里也仿佛从来没有关过晁通一样，空无一人。他们惊慌失措地回去禀告国王。

阿琼穆扎将事情的来龙去脉好好想了一遍，明白中了岭国的奸计。他暴跳如雷，冲着大臣们大吼："我阿琼穆扎活了三十七岁，头一回遭受戏弄，我得让岭人明白，我阿琼穆扎就是遮挡天空的乌云，屠杀敌人的好手！该死的觉如，如果不让他身首异处，我就不配做你们的大王！"

他说完以后，命令将擅离职守的守卫全部杀掉，然后向岭国军营发起进攻。

帕多杂赞作为工布先锋将军，率领一众士兵向岭国军营冲杀。姜国王子玉拉托琚想立下战功，于是向大王请命与帕多杂赞对阵。见前来的是个乳臭未干的孩子，帕多杂赞心里一阵冷笑，这可是送上门来的战功呀，他二话不说便与玉拉托琚厮杀起来。帕多杂赞对准玉拉托琚的头部射了一箭，却只是将玉拉扎琚头顶的盔缨射掉；他又挥刀砍去，玉拉托琚反手挥舞手中宝剑，将他的刀挡了回去。看来是小看了对手，帕多杂赞勒马往回跑。玉拉托琚立功心切，怎会轻易放过他，于是向他射去一箭。帕多杂赞急忙躲避，没想到从马上摔落在地上。玉拉托琚策马奔来，将帕多杂赞砍翻在地上。

首战告捷，格萨尔大王带领岭国的将士继续深入工布地方。当他们来到一条山谷中时，一条骇人大蛇横在路中间，这条大蛇立起来能遮蔽日光，躺下去能碾平山峰，头上散发出光芒。这便是阿琼穆扎的寄魂蛇，只有法术才能将它降伏。晁通心想，岭国众人大概已经知道他被俘时出卖岭国的事情，若现在不立功补救，以后的日子肯定不会好过，今天要一举拿下这条蛇。

晁通拿出他的魔杖施咒，魔杖发出万丈光芒，表面闪烁着火光，又像护法神的火焰，会听护法神的命令移动大山，拦腰斩断岩石山，烧尽成片的山林，融化千里的雪山，他施展这法术是要让这寄魂魔蛇灰飞烟灭。

有马头明王加持的魔杖发出一道青烟，然后"咻"的一声飞向黑蛇，穿透了蛇头。寄魂魔蛇疼痛难忍，惨烈的叫声响彻山谷，扭动的身体掀起沙石，然后开始变化，不一会儿就变得和小山一样，一双眼睛瞪得如火球，直瞪着晃通，吓得他双腿发颤，不禁往后面退了几步，结果头发不小心挂到了后面的树枝。他还以为寄魂魔蛇有分身术，从后面袭击他，拔腿就跑，结果膝盖重重地撞到树干，疼得他哇哇乱叫。

在此起彼伏的惨叫声中，众人不自觉地往后退。而格萨尔大王骑在马上，神驹江噶佩布坚定地往前迈了几步。大王将锋利的宝箭搭在弓上，对准寄魂魔蛇的心脏稳稳地射出，箭穿过蛇的身体将心脏一并带出，寄魂魔蛇倒在了地上。确认寄魂蛇已死后，格萨尔大王从蛇身上取出无数宝贝，然后指挥众人在山谷中安营扎寨。

休整一夜后，次日军队继续前行，来到一个叫作野牛沟的山谷里。山谷里住着阿琼穆扎的寄魂野牛，格萨尔大王命令大军在山谷外面待命，让北方魔国的女英雄阿达娜姆去征服那头魔牛。女英雄目光扫过其他英雄，她昂首挺胸踏马出阵，往山谷深处疾驰而去。

那寄魂的魔牛见有陌生人闯入，鼻孔中冒着毒气，猛刨着后蹄，让山谷也震动起来。它把犄角对准了阿达娜姆，想要将她杀死。女英雄不慌不忙地将格萨尔大王给她的神箭搭在弓上，瞄准了魔牛的额头。那魔牛中箭以后，踉踉跄跄地往前冲了几步便倒在地上，再也没有了动静。阿达娜姆从魔牛身上取下宝贝，然后欢欢喜喜地向大王邀功去了。

军队继续前进，来到了一个人口比较密集的小村庄。雄狮大王用和蔼的口气对村里的工布百姓说："魔鬼阿琼不会长命，只要你们忠心于我，你们的子子孙孙将衣食无忧。"

百姓听了格萨尔大王的话，想到在魔王统治下的悲惨生活，向格萨尔大王顶礼拜谢。他们告诉格萨尔大王，魔王最重要的寄魂魔物——寄魂老鹰就住在山谷尽头的扎西上师垭口，这只凶猛的老鹰张开翅膀就能够遮天蔽日，就算是山神也要避让它几分，它还有一天就能到达天上地下各处的神通。这凶狠的魔物，每天都要让村民献祭一百头牲口，否则就要让村里的人命来抵消，搅得山谷里民不聊生，希望大王能够为民除害，将这可怕的魔物除去。看到这些声泪俱下的可怜百姓，格萨尔大王更加坚定要早日将魔王除去的决心。

第二天天刚亮，格萨尔大王就与众英雄来到了扎西上师垭口。寄魂老鹰在天空中展开翅膀，它的两只翅膀上挂满了兵器，有宝剑、金枪、铁钩，如果被这妖物抓上一爪，肯定立刻就会丧失性命。

雄狮大王开始思考谁才能降伏这魔物。此时空行母多吉玉卓变作一只玉色的蜜蜂，在格萨尔大王的耳边轻声言语："英雄丹玛就是这寄魂老鹰命中注定的克星。丹玛能够在这妖物横行的山谷里立下威名，来多少敌人，都由丹玛解决；来多少朋友，献礼都该归丹玛所有。"

格萨尔大王喜上眉梢，命令丹玛迎战寄魂老鹰。丹玛回复："我马上去！"便策马疾驰向前。

见到有人不怕死，冲了上来，魔鹰张开了它铁一般的尖嘴，一股电流在它的舌尖跳动。丹玛心想：不管你这魔物是什么样的来历，今天便要你没有活命。当魔鹰从高空俯身冲下时，丹玛将神箭搭在弓上，大声叫道："我是岭国大将丹玛，不要说你不知道。我丹玛的宝箭射出去，就算天上的日月也要躲避，更遑论你这只魔鸟！"

寄魂魔鹰丝毫没有将丹玛的警告放在心上，加速向丹玛冲来，当它快要近身的时候，丹玛将神箭射出，箭尖犹如落雷，打在鸟头上，那魔鸟来不及躲避，爆头而死。

寄魂物被杀，让魔王变得浑浑噩噩，犹如山崩般的痛苦让他不知所措。好不容易清醒一些，他命人占了一卦，这才知道是因为他的寄魂魔物已死。这让他暴跳如雷。他召集西萨扎巴、黑暗之子多旦、姜泽三人去搞清楚事情的来龙去脉，并且特别交代，寄魂蛇、寄魂牛和寄魂老鹰都不是普通的魔物，能够将它们消灭的人一定能力非凡，如果能与这样的人做朋友，那么一定能够让岭国人有来无回；如果是岭国的人，就要更加周密地部署，以作应对了。

接到命令，三人立刻从各自的营中挑选一百名精壮士兵，向野牛沟而去。

在距离野牛沟不远的地方，河边的大滩上扎着精美的营帐，出入营中的将士犹像天兵天将一般威武。西萨扎巴怕眼前的景象是岭国人施的障眼法，决定先上前盘问一番再做决定。

工布地方的数百兵马上前，还未开口说话，晁通便拿出红色马头明王的套索,在天上转了一圈后扔向西萨扎巴,套在他的脖子上,将他从马上拉了下来。以丹玛为首的大将冲出营帐,不消一刻钟便将来者一一斩杀。

而阿琼穆扎在他那铜墙铁壁的王宫中等消息,等了几天也不见人回来,料定是遭了岭国军队的毒手。大臣们,有人抱着与岭国军队鱼死网破的决心,有人偷偷地打着投降的主意;而阿琼穆扎则开始部署防御计划。

扎巴拉赞是阿琼魔族的老臣,驻守在通往王宫的必经之路上。这天,巴拉·森达阿东和扎拉王子带领的军队来到了扎巴拉赞驻守地方,有胆小的士兵见是岭国将士,调转马头逃跑。扎巴拉赞心想:今天大概是逃不掉了,跟他们较量一番或许有一线生机;如果不敌对手,死在英雄猛将的刀下也没有什么遗憾。

这样想了以后,扎巴拉赞抽出宝剑,催动胯下的马匹向森达阿东杀去。见敌人来势汹汹,巴拉也抽出宝刀。几个回合下来,扎巴拉赞明显不敌巴拉,一个不小心,他的脑袋就像是荒根一样,被巴拉削了下来。

见扎巴拉赞身首异处,与扎巴拉赞共同守城的大将登巴绕杰心中生起冲天怒火,下决心与岭人拼个你死我活。他抱着必死的决心冲向巴拉,扎拉王子连忙抽出宝剑挡在巴拉前面,犹如猎狗拦住小鹿一样,让登巴绕杰无路可走。扎拉王子上阵与敌人拼杀,岭国的军营里响起震耳欲聋的呐喊声,让扎拉王子更加增添神勇,也让敌人胆战心惊。

宝刀、弓箭、长矛轮番上阵,登巴绕杰则渐渐处于下风,约过了三盏茶的工夫,他被扎拉王子用雅司宝刀削去了脑袋。

工布地方的守城将军均战败,节节败退到了王宫。阿琼穆扎鼓舞众将士:"家乡是自己的家乡,无论好坏都要战斗到底!"接着他对已临城下的雄狮大王唱道:

> 工布是我祖先留下的地方,
> 在这里我们是真正的主人。
> 在今天之前的日子里,
> 没有敌人打到门前来,
> 我们之前应该没有账,

为什么要逼我还债？
如果法师不好好修行，
凭什么让人们信你？
自己的宝贝家乡啊，
不管好坏都是自己的。
没有惹你却欺负到家门口，
你们想要的是什么？
自己苦心经营的土地，
被来自远方的强盗围起来，
你究竟想要得到什么？

雄狮大王大声喝道："你这魔王说话可真稀奇，我雄师百万至此，难道是为了跟你玩游戏？说什么我岭国无端将你阿琼魔族来进犯？若要后悔，就怪你不该夺我岭国的钱财，伤我岭地百姓宝贵的性命！我们两个今日的相遇是前世的注定，我们是宿命的敌人。虽说与人见面需要手捧洁白的哈达，但是面对你阿琼穆扎，这宝剑就是我给你的哈达，冰冷的长枪替代我敬你的香茶。"

两位国王怒目以对，一场大战一触即发。

阿琼穆扎知道格萨尔是天神降世，但阿琼家族是魔神的传人，他不能让家族蒙羞，更不能毁了魔神的威望，于是抽出宝剑冲向格萨尔，连挥三剑。第一剑被天神挡住，第二剑被山神挡住，第三剑被龙神挡住，宝剑虽然砍在了格萨尔王的头盔上，但是一点痕迹也没有留下。阿琼穆扎见不对，便后撤，在他后撤的时候，格萨尔的宝剑落下，砍裂了他的护身盔甲，在他的手臂上留下了伤口。他顾不得疼痛，策马扬鞭，飞快地逃去。

双方的士兵此时激烈地战斗着。岭国将军辛查·龙拉觉邓犹如阎王降世一般，拦在魔臣赞拉扎巴的面前，大吼："记住，今日取你性命之人一定是我！"说完，他取下长枪的枪套，挥舞长枪，长枪如流星一般滑动，刺向赞拉扎巴。赞拉扎巴的胸口有一个用黑色宝铁铸造的护胸镜，镜裂成了三瓣。辛查·龙拉觉邓把长枪抽出来又刺过去，反复几次，把赞拉扎巴的心肺都用长枪钩出体外。但是赞拉扎巴是魔鬼的子孙，并没有死去，他将有剧毒的毒铁向辛查·龙拉觉邓砸去。辛查·龙拉觉邓一闪身，毒铁砸中了他身后的小将噶·玛米珠曲，小将犹如羽毛被野火焚烧一般被烧得尸骨无存。辛查·龙拉觉邓怒火中烧，挥舞宝剑斩断毒铁，把赞拉扎巴的脑袋像砍荒根一样砍掉。岭国的将士们爆发出龙鸣般的喝彩声。

与此同时，其他顽固抵抗的工布将领没有一个逃出岭军的包围。那些还陪伴在阿琼穆扎身边的将士与他们的国王一样惶恐。魔王因为右手受伤而光着膀子，被众妃子和内臣保卫着回到宫殿。对于接下来该怎么办，大臣协切诺拉说："山谷里的水草不死，天然的药物就不会少。如今岭人咄咄逼人，正在勇猛的劲头上，我们以现在的能力对抗无疑以卵击石。只要阿琼家的血脉保存着，就一定有报仇的机会。依我所见，大王不妨先向门国投降，与门国国王联合杀到岭地，以报今日之仇。"

魔王听后沉默不语，其他大臣和妃子谁也没有作声，投降门国可能是眼下最好的方法。一阵沉默之后，魔王发话，采纳协切诺拉的建议。人活着，以后才能报仇。魔王思考起了逃跑计划。

他下令保留城外所有的营帐，并且派兵加强营帐的守卫，营造出他还在大帐中的假象迷惑格萨尔大王；又安排四名内臣带着二十来人，用几十匹骡子和马驮着所有的金银珠宝，趁着夜色往南方的门国逃去。

格萨尔大王早已知道阿琼穆扎的逃亡计划，因此没有包围那些用于迷惑他们的营帐，而是直接将王宫的碉楼包围了起来，与守城的工布将士兵展开了激烈的厮杀。魔王与妃子萨琼站在王宫的顶楼，看见外面火光冲天，岭国的军队一步步地逼近，心中一片凄凉。魔王想自己身上还带着伤，恐怕也没有办法走得太远，既然都是死路一条，不如在死之前再拉一个垫背的人。他下定这样的决心后，脸上浮现出毅然决然的表情。

阿琼穆扎的叔叔、大臣诺加对他说道："侄儿啊，听我说两句。环绕在岭国军队上方的七色彩虹，它的出现是有原因的。天上的彩虹，是地上的人福瑞的象征，那青色巨龙的吼声，今日像风暴一样降临。岭国将士今天来到了我们的家门口，要怎么办才好？我是经历过旧时的老臣，他们是谁，我的心里很清楚，听见声音就知道他们的过去、现在和将来。我老头子风烛残年，死后葬在哪里都可以，活着的福气我没有了。大王、王妃、几位大将和侄女诺布卓玛，你们是想留还是想走？如果想留，商量好向命运投降；如果想走，我们就各奔东西，祖先的遗产就落在岭人手里。"

诺加这样说了以后，魔王和大将们有了赴死的决心。魔王鼓励属下的大将说："就算是我身上有伤又如何，只要我亲临战场，那边就是岭人的修罗场，今天即使战死，也要让岭人血流成河，尸积如山！"

魔王忍着身上刀伤的疼痛，取过战袍和盔甲，用贵重的锦缎擦拭干净。他的脸色变得和他的盔甲一样漆黑，他再次以必死的决心向属下的大将们说："岭国那个叫觉如的人，从此以后，我不想再听见他的名字。我们是宿命的敌人，所求法门不同，信奉的上师也不一样，向敌人求和，这是懦夫的做法。这些话，就让手中的武器去告诉他们。"

此前一天，在宝帐之中，雄狮大王召集众位英雄说道："为利益众生，要打败魔王的军队，阿琼穆扎家族统领的魔国末日已到，如今各位英雄该是建立战功的时候了！"说完又接着唱道：

> 如果不知道这里是什么地方，
> 是工布有岩石和森林的山谷，
> 是参天大树繁衍枝叶的地方，
> 是青色庄稼犹如宝藏的地方，
> 是雪域藏地需要的粮仓，
> 是我们君臣成名的地方。
> 如果不知道我是什么人，
> 我是降临人间的神子，
> 是邪恶魔鬼的克星，
> 是弱小无助者的救星，
> 是保护百姓的卫士。
> 藏地的敌人工布王，

> 到了该消灭的时候,
>
> 如果不打败魔鬼阿琼王,
>
> 藏地就会如彩虹般消散。

格萨尔大王下令,一定要将阿琼穆扎和他的魔国打败。岭国的将士们听完格萨尔大王的讲话,决心跟随大王战斗到底。

岭国将士一步步紧逼阿琼穆扎的宫殿。

阿琼穆扎带领的誓死不降的将士冲出宫门,阿斯·托拉麦巴踩在马镫上,将手中的毒箭搭上弯弓,对岭国众大将说:"行人走的大道不是强盗的地盘,在今天太阳落山前,这条大河的河畔,如果让任何一个岭国人过去,我就不是托拉!"

然而他这小狗假装的老虎并没有让岭人惧怕,话音刚落,他便被辛巴·梅乳泽用大刀削去了脑袋。

工布所剩无几的将领死的死,逃的逃,剩下的那些人被岭人如收割青稞一样,很快地消灭干净。阿琼穆扎的心里一片凄凉。他自知人心不齐,大雕、老鹰、猫头鹰,心不一样要各自飞,大雕等待太阳升起;猫头鹰等待黑夜的来临,向往月亮;而老鹰希望追随太阳。现在是真正只剩下他一个人,往人间的任何一个地方逃遁都没有任何意义,不如回魔神噶然守护的地方,等待时机再回到人间,与格萨尔再做一世宿命的敌人,那时候一定不会再让他如此嚣张、得意。

岭国的军队就像潮水一样涌入阿琼穆扎的宫殿。再也不能犹豫了,阿琼穆扎跳上一匹黑铁制作的宝马,口中呼唤魔鬼神噶然的名字,请求他将自己带出这个被敌人包围的地方。魔鬼神听到了阿琼穆扎的呼唤,天空中降下一条彩色的天梯,阿琼穆扎骑着铁马,踏着这条彩色的天梯正准备离开,被格萨尔大王远远望见。格萨尔王将智慧箭放在弓上,在护法神和众空行母的加持下,这支宝箭像一道光芒射向阿琼穆扎的铁马。铁马中箭,从高空跌落下来,阿琼穆扎就像是魔鬼神投下的那一道光,永远消失在了这个世界。

雄狮大王将工布的百姓从水深火热中解救出来,老总管下令在阿琼穆扎的王宫中举行盛大的庆典,对在战争中有功劳的将领一一进行了奖赏,并将王宫中的财宝分给了百姓。众人一起欢庆了七天七夜。

自此之后，工布周边的茶盐道路和到拉萨朝圣的道路通畅无阻，商旅往来不绝，百姓的生活更加幸福，周围的小邦国也因此更加崇敬格萨尔大王。

第六章

降伏辛赤王三军凯旋

一

格萨尔王在降伏为害百姓、残暴凶恶的魔王阿琼穆扎之后不久，乘胜前进，翻越巍峨的喜马拉雅山脉，降伏了门域的辛赤王。至此，他完成了降伏四大魔王的伟业。

当时，格萨尔王在灭掉辛赤王、从半空中下降时，看见门域公主梅朵卓玛和其母后达瓦则登站在宫楼的金顶旁，有被烈火烧死的危险，便准备营救她们。梅朵卓玛公主见雄狮大王从天而降，连连磕头、呼救，并将欢喜聚福宝贝献给格萨尔王，作为乞命礼。格萨尔王将母女二人安排至莲花盛开的御花园中居住。

岭噶布的勇士们从四面包围东日朗宗宫殿，迫使残余门军缴械投降，交出了门国王宫。

晁通得知梅朵卓玛公主在御花园内与格萨尔王在一起，欣喜若狂，说道："呀，梅朵卓玛公主如今将被我所得！"

他立马携带九十九种聘礼，准备求娶梅朵卓玛公主。米琼见了说道：

格萨尔王诸大臣，
听我米琼把话叙，
有人故意翻是非，
门岭之间起纠纷，
硬说梅朵是祸根。

神鬼弄虚是常事，
梅朵不必多悲伤。
快去启禀雄狮王，
心诚意真降岭噶，
一切听大王吩咐。
达绒晁通真狐狸，
偌大年纪不知羞，
当着君臣众英雄，
有脸启口娶梅朵，
常言酥油伴佳肴，
吃得过多伤肝胆。
晁通唱的动人歌，
听得过多惹人烦。
若将梅朵许配人，
岭噶众多英雄中，
其他谁都无争议，
若将梅朵许配给，
有妻之夫老晁通，
米琼决不会答应。
米琼身材虽矮小，
却也是个男子汉，
娶妻成家理应当。
金桌上的白哈达，
是我献的求亲礼，
恳请君臣多关照。

　　晁通气得咬牙切齿，怒目瞪着米琼，说不出话来。多数人知道米琼是开玩笑，只是一笑。这时，梅朵卓玛公主向格萨尔大王磕了三个头，献上数百串珍珠，唱道：

> 岭噶君臣听我讲，
> 我那父亲辛赤王，
> 被雄狮王用箭射死。
> 门国百万强雄兵，
> 全被岭军消灭掉。
> 说到门岭战祸根，
> 有人怨我是祸根，
> 然而事实胜雄辩。
> 打从今天开始，
> 梅朵大设七日宴，
> 启开五万陈酒缸，
> 屠宰千只有耳类，
> 上至格萨尔大王，
> 下至士兵和黎民，
> 恳请赏光赴喜宴。

接着说："梅朵愿意将门域宝贝悉数献出，只因我有一事相求，请格萨尔大王将我父王和战争中门岭两国死于刀下的众亡灵超度出地狱。"

雄狮大王将盛满甘露的吉祥聚福宝瓶赐予了梅朵卓玛公主和三个门国英雄。东迥达拉赤噶知道格萨尔王乃是天神之子，心想：不归依他又归依谁？想到这里，泪珠直往下滚，他将头上的白盔、身上的白甲和所骑的白马全都放在岭噶众好汉中间，又将护身噶乌盒内的七对无价之宝献于雄狮王面前，虔诚地说："我东迥达拉赤噶年幼时不懂事，缺乏白色善业心，一心崇拜那恶魔，成为杀人刽子手，作恶多端罪孽大。尊敬的雄狮大王啊，我东迥，真心诚意归附你，从善去恶走正道，一切遵照你吩咐。"

格萨尔王下旨道："今日出现好兆头，东迥达拉赤噶呀，从今往后你可不能像昔日。门国共有十八大区域，即十八大部落，交给你掌管，你来担任大头人。令你把门国的财宝、牲畜和粮食分给门国的平民，不分贵贱，定要满足百姓的愿望。欢喜聚福宝贝和成就甘露如何安置，再行定夺。"

格萨尔王遵照天神的授记，将梅朵卓玛公主许配给达绒公子拉郭绷鲁，作为其一生的司茶女。喜宴上，大家围坐在一起，享用美味佳肴，欢欢喜喜热闹了七天。

喜宴过后，一天，格萨尔王找来梅朵卓玛公主，说道："公主，你看，我要把你父王辛赤为首的死于刀箭下的门岭众亡灵超度到天国去。"他念起秘咒，将众亡灵超度至往生净土。辛赤王投生到达乌山乾闼婆王国。吃生人的红魔马，投生到好战的阿修罗世界。门岭两国的阵亡将士，全部投生到无量光佛的圣地。

过了一段时间，格萨尔王带领五十名大臣前往门域产大米和小米的地方查看。地处喜马拉雅山南部的门域，是整个雪域高原唯一产大米的地方。梅朵卓玛公主左手持海螺粉末，右手握绿松石彩箭，对着粮仓主黑蛇精唱道：

雄狮大王格萨尔，
今年御驾亲临门，
南国上方米粮仓，
大米、小米和红米，
今日到了开仓时，
粮仓之主黑蛇精，
还有厉妖天蝎子，
快来开仓进贡品。
门国土神老阿玛，
空中高举彩石钵，
敲起铙钹如雷鸣，
让那猛兽息怒声，
毒蛇让路回洞穴。
五十大臣已光临，

梅朵姑娘做向导，

雄狮大王开粮仓。

梅朵卓玛公主唱罢，粮仓主黑蛇精便将门国土神老阿玛彩石钵内的铙钹取出，敲打铙钹之声好似夏日的霹雳声。霎时间，右山猛虎的咆哮声、左山花豹的狂啸声和中山恶熊的怒吼声渐次停了下来。山谷中拦路的黑、白、花三种毒蛇不见了踪迹。

黑蛇精将十三层金"曼扎"与门国土神老阿玛彩石钵中的铙钹一并献给雄狮大王。

雄狮大王说："打开这座粮仓的钥匙在空行母门域公主的身上。"

梅朵卓玛公主回禀道："虽说七对海螺钥匙在我手中，但大王用这支神箭开仓更妙。"说着将神箭献上。

格萨尔王挽弓搭箭，将神箭射了出去，顿时仓门大开，大米堆积在坝子上。他们先向无形的神、妖、龙祭献大米，然后开仓济民。门国百姓因获得大米而欢喜无比，举行了空前隆重的庆典。

二

当格萨尔王率领岭国的英雄们翻越雄伟的喜马拉雅山,从门域返回岭国时,居住在喜马拉雅山洁净的清凉世界的第三女神珠穆朗玛率领她的女神姊妹高奏仙乐,翩翩起舞。

在喜马拉雅山的北部,居住着雪域之邦最古老、最神圣的山神——沃德贡杰和他的八个孩子,他们一起欢呼,欢迎格萨尔胜利归来,欢呼声震荡着整个雪域高原。

玛沁邦拉神山是格萨尔王的寄魂山,与格萨尔王的关系最为密切,得知格萨尔王载誉而归,玛沁邦拉山神十分兴奋,高唱凯歌。一神引领,众神相随,凯歌声响彻雪域高原。

阿尼玛卿山①山神也高唱凯歌,感染和影响了昆仑山上的众神,他们一起高歌,十分雄壮,震撼人心。

阿尼玛卿雪山的冰雪融化汇聚而成的嘉仁湖、鄂仁湖和卓仁湖,是珠牡王妃的寄魂湖。

得知格萨尔王凯旋,珠牡王妃先到嘉仁湖沐浴,焚香祈祷,然后率领岭国的众女眷去迎接格萨尔王和英雄们。

这天,岭噶布以嘉洛·登巴坚村、色查长官阿青、翁布·释迦古茹、弥

---

① 阿尼玛卿山:又称玛积雪山,在青海省东南部,延伸至甘肃省南部边境,为昆仑山脉东段中支。

庆·尼玛坚村等元老为首的十二名老臣与以珠牡为首的众妃子,身穿盛装,前往玛德雅查茂坝子。珠牡头戴用十八颗海螺装饰的发饰,身穿十八件上等锦缎衣,腰系一条镶金银铃哨的五彩围腰,打扮得分外亮丽,好似仙女下凡。婢女们捧着盛满酥油茶的金壶、斟满青稞酒的银壶、灌满奶酪和鲜奶的螺壶。珠牡向格萨尔大王和英雄们逐次献上接风酒。

晁通高呼道:"门岭大战三年整,今日凯旋贺丰功。我儿子拉郭绷鲁儿和公主梅朵卓玛,今日良辰配佳偶,喜上加喜喜无限,乐了又乐乐无穷,大家光临我感谢。"

丹玛凑趣道:"梅朵卓玛公主嫁给岭噶布做护门女神,妙得很。晁通,你快把达绒家八十把花钥匙交到梅朵卓玛的手里。"

丹玛一席话,使岭噶布的君臣忍不住哈哈大笑。

孔雀伞盖下,格萨尔大王端坐在金宝座上,背靠青龙靠椅,欣喜地说:"岭噶布所属各部的众将官听我言,今日尽情欢庆,来日国事须如此……"他以无碍金刚调唱道:

> 唱过三曲起歌调,
> 再把诸神来呼唤。
> 上界白梵天王啊!
> 中界古拉厉神啊!
> 下界邹纳龙王啊!
> 威尔玛战神请保佑,
> 护法诸神请领唱。
> 若不认识这地方,
> 它是世界轴心地,
> 东方岭噶圣洁城。
> 若问我是什么人,
> 中午之前是杀人的屠夫,
> 中午之后是渡人的上师,

天神派遣的使者，
普渡众生的恩师，
降妖伏魔的英雄，
格萨尔王便是我。
若问我要唱什么歌，
它叫威震四方歌。
雄狮我有四支曲：
一叫晴空霹雳调，
箭射鲁赞前额时，
雄狮我曾将它唱；
二叫天旋地转调，
镇压霍尔魔王时，
雄狮我曾将它唱；
三叫六运气脉调，
掏取姜王魔心时，
雄狮我曾将它唱；
四叫自发空性调，
火烧辛赤老魔时，
雄狮我曾将它唱。
降伏四魔唱四调，
四调威镇四魔域。
岭噶各部众将领，
黄帐霍尔、黑魔国，
紫色姜国和门国，
加上岭噶五大国，
今日大捷凯旋归，
大家尽情来欢庆！
梅朵公主和拉郭，

千里因缘来相会，
大家尽情来贺喜！
从今往后你二人，
管好达绒全部落，
共为岭噶谋利益。
岭噶各部众英雄，
尔等终生的国王，
雄狮大王格萨尔，
如今已镇四方敌，
隐居森珠达孜宫，
要为天姑还心愿。
念经修行三年后，
须行何事再降旨。
岭噶各部将士们，
如今四敌已降伏。
从此各自归大寨，
敬信天神常祈祷，
虔诚专心修善法，
积德行善做好事，
造福众生要牢记。

　　格萨尔王的话音刚结束，岭噶布的贵妇们便向每人献了一碗临别的吉祥酒。众人先向格萨尔大王献了一条辞别的吉祥哈达，再互赠哈达，然后高高兴兴地回了各自的家乡。

第七章

别乡亲大军齐赴嘉地

明治美人傳大不波瀾史

一

在离岭国很远的地方，有一个嘉国。嘉国皇帝噶拉耿贡娶了高贵美丽的尼玛赤姬做皇后。皇后生下一个可爱的公主，取名阿贡措。为庆祝公主降生，嘉国皇帝在王城举行了盛会。然而，美丽的皇后却在当晚中了口魔和眼魔，从此一病不起。

转眼几年过去，公主阿贡措已经六岁。这天，阿贡措为父母送茶时，隔着门帘听见了他们的谈话：

"皇后啊，为了让你的病体康复，我敬神做法事，国库里的银钱花了不少，可你的病怎么还不见好呢？"

"我的病啊，就是把嘉国的银钱全部花尽，也治不好的。"

"那我该怎么做才能救你呢？"

"没有办法，我必须死去一次。如果皇帝真的不愿舍弃我，那么按照我说的办法做，为妻我就能死而复活。"

"快说，只要能让爱妻一直陪在我身边，要我怎么做都可以。"

"我死后，请皇上用绸缎把我的尸体包裹起来，趁尸体还温热赶紧放在一间光线无法透进的屋子里。同时，皇上要把太阳关进金库，把月亮关进银库，把星星关进螺库；天上的鸟不准飞，空中的风不准吹，水中的鱼不准游；还要把连接嘉岭两国的金桥砍断，使嘉国的货物不得运往岭地，岭国的货物也不准运往嘉国。我要用三年的时间恢复血脉流动，用三年的时间生长肌肉，用三年的时间调和气脉，生长筋骨。九年后，我就会复活，而且将比现在更加美丽。到那时，我就可以和皇帝永远共享快乐了。"

皇帝噶拉耿贡听了感到很奇怪，便问道："爱妻，你为什么能够复活？"

"因为我的父亲是恶魔，我的母亲是罗刹，所以我有铁一样的生命。待我复活后，将成为世间命主，白色善业的仇敌。"

噶拉耿贡一听这话，心中害怕："那，有什么阻止你复活的办法吗？"

"岭国的国王格萨尔若知道我已死，就会用烈火焚化我的尸体，我就不能复活了。所以，请皇帝务必封锁消息，不要将我死去的消息传出去，更不能让岭国人知晓。"

他们的这些话被门外的阿贡措听得一清二楚，但她没有告诉别人。

皇后死后，皇帝按其吩咐将尸体裹好放进一间密室。为了不让她的体温散失，噶拉耿贡日夜与尸体睡在一起，用自己的身体温暖着皇后的尸体。皇帝不理朝政，臣民百姓苦不堪言，怨声载道。嘉国从此失去了阳光。

公主阿贡措心想：我母后是个妖女，她死后嘉国百姓都在受苦，如果复活会给百姓带来更大的灾难。怎么办呢？于是她把皇后死前对皇帝说的话告诉了嘉国七姊妹中的其他六姊妹。那六姊妹听了大惊。他们商议决定请格萨尔大王前来嘉地，帮忙焚烧妖后尸体。

他们准备先让公主阿贡措给皇帝请假，说她们七姊妹要去五台山为皇后焚香斋戒，到时候再想办法送信给岭国的格萨尔大王。

见女儿如此孝顺，噶拉耿贡很高兴，答应了公主。嘉国七姊妹到了五台山后，在文殊菩萨面前摆上供品，进行祈祷。到了夜里，七姊妹就把给格萨尔大王的信用金丝线绣在黑缎子上。绣好后，她们将信及备好的礼品交给鸽子三兄弟，请它们送到朵康岭国，直接交给格萨尔大王。长命鸟鸽子三兄弟带着金信，向朵康岭国方向飞去了。七姊妹按时返回了嘉国。

岭国的格萨尔大王正在闭关静修。这天，当东方开始亮起来的时候，窗口忽然射进一道白光，白光周围香烟缭绕，格萨尔凝神望去，见白云翻滚的云缝中，现出一项五彩伞盖。伞盖下，女神朗曼噶姆骑着白狮，牵着青龙，手拿小鼓，小铃叮当作响，对格萨尔预言说：

请五位神佛帮助我唱曲，
帮助我唱蜜蜂欢唱曲。
神子啊，不要迟延快来听，
我有重要预言告诉你。
在嘉国王城拉伍曲宗宫城里，
尼玛赤姬皇后已死去，
倘若让她又复活，
她就要与众生为敌。
如不把她的尸体焚毁，
待她得了铁命就会误时机。
赴嘉地的时刻已来临，
快去给嘉国皇帝解忧虑。
重开通往嘉地的路，
要把藏地的善业传到嘉地去，
要把嘉地的货物运送到雪域。
天上的鸟儿空中的风，
会给你带来嘉地的信息，
快快召集岭国众英雄，
每道山岗谷口都要防守严密。
从三十英雄中派出一人去巡逻，
站岗瞭望时要警惕；
愿所修功德归向众生去，
别的预言往后再告诉你。

说罢女神便离开了。第二天，格萨尔大王召集众英雄，向他们讲述了预言内容，并安排了人员巡逻。不久，果然收到了嘉国的来信。信中说嘉国皇后辞世后，皇帝整天守着皇后尸体，不理国政，嘉国陷入一片黑暗之中。希望格萨尔大王可以亲赴嘉地劝解皇帝，焚烧妖后尸体，解救嘉国百姓于水火中。信的末尾还列出了焚烧妖后尸体时要用到的法物。这些法物足有几十种之多,而且大都十分稀奇难寻。

为了不耽误除妖时机,格萨尔君臣协力想办法找到这些稀奇法物。为此,他们征服了木雅地方,降伏阿赛罗刹,终于备齐了焚烧妖后尸体所需的所有法物,现在只待出发去往嘉地。

二

三月初十,内务总管米琼奉雄狮王之命登上城楼,敲起法鼓,吹起法螺,扬起法旗。岭地六部百姓应召前往森珠达孜宫前的平坝上。格萨尔大王向大家宣布:本月十五日是吉祥的日子,这天将启程去嘉地。随格萨尔大王前往嘉地的有丹玛、米琼、晁通、卓郭达增、秦恩、噶德和多珍姑娘[①]等,共十二人。

十五日很快就到了,岭地君臣十三人打点好行装,准备出发。扎拉王子、老总管绒察查根、珠牡王妃等出城相送。

老总管绒察查根走出人群,向格萨尔大王献上一匹宝马、一副盔甲、一把宝刀和一条五彩哈达,唱道:

提起我,世人皆知悉,
我和雪山同时形成在大地,
我和大滩同时诞生到人世,
我和山岳同时出现在寰宇。
如今我年迈力不及,
白发好比枯草倒在雪地,
两臂无力,宝弓拉不动;

[①] 女神朗曼噶姆曾降下预言,去嘉地必须带善于挤奶的多珍姑娘,她是从须弥山洞里共命鸟夫妻的蛋中孵出来的。

身体衰老，盔甲披不起。
这骏马、盔甲、宝刀和哈达，
是送别大王的饯行礼。
到了嘉地焚妖尸，
为嘉地皇帝解忧虑。
谨防嘉地鬼魅伤害你。
大王要好好爱惜身体。
办完事情不要贪财物，
勒转马头快快返故里。

格萨尔收下老总管的礼物，并回赠了一条哈达，说："母亲做的食物味道好，叔叔讲的话有道理。三年之内，我一定将嘉地的妖尸焚毁，迅速返回岭地。请总管叔叔放心。"说罢，向老总管行了三次碰头礼。

扎拉王子走上前来，献上金银、松石等礼品和吉祥哈达，对大王说："求大王带我到嘉地去，最好把众英雄也带去。如今大王要我留岭地，总管年迈，丹玛又随您去了嘉地，岭国再遇入侵之敌难抵御，大王啊，您要安置妥当再离去。"

格萨尔大王看了一眼心爱的侄儿，拉住他的手说："扎拉啊，遇事要和长辈多商量，丹玛走了，总管和辛巴·梅乳泽还留在岭地。有他二人辅佐，我是放心的。叔叔此去是带嘉地皇帝解忧虑，为嘉地百姓谋利。我定会把一年的路当作一月赶，一月的路当作一日行，快去快回，侄儿放宽心。"说完，格萨尔又赐给侄儿扎拉王子一个护身符。

珠牡右手捧哈达，左手端美酒，说道："大王啊，一路上要多加小心。大王的眼睛好比莲花正开放，小心别让寒风袭；大王的耳朵好比树叶长枝头，小心别让冷气冻；大王的鼻子好比柔软的酥油，别让空中烈日晒化流遍地；大王的舌头是语言的根本，别让恶言坏食触舌碰嘴皮；大王的心像莹莹的水晶瓶，别让损伤生裂隙；大王的双脚像清风生双翼，当心跛脚的人来侵袭。今天是吉祥的日子，吉祥的君臣去嘉地，愿天上地下万事皆吉利，事业成功人马平安返故里。"

珠牡唱罢，众英雄围了上去，每人奉上一支利箭；妇女们每人献上一颗松石；父老们每人献上一条哈达。雄狮大王一一收下，辞别众人率部下出发。

格萨尔一行，朝着东方马不停蹄地走了一百零七天，到了嘉地上部的纳瓦查里。格萨尔变化出帐篷，人马驻扎在这里。营帐分上、中、下三部分。上部营帐好像展开的画卷，众多的上师在帐内念经；中部营帐连亘，浑然一体，长官们在帐内商议政事；下部营帐好像堆起的供品，商人们在帐内摆满货物。上部的营帐一直扎到雪山上，帐顶与雪山山尖一样高；下部的营帐一直扎到大滩边，帐绳的地钉钉在大滩边的石缝里。白帐房连着白帐房，好像雪山排列；黄帐房连着黄帐房，好像黄金堆叠；红帐房连着红帐房，好像烈火燃烧；青帐房连着青帐房，好像海水连天；绿帐房连着绿帐房，好像芸草萋萋。格萨尔大王居住的白色大宝帐立在各色帐房中间，用一千零二根柱子支撑，一百零八根帐绳拉紧，帐檐上装饰着各种缨珞、流苏和宝石，帐顶正中立着经幡。雄狮大王格萨尔庄严地坐在宝座上，令朋友敬仰，让敌人生畏。

营外的大滩上，拴马的绊绳比流水还长，牛马不计其数。

君臣在纳瓦查里住了三七二十一天，一直不见嘉地派人前来敬茶迎接。大王心中有些不悦，对众英雄说："嘉地送来金信，说请我来，我们日夜不停地赶路，可到达这里已经二十一天了，还不见有人来迎接，我们不如返回岭地吧。"

晁通不甘心就这样半途而废，便对格萨尔大王说："大王啊，是女神的预言、嘉地的金信，才使我们岭国君臣来到这里。在这紧要关头，天神不会不降下预言的。我们每个人都有自己的保护神，今天晚上，我们各自向自己的保护神祈祷，天神定会降下预言，明日我们再向大王禀报。是去是留，明日再议不迟。"

格萨尔大王也不愿就这样离开嘉地，就吩咐众人回帐歇息，明日再议。

第二天一早，雄狮王将众人召集在一起，询问昨夜谁得到了神灵的预言，众人摇头不语。只有晁通睁着发红的眼睛，摇头晃脑地对大王说，他得了一梦：

  梦见我到了一个生疏地，
  山谷里九水合流在一起；
  河上架一座黄金桥，
  桥那边有一座金碧宫宇。

梦见桥那边来了七姊妹，

口中唱着委婉动听的小曲，

手中拿哈达、金壶和银碗，

向我敬茶、敬酒又行礼……

晁通还没说完，多珍姑娘打断他说："大王啊，晁通王的话就像白天的星星、冬天的花朵，没有的事，千万不要相信他的话。"

晁通被小姑娘的话刺痛了，愤愤地说："我的话是真是假，让我自己去证实好了。"说着，出营上马直奔九条河汇成的河的桥头，盘腿坐在那里。

不一会儿，河对面果然走过来嘉地七姊妹。这七姊妹见纳瓦查里扎了这么多帐篷，桥边又坐着一个异族装束的人，心中暗想：是不是格萨尔大王到了？巧嘴姑娘鲁姆措走上前问晁通："你是什么人？从什么地方来？到什么地方去？纳瓦查里本是皇帝的花园，不准外人进入，如今你们在那里放马搭帐篷，踏坏的草比吃掉的多，搅浑的水比喝掉的多，折断的树木比烧了的多。如果你们不把草钱、水钱和柴钱交出来，当心皇帝惩罚你！"

晁通一听这话，很是生气：他岭国君臣本是嘉地写信请来的，不赶快迎接，还要交什么水钱、草钱。晁通越想越生气，于是恶言相向："我们本是嘉地请来的客人，记得那年嘉地鸽子三兄弟把书信带到岭国。信中要我们大王快快来嘉地，为皇帝开解悲哀，用烈火烧掉妖后的尸体。为找齐降妖的法物，我岭国君臣用了五年时间征服了木雅和阿赛。如今我们不分昼夜地赶到这里，为什么不迎我君臣进宫？我是格萨尔大王派出的使臣，你们应该给我敬酒献香茶，我走三步应该给我送脚钱，我说三句话应该给我献哈达。"

七姊妹一听是岭国君臣到了，分外高兴。但是，当初给格萨尔大王寄信是瞒着皇帝干的，到现在皇帝还不知此事。要迎接他们，得先向皇帝报告。巧嘴姑娘把这事对晁通说了，告诉他，她们七姊妹立即回皇宫向皇帝禀报，然后来给他敬酒献茶，迎接岭国君臣进宫。

嘉地七姊妹回到皇宫，公主阿贡措向皇帝禀报，她们在河边碰到了格萨尔大王的大臣晁通，说格萨尔王到了嘉地，问该如何迎接。七姊妹只字未提给岭地写信一事。

皇帝心中奇怪，格萨尔怎么会到这里来呢？该不会是什么妖魔作祟吧？他立即召来三妖使，吩咐他们前去纳瓦查里好好察看一番——若是有形体的人，就活活吞掉；若是没有形体的鬼魅，就赶走。

晁通还在桥头，盼着嘉地七姊妹给他敬酒献茶，这样一来，他在众人面前就有了面子。谁知七姊妹没来，三妖使却到了。晁通看见三个面目狰狞的妖使，吓得扭头就跑。

秦恩远远看见晁通慌慌张张地跑来，心想：懦弱的狐狸在前面跑，后面肯定有猎人追。于是他立即去向格萨尔大王报告。雄狮大王出帐一看，三个妖使正大吼着紧追晁通，便吩咐米琼和丹玛拿出竹子三节爪和有冠子的毒蛇头抛向妖使。

三个妖使打了个寒战，转身就逃，逃回皇宫拉伍曲宗中。公主阿贡措向父皇说："派出去的三个妖使逃回来了，听说那扎大营的人法力无边，看来岭国的格萨尔大王真的来了。"

皇帝说："再把巡夜的那群大恶狗放出去看看，是人是鬼就会弄清楚。"

恶狗伸着长长的舌头，径直向纳瓦查里地方跑去。一到那里，便把营帐团团围住。恶狗正准备扑向驴和马的时候，格萨尔大王又命令丹玛和米琼将法物竹子三节爪和蛇心檀香木向恶狗一指，恶狗马上害怕了，都夹起尾巴逃回了皇宫。

公主阿贡措向父皇说："放出去的恶狗也夹着尾巴逃回来了，看来再没有什么疑问，格萨尔真的来了。如果我们再不去敬茶敬酒献哈达，就失礼了。客人生了气，那主人会遭受灾难的。"

皇帝想了想说："格萨尔是个神通广大、善于变化的人，不会只变出这么个营帐来，还需要把巡护虚空的魔鸟派出去侦察。"

一群魔鸟被派出去了，它们中大的有野牛那么大，小的有黄羊那么大，都长着铁喙铜爪，生着獠牙，展开翅膀能遮住天上的阳光。魔鸟迅速飞至营帐上空，来回飞旋侦察。

格萨尔看见天空飞满魔鸟，立即命令丹玛和米琼二人用法物竹子三节爪从烧茶的营灶里抓了一把灶灰，撒向魔鸟。魔鸟心生恐惧，翅膀感到无力，眼睛看不清大地，只好飞回皇宫里。

公主阿贡措向父皇说:"父皇啊,派出去的妖使、恶狗、魔鸟都对那些营帐没有办法,逃回来了,那营帐里的人如此神通广大,肯定是格萨尔大王,我们快去迎接。"

皇帝依旧不为所动,说道:"那格萨尔是南赡部洲黑发凡人的主宰,不会到嘉地来。如果真的来了,也不会只变出那么小的营帐来,是来了别的妖魔吧。先把蛇栏里所有的毒蛇都放出去,究竟来的是什么人马上就会弄明白。"

蛇栏打开,大大小小的毒蛇涌了出来,粗的有松木柱子那么粗,细的也有柏木椽子那么细。一齐窜到格萨尔大王的大营周围,爬满草地,扬着头,圆圆的怒眼盯着营帐,张着大口,好像要吞人。

格萨尔大王立即吩咐丹玛和米琼把獐子的护心油涂在大营的边帐上,并说:"今天晚上,谁也不要出帐,各自在营帐里虔心向本尊神祈祷。"

上营的上师,中营的长官,下营的商旅,都遵照大王的吩咐办。

第二天一早,大王的手铃声叮当一响,人们就到了大王面前集合。有人报告说:"营帐周围有大大小小的死蛇,臭气熏天。"

大王出帐察看后说:"我年幼时就征服了不少妖魔,结束了他们的性命;昨晚,又把这些为害众生的毒蛇消灭了,这完全是白玛陀称祖师教法的威力。我过去为了南赡部洲雪域之邦的众生,把神箭射在魔王鲁赞的额头上,清灭了魔王鲁赞,把魔地变成了白色善业昌盛的地方;把马鞍备到白帐王的脖项上,降伏了白帐王,使黑色恶业在霍尔从此衰败;消灭了前来抢夺盐海的萨丹王,征服了姜国;之后,我又降伏了许多邦国,把这些国家的王臣属民有的引渡到清净界中,有的安置于乐土。如今,为了火化嘉国皇后尼玛赤姬的妖尸,给嘉国皇帝解除忧愁,让嘉国十八部属崇信白色善业,我们来到这个地方,不料使那些蛇一夜之间全部丧生……"

大王说罢,无限悲伤,感到自己害死了那么多生灵,有罪难赎,眼泪像树叶上的水珠,滴滴答答往下滴。

这时,白玛陀称祖师由无数空行女簇拥着,驾着祥云,在那虹光中现身,向格萨尔说:"南赡部洲的贵人啊,不必伤心。天神为了众生的事业,为了制服为害众生的各种妖魔鬼怪,为了使白色善业兴旺起来,商议后才从天国把你派往人间。我不分昼夜护佑着你。死了这些毒蛇,你没有什么罪过。你把这些死蛇的样子一一画在纸上,涂上颜色,把毒蛇的灵魂摄在画上,然后把那些画烧掉,死去毒蛇的灵魂就会被引渡到解脱的道路上去,这样,你就不会有什么杀生之罪了。对于嘉地的事,你一点也不能松懈。"说完,白玛陀称祖师在云霓中消失了。

格萨尔王遵照白玛陀称祖师的旨意把死蛇的灵魂引渡到解脱道路上后,又在营帐里住了三七二十一天,仍不见嘉地的人前来迎接。格萨尔王说:"我们已经在这里住了很长时间,嘉地的人不要说来迎接,派了妖使、恶狗、魔鸟、毒蛇来侵害我们,现在连一点音信也没有。看来,在嘉地弘扬白色善业的时机还尚未到来,我们返回岭国去吧。"

米琼听后,从人群中间走出,向大王叩了三个头,说:"尊贵的大王啊,嘉地的人对我们不了解,派了那些邪恶生灵来攻击我们,都已被大王制伏了,这就很好,再也没有什么可以阻拦我们去嘉地了。我们君臣如果现在返回岭国,岭地的人知道了会笑话我们,说我们不敢到嘉地去。嘉地的人知道了也会说我们无能。这样回去除了给世人们留下讥讽的话题以外,没有什么好处。我们可以像前几天一样,虔心向天神祈祷,天神会再次给降下预言,这是不必怀疑的。"

大王想:米琼是个有智慧的人,他的想法是有一定的道理的。于是他向大家说道:"米琼说得有理,今天晚上大家就虔心祈祷,看有何情况。明天早上我的手铃一响,大家再前来商量。"

第八章

历经波折两国王相见

一

次日清晨太阳刚刚照到营帐的时候，铃声响了，众人集合在大王跟前。大王和其他人都没有梦兆，只有米琼卡德喜笑颜开地向大王献上哈达后说："诸位大臣和将领得了什么梦兆？我昨晚的睡梦是这样的，我唱给大家听。"于是他唱道：

> 昨晚睡到下半夜，
> 天色尚未转明时，
> 喜鹊尚未起来抖身子，
> 乌鸦尚未落地找水吃，
> 拾柴的男人尚未动刀斧，
> 背水的女人尚未背桶子，
> 王妃尚未把服饰穿戴好，
> 国王尚未把枕边奶茶吃，
> 这时我得了一个吉祥梦，
> 我把梦境说与大家知。
> 我梦见上师神帐顶上，
> 供有嘉、岭、姜三种文字的经典，
> 三种典籍不用人教就能看懂，

让人无师自通的典籍真稀奇。
又梦见尼玛龙谢的帐顶上,
十五明月的光辉高照起。
还梦见朗都阿班的帐顶上,
有一只开屏的孔雀很美丽。
又梦见叔叔晁通的帐顶上,
有一只乌鸦呱呱地悲啼。
还梦见大臣秦恩的帐顶上,
有一条嘉地白绸高高飘起。
又梦见英雄丹玛的帐顶上,
有人展臂把石崖来量比。
又梦见阿奴察郭的帐顶上,
六星从右面把营帐围绕起。
还梦见朗都阿班的帐顶上,
风吹幻轮呼呼响动永不息。
还梦见多珍姑娘的帐门口,
用神变幻术给母牛把奶挤。
还梦见噶德曲炯的帐顶上,
大力士在转动幻轮显武艺,
又梦见雄狮大王的帐顶上,
金灿灿的太阳从东方升起。
还梦见嘉地被黑雾笼罩着,
灿烂的阳光无法照射进去,
还梦见太阳绕着四大部洲转。
温暖的阳光照着岭噶布。
还有个梦说来更稀奇,
梦见我米琼已经到嘉地,
前面赶着一头公黄牛,

牛背驮着蔓菁走得急。
我头上戴着崭新獭皮帽，
胯下一只小毛驴当坐骑，
背上披一条灰色毛织毯，
身上穿一件黑色羊皮衣，
脚上穿了双草鞋来走路，
嘴里嚼了块蔓菁来充饥，
脖子上长了一个大瘤包，
一个人徘徊流浪在嘉地。
又梦见在九水汇合的桥头，
在上路耍了套精彩的拳技，
在中路双手着地身倒立，
在下路双脚离地腾空起。
又梦见桥那边姗姗来了七姊妹，
姑娘们歌声婉转一曲连一曲，
姑娘们面前米琼不愿变哑巴，
我张开嘴巴回了几曲来逗趣。

米琼唱毕，格萨尔的面容像十五的明月，放着白螺色的清辉，呈现和蔼可亲的样子，说道："米琼的这个梦很稀奇，好像预示着将发生什么事。你们快圆梦吧！"

多珍姑娘右手提着金壶——壶里盛满香茶，左手提着银壶——壶里盛满美酒，向大王献上香茶、美酒后，说："上天喻示应该先派大臣到嘉地，之后一切所求皆能圆满。"

格萨尔大王吩咐米琼先到嘉地去。米琼说："如果要我先出发，那一切都要像梦里一样准备，穿的服饰、吃的东西，以及制服各种妖魔的法物，请为我准备好。"

君臣们忙着给米琼准备，在蔓菁上涂了蜂蜜和糖汁，使它们变得更香更甜，同时在蔓菁上涂了一种药水。大王把他的宝驹江噶佩布变成一头公黄牛、一匹毛驴，交给米琼。

米琼骑着毛驴，赶着公黄牛——牛背上驮着蔓菁——到了晁通到过的桥头，把毛驴和黄牛拴在桥头，在上路耍了一套拳，在中路翻了几个跟头，在下路踢了几个飞腿，然后仰面朝天躺在地下睡起觉来。

桥那边忽然传来说话的声音。米琼抬起头来，见从桥那边走过来七姊妹。七姊妹也看见了米琼，和上次见到晁通时一样，把米琼盘问了一遍，最后警告他："你冒冒失失到嘉地，好比提着脑袋做生意，何必用庹把寿命来衡量，何必向灾难招手寻无趣。劝你不要再待在这里，快快逃命，回家去吧。"

米琼隔着桥对姑娘们大声喊："喂，姑娘们，你们不必过来，闻到你们身上那股羊膻臭味，我就想吐。米琼我本是神仙转世，可不能让你们的臭味玷污了。"说完，对七姊妹唱起自己的身世和本领来：

> 前世在藏地出生后，
> 被人称为唐东杰布，
> 清水河上我把铁桥修，
> 我靠神通力量做好事。
> 今世我出生在郭地，
> 父母将我卖到岭地。
> 我个子矮小被人称米琼，
> 我嘴巧善言被人称卡德。
> 我米琼是个故事口袋，
> 长故事能说十八部，
> 中故事能讲一百零八篇，
> 短故事能说二万九千多。
> 你们的模样我看不惯，
> 腰圆腿短小脚像羊蹄，
> 穿衣好像炒麦棍子缠布带，

走路就像瘸腿跛脚秃尾驴。
你们怎么能和珠牡比,
难怪皇帝要抱妖后的尸体。
就像田里种满了埂上打主意,
牙齿掉光了用牙床嚼东西。
……

七姊妹不等米琼唱完便气得大叫起来:"你说话粗鲁,对人无礼,就像狗头鹫鸟展长翅,迟早会折翅坠下地。我嘉地公主人人有姓名,你乱说我们真生气。九种坏处聚集在你身上,你从头顶坏到脚底。你身穿山羊皮戴怪帽,脚穿草鞋嘴里啃着熟蔓菁,看你浑身上下才不顺眼呢!"

米琼见七姊妹生气,更加得意:

我这皮衣能随晴雨起变化,
下雨天它能伸长遮风雨,
大晴天它能缩短蔽烈日,
三冬它能御寒使人免受冻,
三夏它能遮雨免受狂风袭。
我口中嚼的熟蔓菁,
味道香甜好比蜂蜜和蔗糖,
提神清心解闷样样都中意。
它是富人家的上等食品,
是穷人家的救命粮食。
我曾到过许多地方,
所有地方的公主都向我讨蔓菁吃。
……

"米琼啊,我们从来没吃过什么蔓菁。俗语说,'骏马好坏要看脚力,男子好坏要看言行，宝刀好坏要看利钝，食物好坏要看味道'，你先把蔓菁给我们尝尝好不好？"

"我这蔓菁是带来卖的，不是做布施用的。不过我们已经说了好多话，应该是朋友了，就送给你们每人一个尝尝吧。"米琼说着，拿了七个元宝似的甜蔓菁放到桥的中间，让她们尝。

七姊妹走到桥中间，拿起蔓菁就吃。蔓菁上涂了糖和蜜，姑娘们吃了还想吃。她们用茶叶、绸缎和白银换了米琼的一驮蔓菁，很快就吃光了。吃了不一会儿工夫，姑娘们便感觉肚子胀得难受，头晕心慌，恶心想吐。公主阿贡措想："这蔓菁怕是有什么名堂，我们上当了。"遂命鲁姆措去问米琼到底是什么人，到嘉地来做什么事。米琼说他乃岭国格萨尔大王的臣子，随大王到此地是为焚妖后的尸体，为皇帝解忧虑。七姊妹一听又是从岭国来的人，就想盘问盘问他，鲁姆措问：

　　嘉地皇宫是什么人造？
　　请来安城的是什么神？
　　宫城里住着三个什么人？
　　城头上飘的三物叫什么？
　　城上方的柱子是哪三根？
　　有八个女孩象征什么？
　　九个男孩象征什么？
　　有个十二岁的妈妈象征着什么？
　　六十岁的老汉象征着什么？
　　城顶落着的三只鸟叫什么？
　　脚下拴着的三头牲畜叫什么？
　　开天辟地的父亲是哪个？
　　开天辟地的母亲是什么人？
　　人类最初如何形成？
　　什么是人类形成的根本？

说清楚了，我向你送茶献哈达；
答不上来，你的大营就归我们。

米琼一听这话，想都没想便答道：

嘉地皇宫是幻术家造，
请了文殊菩萨来安城，
宫内是皇帝、皇后和公主三个人，
城头飘的是伞盖、经幢和旌旗，
城上空有彩虹、银河、南云三根柱。
八岁女孩指的是吉祥八卦，
九岁男孩是九宫的比喻，
十二岁妈妈是十二属相，
六十岁老汉是六十花甲。
城顶上三鸟是金缨、银缨和螺缨，
城脚下三畜是虎狗、豺狗和熊狗。
形成天地的母亲是阴阳，
形成天地的父亲是元气。
刮风起火形成了世间，
世间分成了海洋和大地。
姑娘的问题我已答清，
我也要向姑娘问分明。

米琼回答了姑娘们的问话，又请姑娘们回答他的问话。双方答了又问，问了又答，与米琼不停地对唱着，从天空到海洋，从高山到大地，从飞鸟游鱼到狮虎狐狸，从雷电风雨到冰雪霜冻，天地间的事都问遍了。七姊妹佩服米琼的见多识广，俗语说："酥油好坏，嗅嗅味道就知道；事情真假，听听话音就明白。"听了米琼的答话，七姊妹相信米琼确是格萨尔王的大臣，公主阿贡措对姐妹们说：

"我们不要再耽误时间了，赶快回宫向父皇禀报。该怎么办，听父皇吩咐。"

七姊妹转身回了皇宫，米琼也返回了大营。他把和七姊妹对歌的事禀报了一遍，说七天后与七姊妹还在桥头相会。

七姊妹回到皇宫，公主阿贡措对父皇说了在桥头遇见米琼一事，又劝父皇快些去迎接格萨尔大王。"客人来了如果不用茶、酒去迎接，会令人笑话的。"

噶拉耿贡却不以为然："女儿啊，你啰啰唆唆说些什么话？还有什么人比我更高贵？不要说叫我离开皇宫去迎接，就是叫我离开宝座，我也不愿意。我又没请格萨尔来。如果他真的来了，我俩自有相会的缘分，根本不用去迎接。"

见父皇不肯出宫迎接格萨尔王，公主很担心。格萨尔本是她们七姊妹请来的，如不快去迎接，实在不好。巧嘴姑娘鲁姆措出了个主意：还是派鸽子三兄弟给格萨尔大王送一封信去吧，说对格萨尔大王不辞辛苦前来嘉地，她们七姊妹感激不尽，并解释上一封信是她们七姊妹私下写的，皇帝并不知道；现在皇帝说他与大王前世有缘分，不必亲自来接，格萨尔大王派一位足智多谋的大臣先来拜见皇帝为好。

鸽子三兄弟把信送到纳瓦查里大滩，米琼接到信，立即呈给雄狮大王。格萨尔王看了信，立即派大臣秦恩前往皇宫拜见皇帝噶拉耿贡。秦恩面有难色，请大王再派几位声名显赫的大臣同去。

格萨尔点头应允，又派丹玛、噶德、卓郭达增、阿奴察郭四人，带着氆氇、金银等礼品，同秦恩一同去。

皇帝一听格萨尔派来了使臣，吩咐大臣哈香晋巴带百名官员出城迎接。双方相会在九水汇合处的金桥上，互献哈达后一起来到皇宫。

岭国使者谒见皇帝，献上哈达和各种礼品。秦恩说："我岭国君臣遵照诸神的预示来到嘉地，想为皇帝您解除忧虑。我们已经到了很久，但无人向我君臣敬茶献酒。如果一直无人迎接，格萨尔大王将返回岭地。为了嘉地众生的事，还请皇帝派人相迎。"

皇帝一听，心想：各种征兆和预言都表明我必须与岭王会面。但是，若在宫中相会，恐怕对皇后的遗体不利，还是在宫外广场上见面吧。于是，和岭国使用约定十五日在宫外广场上与雄狮大王格萨尔会面。

二

　　五月十五是木曜、鬼宿两吉星相会的日子，太阳刚刚照到纳瓦查里大滩的时候，岭国君臣连同格萨尔变幻出的众随从浩浩荡荡地来到嘉地皇宫外的广场上。嘉地皇帝由各小国的国君、内外大臣和万名武士簇拥着，也来到了广场上。以公主阿贡措为首的姑娘们端着银盘、金盏，敬上香茶和美酒。雄狮大王格萨尔手捧吉祥哈达和右旋喜庆宝珠，献给了嘉国皇帝噶拉耿贡，祝皇帝龙体安康，幸福快乐。嘉国皇帝则将水晶、如意珠、丝绸、獭皮等回赠给格萨尔大王。

　　两国的两位君王好比日月互相辉映，彼此怀着敬佩之心。待双方坐定，嘉国皇帝噶拉耿贡提议说："雄狮大王，久闻你是神通广大、武艺精通的英雄。我们难得相会，今日，我想让嘉岭两国的上师、英雄比试比试，你看如何？"

　　"主人的意见，客人遵从，就照大皇帝的吩咐办吧。"格萨尔欣然同意。

　　随着嘉国皇帝一声令下，跑得快的信使纷纷出发，赶赴各地传达消息，召集勇士。人们得到消息，都向王城赶来，一时间英武的骑士，像狂雹猛降；彪悍的步兵，像海水沸腾；红缨兵像血海翻滚，黄缨兵像金山动荡，千军万马到达会场。在那金座上面，坐着嘉国皇帝噶拉耿贡，在那银座上面，坐着岭王格萨尔。左右两边虎皮、豹皮座位上，分别坐着两国的大臣。

　　比赛开始了，首先，由嘉地同岭地双方道行高尚、学识高深的上师对道法进行辩论，以嘉地疆域作注。岭地上师贡却郡乃与嘉地上师居噶辩论了半天，仍不分胜负。贡却郡乃说："你我二人在道理方面似乎没有多大区别，虽然你的舌头灵巧像鹦鹉，但没有修成正果，怎么比得上我？我俩来比一比经法的修炼好吗？"

居噶说："可以。"

贡却郡乃问："天空是实体的还是虚幻的？"

居噶答："是虚幻的。"

贡却郡乃便施展神通，把天空像收皮子一样收拢，捏在手里。居噶大吃一惊，又说："天空是实体的！"

贡却郡乃又指着跟前的那座山问："这座山是实体的还是虚幻的？"

居噶答："是实体的。"

贡却郡乃把袈裟扇了一下，那山就不见了。居噶连忙说："那山是虚幻的。"

贡却郡乃把山像堆贡品一样高高地叠起来，又问："河水是实体的还是虚幻的？"

居噶答："河水是实体的。"

贡却郡乃马上像鱼儿一样，钻入水里不见了。

居噶又说："河水是虚幻的。"

贡却郡乃马上把河水像卷羊毛毡一样从这头卷到那头，圆圆地卷了起来。居噶惊得目瞪口呆。

贡却郡乃指着前面一块地方问："这地方是实体的还是虚幻的？"

居噶答："是实体的。"

贡却郡乃伸手把中指向地面一弹，那块地立即变成了一个湖泊。

居噶张口结舌，承认失败了。贡却郡乃得到了大师的称号。

皇帝看了以后很有兴致，宣布："明天比幻术。"

第二天，嘉地精通幻术的人都集合起来，准备表演各种幻术。岭地达绒长官晁通身穿金缎袍，腰上扎着青色的腰带，脚穿黑色皮靴，以幸福丝带作靴带，头上包着白云一般白的头巾，头发挽了十八个不同形状的髻，背后八条辫子上串着美丽的绿松石，下巴上老山羊胡须不停抖动着，红赤赤的眼珠一闪一闪。他做出骄傲的样子，说："东方嘉地的幻术师们，你们虽然像同一个母亲的孩子，命运却不相同，就好比同样是老虎，花纹却不相同。你们怎能和我相比？今天就让你们看看我晁通王的幻术有多么厉害。有眼睛的，睁大你们的眼睛仔细瞧；有耳朵的，竖起你们的耳朵仔细听；有心的，用你们的心好好想——看看我的幻术究竟怎么样！"

晁通把不用水不用火就熬煮出的香茶敬献给了两位君王，同时献上了幻变出来的各种食品。他赢了嘉地的幻术师。

皇帝说："辩论和幻术都是岭人取胜，明天来比比人的容貌，看谁长得最美吧。"

格萨尔大王同意了。他们决定让比赛的人上街去，让街上众人公论。第二天，嘉地选了一千个大家认为长得很不错的男子参加比赛。岭国有个美男子名叫尼玛龙谢，面容像十五明月一般，时时放射着清辉；身上配着从阿赛罗刹手中取到的各色松石发辫；牙齿和指甲白得像海螺；头发和眉毛黑得如黑玉。这天，他外面披着珊瑚色的大氅，里面穿着海螺色的无缝内衣，脚穿美丽的彩虹靴子。他走在街上，有的人见了他自惭形秽，便远远地跑开了。

岭国又得胜了。皇帝说："明日我们赛马！"格萨尔大王欣然同意："可以，我的勇士们有的是快马！"

第二天，嘉地从十八个地区选出了跑得最快的骏马参加比赛。其中有一匹"龙飞追风"马，嘉地人都把希望都寄托在它身上。岭地大臣牵来了朗都阿班的"铁青玉鸟"马。皇帝说："明天天一亮，我们各自派出一名大臣，骑上'龙飞追风'马和'铁青玉鸟'马围着嘉地五台山飞驰一圈，然后在太阳照上王宫房顶前回到会场上来，看看哪一匹马的脚程快。"

第二天一早，嘉国大臣哈香晋巴骑着"龙飞追风"马，岭国大臣朗都阿班跨上"铁青玉鸟"马，一起向五台山脚下驰去。太阳尚未照到宫顶，朗都阿班已经驰马返回广场，而哈香晋巴到中午时才回来。

嘉国皇帝见又是岭国获胜，说跑马是岭人的绝技，胜了不足为奇，应该比力气。格萨尔也点头同意了。

嘉国的一百个大力士抬来一块巨大的奠柱石，像掷骰子一样在手中上下掂好一会儿才放在广场中央。岭国英雄噶德奉命出场。噶德一出场就说："抬那奠柱石算什么？嘉地巍峨的五台山、圣地高耸的灵鹫山、藏地雄伟的日札山，臂力多大，衡量三山便知。"说着，面对五台山，用手一托，就把五台山托了起来。嘉地臣民惊呆了。皇帝噶拉耿贡半晌说不出话来。不知过了多久，皇帝说："明日比赛挤奶，在喝完一碗茶的时间内挤完一百头乳牛的奶，就算胜利；如果挤不完，就要受罚。"

嘉国选了五百名挤奶能手，岭国则只有多珍姑娘一人。只见她双手交替，飞速挤着奶头，一碗茶还没喝完，百头乳牛的奶就被挤完了。

嘉国皇帝无可奈何地说："雄狮大王啊，各种比赛你们都赢了，明天进行最后一项——比赛射箭吧。"格萨尔胸有成竹，自然点头答应。

嘉国召集了一千名最好的弓箭手，岭国则走出一名大将。只见他身穿白甲，上罩黄色缎袍，腰扎青色丝带，足蹬黑色缎靴，手持白宝弓，正是老英雄丹玛。丹玛将金箭搭在弓上，对嘉国君臣和百姓唱道：

  我丹玛好比盔缨的顶子，
  我丹玛好比宝刀的把子，
  我丹玛好比铠甲的领子，
  抗击敌人少不了我丹玛。
  出征时我丹玛常当先锋，
  杀敌时好比霹雳毁岩石，
  凯旋时由我丹玛压后阵，
  平日里把释迦教法来修持。
  今天我手中这支金箭，
  威猛赛过空中红霹雳，
  对准黑暗法门射一箭，
  把大门射成八片抛在地。
  要让禁锢的日月放光辉，
  要把黑色的魔法来摧毁，
  丹玛若不能办到这些事，
  活在这世上实在没意思。

丹玛唱罢，射出金箭。只见金光四射，黑色魔法大门被射得粉碎，嘉地的妖孽顿时销声匿迹。

比武结束，嘉国皇帝噶拉耿贡仍不肯认输，又提出要与岭国君臣比美，比男子的服饰，看谁的服饰最美丽、最稀奇。格萨尔心中暗笑：这下，用松耳石发辫和羚羊皮制成的马衣该派上用场了。

大臣伍乙班玖给骏马穿上马衣，那马衣上部缀着金片，中部系着海螺，下部挂着松石。马毛梢放着虹光，头上还戴着一肘长的松耳石羊角，角尖上拴着一拃长的珍珠发辫。伍乙班玖将松耳石发辫披在身上，骑在骏马上，在广场上走来走去。嘉国的人们从未见过这般稀奇的饰物，男子见了羡慕不已，人人都说这样的英俊男子从未见过。

嘉国皇帝噶拉耿贡更是奇怪：似这样奇异的人和马，是血肉之身呢还是法师的幻变？我是在做梦呢还是确有其事？一时间，嘉国皇帝迷茫了，不知自己身在何处。

第九章

除祸害岭王焚烧妖尸

正当嘉国皇帝噶拉耿贡迷茫之时，格萨尔运用法术变出化身和真身两个形体，化身陪着嘉国皇帝坐在白色垫子上；真身化作一只金翅大鹏，载着秦恩和米琼二人飞进皇宫。在一座有十八套间的黑房子里，他们找到了皇后尼玛赤姬的妖尸。君臣三人动手搬动尸体，那尸体竟像活人一样怕冷似的发出"啧啧"声。

格萨尔大王吩咐："把她装入铁盒之中，即使世界毁灭也不准打开铁盒。"

秦恩和米琼将妖尸装入铁盒之中，君臣三人带着铁盒飞出宫外，来到天地相接之处，将铁盒藏在一个三角形状的地方，然后用檀香木将尸体焚化了。

当晚，嘉国皇帝回到皇宫，来到黑房子，伸手一摸，皇后的尸体不见了，他一下就明白了："哎呀呀，我们受骗了，皇后的遗体被格萨尔偷走了，我们必须依照嘉国律法对他严加惩处。"

大臣哈香晋巴劝皇帝息怒，认为这事不一定是格萨尔干的。皇帝却一口咬定必是格萨尔所为，并立即命哈香晋巴将皇后的遗体追回。

哈香晋巴来到格萨尔大王面前，询问他是否知道皇后的遗体被盗一事。

格萨尔大王对哈香晋巴说，皇后的尸体将给嘉岭两地百姓带来灾难，为了拯救众生，已将尸体焚化。

哈香晋巴回宫向嘉国皇帝禀报，皇帝长叹一声，想了想，又让哈香去见格萨尔大王："告诉他，如果能将皇后的尸体复原，就不对他动用国法。"格萨尔大王回复尸体已经焚化，无法复原。嘉国皇帝怒不可遏，吩咐哈香晋巴带人去将格萨尔大王捉来，吊在法竿上，吊他七天七夜。

哈香晋巴遵旨行事，将格萨尔大王吊在法竿上。

七日后，皇帝命哈香晋巴去看格萨尔大王死了没有。哈香晋巴来到法竿下面，只见各种飞禽围着法竿飞旋，给格萨尔大王衔食喂水，格萨尔大王毫无痛苦之状，比往日更加有神采。皇帝一听，吩咐将格萨尔大王投入蝎子洞中。谁知那些毒虫非但不伤害他，反而向他顶礼朝拜。皇帝无奈，命武士将格萨尔大王从悬崖上抛下。可空中的鹫鸟交翅将他接住，送回崖顶。

见屡屡不能杀死格萨尔，皇帝遂命堆起柏树枝，浇上胡麻油，将格萨尔投入熊熊烈火中。大火烧了七天七夜，等哈香晋巴来看时，那大火烧过的地方竟变成了一个波光粼粼的湖泊，中央长出一株如意宝树，那树枝繁叶茂，开满鲜花。格萨尔高坐树冠之上，周围彩云飘动。

皇帝又命将格萨尔抛入大海。丹玛和米琼冲了上来，对格萨尔说："大王啊，我们实在受不了了，您应该回敬他们，让他们尝尝我们的厉害。"

格萨尔摇了摇头，劝他们不必焦急，因为嘉国皇帝与常人不同，如果不接受他的处罚，对嘉岭两国众生不利。"我们要让他自己回心转意，自愧失礼。"

格萨尔被抛进大海后，丹玛和米琼将从阿赛罗刹那里得来的似土非土的法物撒在海面上，大海顿时变成了一片绿茵茵的草地，长满树木，开满鲜花，彩蝶飞舞。格萨尔君臣就将营帐扎在草地上，住了下来。

哈香晋巴忙向皇帝禀报无法惩罚格萨尔，并劝皇帝向格萨尔赔罪。皇帝至此方才确信是真正的雄狮大王到了嘉地，愿与格萨尔和好。

次日，皇宫里安排了金座、银座，地上铺满了羊毛垫子，鼓乐齐鸣，螺号喧天。嘉国皇帝噶拉耿贡率众臣将雄狮大王格萨尔接进皇宫，让到金座上，然后亲自献上如意宝珠、金银、绸缎、骡马、大象等礼物，对格萨尔大王说："世界无敌的雄狮大王啊，直到昨日，我才知道你是真正的格萨尔，还望恕我无知无识之罪。"

嘉地七姊妹献上香茶美酒和丰盛的食品，然后为岭国君臣欢歌起舞；武士们表演摔跤和各种技艺助兴。

皇帝又对格萨尔说："尊贵的岭国大王啊，岭国处处是雪山草地，气候寒冷，土地贫瘠，财物不足，衣食困难。而我这嘉地，山清水秀，美丽富饶，财物充裕，丰衣足食。我膝下无子，公主阿贡措是我的继承人，可她年幼，难以执掌国政，大王不如留在嘉地，做嘉地的大皇帝。"

格萨尔见噶拉耿贡诚心诚意地挽留自己，甚是感动，唱道：

我岭地大王格萨尔，
不是为了财宝到嘉地，
也不贪恋嘉地的美女，
是为了嘉岭的友谊。
嘉地的疆土我无心要，
嘉地的王位我无心坐，
我只想执行天神的命令，
解除众生苦难，心里就欢愉。

"大皇帝啊，我不能在嘉地久住，在那遥远的雪域之邦，还有许多妖魔等我去降伏。皇帝若对我真心眷念，不舍分离，可以把我的样子塑成金身，见金身就如同我们常相见一样。"

皇帝挽留格萨尔大王再住七日，大王点头应允，决定土狗年正月十五返回岭地。

正月十五很快就到了，嘉地为岭国君臣准备了诸多礼物，驮在骡马和大象背上。公主阿贡措向雄狮大王献上哈达，唱了一支祝愿歌：

今天是个吉祥的日子，
愿天上的黄道吉星当值，
愿地下的吉祥时刻降临，
愿一切事业圆满成就皆如意。
愿马上骑士稳坐金鞍不坠马，
愿胯下坐骑快步健走不失蹄，

愿当官的人不受损伤，

愿随从的人不遭遗弃。

今生有幸与大王相见，

清净界中后会还有期，

愿六类众生灾难得消除，

愿岭国君臣平安返故里。

公主唱罢，仍不舍得与岭国君臣分离，就向父皇请求送他们到嘉岭交界的地方。噶拉耿贡不忍心拒绝女儿的请求，又不放心，就派大臣穆次丹巴、嘉地六姊妹一起为岭国君臣送行。

格萨尔君臣在嘉地七姊妹和大臣的陪同下走了几天，晁通见阿贡措仍无回嘉地之意，大为不悦——如果这小公主送我们到岭地去，见到王妃森姜珠牡，女人间难免又生嫉妒之心。应该想个主意，不能让这嘉地的七姊妹到岭地。晁通想了三四一十二遍，盘算了五五二十五回，决定给王子扎拉写一封信，让他派人阻止——如果杀死嘉地大臣，那公主阿贡措一定会返回嘉地的。晁通写了一封短信给王子扎拉，信中说：格萨尔大王已在嘉地将妖尸焚毁，嘉国皇帝噶拉耿贡把大王抓了起来，大王现在已被折磨得只剩下一口气了，请王子速派岭军前来救援。晁通写好信，用青色水绸包好，拴在自己的寄魂鸟的脖颈上，命鸟回岭国送信。

王子扎拉收到信，召集人马急急奔往嘉地。一个月的路程当作一天赶，一日的路程按半日行，不多日就与格萨尔一行相遇。

远远地看见来了一队人马，其他人都不知道是怎么回事，只有晁通心中明白，却装模作样地说："远方来的人马，看样子是来抢劫我们的。俗话说'吃食应让客人先吃，射箭自己应该先射'，不管金钱豹多么凶猛，猎人先把利箭射出去，豹子就伤不了猎人。嘉地的神箭手，现在是你们显神通的时候了。"

神箭手日昂托郭"嗖"的一声将箭射了出去，正射在扎拉坐骑的嚼环上，铁环被射断了。扎拉怒火中烧，在马上大吼："你们是来送死的吗？看起来你们是嘉地人马。我岭国君臣十三人到嘉地除妖，已经整整三年，我扎拉是来打探大王下落的。你们的行径如此恶劣，想必大王真的落在你们手里受难。俗话说'食物到了嘴边就得吃下去，敌人到了门口就得去反击'，岭国英雄不能任人欺负。"说罢，射出一支神箭，将嘉地随行的三个大臣一起射翻在地。扎拉仍不解气，又搭上一箭，正待射出的时候，格萨尔大王发现射箭的是扎拉，高声说："对面的好汉可是我侄儿扎拉？我们到嘉地除了妖尸，嘉国皇帝对我们感激不尽，不仅送了我们许多珍宝，还派七姊妹和大臣来送我们。你为什么前来，还把嘉地的人马射翻在地？"

扎拉大吃一惊。他知道自己又中了晁通的诡计，自觉无脸见大王，羞愧万分地转回了岭地。

格萨尔大王祭奠了嘉地三大臣的亡魂，然后率君臣继续赶路。晁通装作十分诚恳地对公主阿贡措说："公主啊，你们七姊妹再往前送，就到了岭国，王妃珠牡看见你们会生气的。"

七姊妹一商议，决定立即返回嘉地，于是向雄狮大王献上哈达。公主说："雄狮大王格萨尔啊，不同颜色的哈达有十八条，我们献给您表心意，愿嘉岭世世代代传友谊。俗谚说'吃了别人的羊腿，需用羊尾骨肉还礼'，这是何意请大王多思虑。"

格萨尔当然明白公主这话的意思。三个大臣白白送了命，传到嘉地去，臣民百姓会怎么想？雄狮大王立即吩咐拿过赠礼，对公主说："吃了羊腿是该答谢客人的，这里有金子一样的骏马十五匹，像杜鹃一般的青骡十头，像花喜鹊一般的犏牛十头，吉祥哈达二十五匹，马、牛、骡都驮上金银珠宝，我把这些赠给你们，一则作为对三位大臣的抚慰，二则作为姑娘们远道相送的酬谢。"

七姊妹接过礼物，与格萨尔大王君臣告别，回了嘉地。格萨尔大王带着队伍继续往岭国走。

第十章

归途中秦恩泪说身世

一

君臣一行继续前进，这天来到两座沙山对峙耸立的三岔路口，大臣秦恩举目四望，只见万里无云的碧空下屹立着一座高插云天的雪山，远远看去，犹如一顶白色帐篷威严地立在那里。秦恩见到这座雪山，泪水就像树叶上的露珠一样，滴滴答答地滚落下来，他一时百感交集，思绪万千。

晁通见秦恩落泪，有些不解，问他为何如此伤心。秦恩回答说："叔叔晁通啊，对面那座皑皑雪山，是有名的卡瓦格布大雪山，我的寄魂山。我在八岁那年被魔王鲁赞掳走，如今我已经五十八岁。五十年中，我从未饮过家乡的水，从未见过故乡的山，我那慈祥的父母、亲爱的妻子和妹妹，都只能在梦中相会。今天见到了家乡的山，叫我怎能不伤心呢？"

晁通一听秦恩家中有妹妹，邪火烧心："你家里还有妹妹吗？这很好啊！如果把她许配给我，我可以设法让你回家一次。"

秦恩一听可以回家，就求晁通帮忙；若能回家，一定请求父母将妹妹嫁给他。

为了娶秦恩的妹妹，晁通立即施展巫术，阴云密布，天昏地暗，满山遍野烟雾弥漫，道路不明。秦恩趁机把格萨尔的坐骑引到通往绒地的山路。昏暗之中，格萨尔一时竟没有察觉。走了一程又一程，格萨尔感到有些不对："岭国的沙山早就见到了，为什么现在还没到岭国呢？"想着，就让丹玛带路前行。

秦恩悄悄恳求丹玛，说现在已经到了绒地，若不能回去看看，比死去九次还要痛苦。丹玛见秦恩那副可怜巴巴的模样，十分同情，就对格萨尔说："大王啊，俗语说得好：'来了陌生人，家里容易丢东西；到了陌生地，生人容易走错路。'这个地方我不熟悉，还是让秦恩带路为好。"

君臣一行继续往前走，到了秦恩被掳走的那个山口。从山口望去，绒国大地一览无余，只见皑皑雪山顶上筑着三座城堡，城堡上金缨招展；花花石崖上也筑有三座城堡，城堡上银缨招展；滔滔曲水河边还筑有三座城堡，城堡上螺缨招展。城堡周围，密密麻麻布满了帐篷，像炒爆了的青稞撒在大地上。格萨尔明白了：俗话说"话儿传到别人嘴里，会越传越多；食物传到别人手里，会越传越少；陌生人走在他乡的路上，会越走越长"，我说怎么还不到岭地呢，原来是秦恩把我们引到绒地来了。明知到了绒地，格萨尔却装作不知："秦恩啊，那雪山你可认识？那城堡、那帐篷，你可认识？俗话说'不能和流浪汉做亲戚，不能把狼当狗把门守，仆人吃饱了欺负人，骏马吃饱了骑手难备鞍'，你随我到过多少地方，为何今日把路迷？"

秦恩见大王沉下脸来，像土墙倒塌了似的连连叩头，从护身盒中取出一条哈达，献给大王说："大王啊，我本是绒国王子，八岁时被魔王鲁赞掳去做了他的臣子。之后被大王所救，做了您的臣子。你我君臣好比骏马与鞍鞯，时时刻刻难分离。大王啊，

  青山有名，
  全靠森林来装饰；
  若无森林，
  青山不过是荒山。
  大河有名，
  全靠雨水来装饰；
  若无雨水，
  大河不过是溪流。
  上师尊严，
  全靠僧众来护持；

若无僧众，

上师不过是凡子。

国王有权，

全靠大臣来支持，

若无大臣，

国王不过是俗子。

记得降伏鲁赞的第二日，

大王就答应我回绒地。

如今我已五十八岁，

时时都想与父母团聚。

父王如今好比山口的圆石堆，

今天不塌明日也将倒去；

母后如今好比灶里的遗火星，

今天不灭明日也将会熄。

妻子好比墙头上的秋草，

寒风袭来不知飘向何方去；

妹妹好比两脚跨在门槛上，

是进门还是出门费猜疑。①

"大王啊，五十年来我常在梦中与亲人相见，梦醒后常常流泪悲啼。我请求大王饶恕我，请求大王准我回绒地。"

格萨尔见秦恩声泪俱下，心中不忍，气也消了，决定就此安营，等候绒国君臣前来迎接。谁知住了七天，仍无人来接洽。秦恩心想：在这里已经住了七天，还不见有人来接洽，这是为什么呢？再这样下去，大王一定会生气，我到家门口也见不到父母了。秦恩越想越伤心，禁不住掉下泪来。

米琼见秦恩落泪，大为不忍，忙上前安慰他，说可以帮助他实现愿望。他将

---

① 此二句指不知妹妹是否出嫁。

格萨尔的宝驹江噶佩布变成一头黄公牛和一匹毛驴，自己则变成一个面色铁青，白的只有牙齿，红的只有舌头，全身爬满虱子的乞丐。然后骑着毛驴，赶着黄牛，朝绒城走去。只见各个路口都有人把守，并不见行路之人。米琼心中奇怪：绒城发生了什么事？好不容易遇到一个背水人，米琼向他打听绒城出了什么事，背水人没有回答，慌慌张张地走了。又遇上一个打柴人，不容米琼发问，那人就像躲避瘟疫一样地逃走了。米琼径直朝宫城走，来到离宫城不远的地方，见路边的庄稼已经成熟，米琼将黄牛和毛驴赶进了庄稼地。他想，牲畜赶进庄稼地，城里一定会走出主人来。米琼让牛和毛驴任意糟蹋庄稼，自己则坐在田埂上脱下衣服捉虱子。

原来，格萨尔君臣一行在门珠山口扎下营寨，被秦恩的妹妹阿曼在城头上看见了。她不仅看见了格萨尔的营帐，还看见了幻变出来的千军万马。阿曼立即向父王报告。绒王以为有人要进攻绒地，立即将十三万户部落的百姓召集起来，把守各个路口、渡口，山上不准任何人砍柴，河边不准任何人渡水。这就是绒地无人行走的缘故，米琼当然不知道。

米琼正在捉虱子时，从城里出来一个女仆，见牲畜在糟蹋庄稼，就大骂米琼。米琼不理女仆，女仆就回宫向绒王报告。绒王吩咐她，把牲畜赶出田去就是了。女仆转回来命米琼把牛和驴赶出田地，米琼佯装听不见，还是不理不睬。气得女仆回宫去找阿曼公主。阿曼一听，火冒三丈，右手抓一把灰，左手提一根棍，冲到米琼跟前，恶狠狠地骂："你这个无赖，常言说，'乞丐吃饱了不听话，荞粑粑冻干了掰不开，水太清了无鱼捞，话太轻了无人理'。你竟敢在这里糟蹋我们的庄稼！你最好现在就走开，如若不然，绒地的英雄投百块石头，射百支利箭，挥百把利刀，你再想逃就来不及了。"

米琼见阿曼公主出城，心中高兴，嘴上却说："不管你是公主还是女仆，都不该说这样的话。我是随格萨尔大王从嘉地经过这里回岭地的。听说绒地土地肥沃，六畜兴旺，是块少有的福地，乞丐到这个地方不愁讨不到吃食，牲畜到这里不愁没有水和草，可遇到你们这里的人，不是聋子就是哑巴，难道你们这里发生了什么瘟疫？"

听说是他随岭国大王来的，阿曼把手中的灰和木棍悄悄地扔掉了，立即问岭国大王还有哪些随从。米琼一一讲给他听,阿曼听到有自己的哥哥秦恩,高兴得立即转回宫中,带上茶、酒和点心出来招待米琼,并告诉米琼,明日就去迎接岭王进宫。

格萨尔听了米琼的禀报,忽然变了主意,他怕秦恩留恋家乡,不肯与他同回岭地,决定不让他与家人见面。

第二天,绒地公主阿曼和众大臣前来,格萨尔早把秦恩藏在一个铁箱中,却对公主说,秦恩在岭地过得很好,请公主转告绒王不必挂念。

公主回宫禀告父王,绒王又派秦恩的妻子前去,仍然没有看见秦恩。绒王决定亲自走一趟,秦恩还是没露面。绒王不甘心,就邀请格萨尔一行到王宫做客,格萨尔想了想,答应了。

阿曼公主见屡屡不能与哥哥会面,而米琼分明说哥哥已随岭王到了此地,她想,无论如何也要把哥哥找出来。于是她召集兵士,欲讨伐格萨尔,绒王不允。阿曼公主不听其父王劝告,执意发兵到了岭营。

格萨尔正准备赴宴,忽见帐前来了众多兵马,厉声训斥秦恩:"前次你带错路,让我们到绒地。现在绒地又把大军派来,到底是为了什么?"

秦恩见大王发怒,惊恐地站在一边,不敢有半句辩解。丹玛心生一计,对大王说他有退敌之策。

丹玛立即写了一封信,用箭射到绒军中,信中说秦恩确实随岭王到了嘉地,他思念父母妻妹,故而将雄狮大王引到此地,绒岭两国本是友好睦邻,何必动干戈。

阿曼一见此信,知道哥哥安然无恙,立即下令退兵。

秦恩也心花怒放,想着明日就可以与父母妻妹相聚,手脚都不知如何摆放了。

第二天,绒地大臣前来迎接岭国君臣。眼见迎接的队伍就要到了,格萨尔却命秦恩留在大营,自己与其他大臣前往王宫赴宴。秦恩心中虽然急得不行,却不敢违抗大王的命令。

见岭国君臣随前来迎接他们的绒国大臣奔绒国王宫而去,秦恩流泪了——想我秦恩已经离开家乡五十年了,如今到了家门口,却不让我与家人见面,大王怎么如此不近人情！秦恩越想越伤心，越想越生气，决定不顾一切去见父母、妻子和妹妹。刚要出门，秦恩又停住了脚，他还是害怕，怕大王责罚他，怎么办呢？秦恩左思右想，有了主意。

二

绒岭两国君臣正在宫中欢宴，一个流浪艺人在王宫下面唱起歌来：

那向北方飞行的天鹅，
一心想着青色湖中的仙鸟；
那向山冈奔驰的山羊，
一心想着绿色草原的嫩草。
茶和酥油好比父亲和母亲，
父母双亲彼此离不了；
肉和糌粑好比主人与坐骑，
主人坐骑彼此离不了。
赛马要到北方的草地，
射箭要瞄准那红野牛，
讨饭要到富人家门口，
吃饱肚子还可往回捎。

唱罢又说："绒地的百姓啊，我不仅讨吃食，还有很多好消息要向绒王禀报。"

绒国百姓见这艺人生得好漂亮，帽顶插着九种颜色的缨珞，身着白绸领、青绸下摆的长衫,腰扎红绸;尖尖的鼻梁,好似亭亭雪峰;炯炯目光,犹如金星闪耀;圆圆脸庞,好似十五的明月;弯弯眉毛,生得不高不低;纤纤睫毛,长得不长不短;三十颗螺牙,洁白整齐;扁平舌头,能言巧语;碧油油的头发,好似松石做成;白生生的皮肤,好似水晶放光;长发修胡,满面春风。宫中的女仆也出来观看,一听此歌,忙进宫禀告绒王,说门口的艺人有好消息向大王禀报。格萨尔却在一旁说,流浪的艺人能有什么好消息,给他些剩茶剩酒就算了。女仆依言而行。艺人流下了眼泪,女仆觉得他可怜,又回宫为他讨些好吃食。丹玛明白,这个艺人就是秦恩所扮,这个时候如果再不让他见见家人,未免太不近人情了。丹玛出宫对秦恩说:"你不要再吵了,快立个靶子,我射上一箭,然后你带着箭进宫来吧。"

秦恩终于进了宫,却把帽檐压得低低的,不敢抬头。格萨尔知道是秦恩来了,心中不悦,所以不理睬他。晁通希望秦恩留在绒地,就假装生气地责怪艺人不懂道理,进宫还歪戴着帽子,伸手将秦恩的帽子打落在地。绒王和王妃立即认出了儿子,高兴得昏了过去;公主阿曼和秦恩的妻子扑了上来,又哭又笑,悲喜交集。

格萨尔更加不高兴,心想秦恩回不成岭国了,暗暗埋怨丹玛和晁通,说了句"你们干的好事!"就不辞而别。

众人见岭王愤然而去,惊慌起来,秦恩更加不知如何是好。晁通眼珠一转,对大家说他有办法让大王回来。他将黑与白七粒石子投在靴筒中,用白绸扎紧靴口,让丹玛拉紧白绸,然后口中念念有词。不一会儿工夫,格萨尔大王果然乘马落在宫中。

见大王返回,秦恩忙跪倒请求恕罪:"大王啊,您使我与家人团聚了,为了谢恩,我请父王把绒地的财宝献给您。我仍和从前一样,跟在您身边,决不留恋家乡。"格萨尔大喜。

见酒宴丰盛,格萨尔提议赛马,绒王应允,并说谁能取胜,就把公主阿曼许配给他。晁通一听,来了精神。

晁通做了十二分的努力,但雄狮王怎会让他取胜?就在快到终点时,晁通的马一个趔趄,把他从马上颠了下来。阿曼公主立即端上一杯美酒,为他"祝贺",羞得晁通不敢抬头。

格萨尔对绒王说:"你们父子已经见面了,秦恩与我是三次盟誓的朋友,我不能让他留在绒地。我们的王子扎拉现在代理国政,尚未纳妃,如绒王应允,可与阿曼公主结成良缘。"

绒王和王妃高兴地答应了,大臣们也个个赞同。

一切准备就绪,五月初三,格萨尔决定带阿曼公主回岭国。他将嘉地的茶叶、牲畜等送了一些给绒王,赐给秦恩的妻子达萨"白昼安宁"哈达一条、"鲜花灿烂"松石一颗;对其他大臣和首领也都有赏赐。

达萨右手拿金茶壶,左手执银酒壶,准备向雄狮大王献茶敬酒。她献上哈达后唱道:

> 由于前世命运有缘分,
> 终身伴侣久别又重逢。
> 由于岭王开恩有情面,
> 夫妻久别重逢话衷情。
> 有幸亲聆大王的教诲,
> 宾主欢聚促膝话友情。
> 绒岭联姻前人有先例,
> 阿曼又配好夫君。
> 我持金壶斟上这碗茶,
> 饮了这茶心肝脾肺都平静;
> 我持银壶斟上这碗酒,
> 饮了这酒体态容颜都年轻。
> 幸福哈达献给雄狮大王,
> 愿绒岭两边君臣常相聚;
> 如意哈达献给丈夫秦恩,
> 愿夫妻今生有缘再相见。
> 祝愿天上星宿皆吉利,

>   祝愿地下时辰都吉祥，
>   祝愿男儿不要遇灾难，
>   祝愿马儿不要受损伤。
>   祝在家的人事事如意，
>   祝出外的人时时安宁，
>   祝世道像花一样美好，
>   祝君臣百姓永享太平。

达萨唱罢，秦恩对家人们说："请父王、母后安坐，请大臣们止步，我们前世有缘，今生又得重逢，愿今后还能相会。"秦恩说完，岭国君臣跨上骏马离去。秦恩频频回首，心中默默祝愿，与家人能再相聚。

他们走了七天才到嘉岭交界的沙山峡口，格萨尔知道前方路途艰险，对秦恩、丹玛和米琼说："沙山那面的木雅地方，石崖陡峭，无路可行。山涧谷口有一座大石崖，你们要在那里扬起旗幡，筑起煨桑台，向天神煨桑行祭，然后对石马说：'把石崖劈开，把山林扫平，开出一条平坦大道来！'这是嘉岭今后来往的必经之路，务必打通。"

三英雄遵命，带着石马向石崖驰去。到石崖前，依大王之言行事，煨桑敬神后，留下石马，然后三人迅速离开。

只听惊天动地一声巨响，那石崖被石马摧毁了。附近的山林燃起熊熊大火，把半个天空照得通红。不到半天的工夫，石崖没有了，山林也没有了，眼前是一条平坦的大道，两旁绿草如茵，鲜花盛开，蜜蜂在花间唱着欢畅的歌。这条大道从此成了嘉岭之间来往的通道。

第十一章

染重疾阿达魂归地府

格萨尔大王君臣一行回到岭地。扎拉王子率众前来迎接，人群中唯独不见王妃阿达娜姆。格萨尔心中诧异阿达娜姆为什么没来迎接他，还没等他开口询问，老总管绒察查根已吩咐宴会开始。

一时间，陈年酒、隔月酒、当日酒，米酒、糖酒、青稞酒端了上来；乳酪、酥油、点心、蜂蜜、糌粑摆了上来；牦牛肉、野牛肉、绵羊肉、山羊肉、野马肉、黄羊肉、大鹿肉、野猪肉堆满了桌子。

格萨尔吩咐众人入席，把扎拉王子与绒国公主阿曼联姻的事告诉了大家。扎拉激动万分，走到老总管面前，请他代替众人向雄狮大王谢恩。

头发白似海螺的老总管，由两个臣子搀扶着，从坐垫上慢慢站起来，向格萨尔大王献上吉祥哈达，对众人说："绒岭两国的好姻缘，好似洁白的哈达无污点。扎拉王子万事如意，为美满姻缘向大王致敬，上师献上长寿结，叔伯献上白哈达，英雄们献上黄金箭，祝王子姻缘美如花。"

岭地众英雄纷纷向扎拉献礼，姨嫂们向阿曼献上白哈达和松石，祝阿曼终生快乐无忧愁，与扎拉王子到白头。

为扎拉王子的婚事，岭国上下一连庆祝了十三天。

婚庆结束后，格萨尔又想起了阿达娜姆，他疑惑怎么王子结婚这样重要的日子也不见阿达娜姆的身影？

格萨尔又想起自己动身前往嘉地之初，阿达娜姆提出陪同前往，自己没答应她。阿达娜姆说:"臣妾降伏魔地的时候去了,降伏霍尔的时候去了,降伏姜地的时候去了,降伏门域的时候去了,征战十八大宗的时候也跟你去了,因此这次也要去。"

格萨尔说:"爱妃你去不得,要留在这里。"

大王又把王妃珠牡、母亲郭姆及其他亲属等人请来,说明了他要去嘉地的意图。珠牡从人群中走过来,向大王叩了三个头,眼含泪水说道:"大王呀,臣妾十三岁来到您的身边,就一直待奉您,很少探视父母,这次请将臣妾送回父亲家中。"

大王道:"本王到嘉地去,不会耽搁三年,也不会耽搁三月,只要三天就行,请爱妃不要回娘家去。"

此时,母亲郭姆颤巍巍地站起来,来到大王跟前,把头塞在大王的怀里痛哭,说道:"听说那嘉地是变化莫测的地方,你一个人去,倘若有个闪失,我们怎么办呀!"

格萨尔叫了三声"妈妈"后说道:"您不要哭了你听到的话不一定是真的,不要乱猜想,如果那样,孩儿在外也不会安心的。"

郭姆向格萨尔唱道:

格萨尔你仔细听,
老母年逾百岁,
说话时耳朵听不清,
远看时眼睛看不明,
前往不知去何处,
回来也不知哪里是归程,
饮食不能自己送到口。
格萨尔你仔细想,
藏族的古谚说得好:
"白狮子雄踞在雪山,
没有雪山,狮子就没有威武;

苍龙占有着白云，
没有白云，苍龙就没有神气；
世上的人都有父母，
没有父母，人就会很孤独。"
儿啊，你到嘉地去，
没有勇士同行是不行的。
前去的人只有一张弓，
家里的人难免为你担心。
希望你听阿妈一句话，
做你的阿妈只是这一生，
后世能否做母子不得知，
回来时阿妈生死也难定，
愿我儿能报今生恩，
愿将此歌记在心里，
对错与否我儿请细思！

听了阿妈发自肺腑的言语，格萨尔大为感动，他深情地向母亲唱起感恩之歌：

祈请有恩的上师听，
加护我牢记母亲恩，
因业力此世成母子，
怀胎九月母恩深。
生时身受诸般苦，
骨肉破裂母恩深。
儿身脓血黄水流，
以乳汁洗涤母恩深。
孩儿排出粪和溺，

亲手轻轻揩去母恩深。
眼睛及七窍初启时，
亲口哺食母恩深。
及至牙牙学语时，
亲切教导母恩深。
胸上的乳头柔而软，
哺乳到口母恩深。
不分昼夜抱怀中，
亲吻爱怜母恩深。
晚间孩子熟睡时，
慈母在旁笑盈盈，
心中喜乐禁不住，
慈爱无限母恩深。
哭时拍摇手不停，
及时哺乳母恩深。
受到日晒风吹时，
以身呵护母恩深。
及至长大成人后，
望子成龙母恩深。
生时慈爱勤抚育，
死后又要种善根，
因此儿女有福分，
来生能得天人身。

听了儿子的歌唱后，阿妈心中稍感慰藉。

格萨尔大王又向阿达娜姆说道："阿达娜姆，这次你去不得，生死无常，好像迅雷突然响来一样，什么时候出什么事是说不定的。把我的这支歌牢牢记在心中。"说罢，又唱了一首劝善之歌：

我最勇敢的爱妃,
阿达娜姆你请听!
懂得生死无常吗?
不懂让本王来提醒:
征战四方的英雄,
难免身死葬青山,
生死无常应修行。
价值千金的骏马,
终让白胸雕鹫吞,
生死无常应修行。
遍布草山的牛羊,
忽然沦失于敌人,
生死无常应修行。
骑着骏马的男子汉,
也会失足摔倒在峡谷,
生死无常应修行。
放牧牛羊的姑娘们,
泪流满面浪迹边远地,
生死无常应修行。
拥有良田的妇女们,
见庄稼丰稔喜在心,
秋后却惨遭雹雨打,
生死无常应修行。
父母的爱子长成人,
总想给儿子娶贤妻,
未成婚爱子身先死,
生死无常应修行。
年方十五的小姑娘,

未及出嫁命已终，
生死无常应修行。
建筑碉堡的富豪们，
暮年在草丛中拔野草，
生死无常应修行。
尘世众生无常是这样，
天地万物有无常的情景：
夏三月草原花草生，
到秋后全被严霜侵，
生死无常应修行。
冬三月山岭被雪封，
初夏时又被暖气融，
生死无常应修行。
碧海蓝天同一色，
到暮冬又被冰霜侵，
生死无常应修行。
夏月天丰硕的麦穗，
秋收拿镰刀全割尽，
生死无常应修行。
日光和水汽相映照，
现出美丽七色彩虹，
转瞬之间它就消失，
生死无常应修行。
空中的寒热争斗时，
金色的电光闪闪亮，
刹那间来刹那间逝，
生死无常应修行。
天上的太阳出现时，

夜晚的黑暗都驱尽，
生死无常应修行。
对和睦幸福的家庭，
忽然生了厌烦之心，
愿到别家做赘婿，
生死无常应修行。
爱妃要把生死无常记在心，
向圣洁的天神来祈祷，
从内心深处去敬仰，
祈祷大悲观世音，
为众生幸福诵大明咒。
虔诚修行存善心，
以最大诚心做忏悔，
所做的恶孽都洗净，
这歌词望爱妃记在心！

　　唱完歌，格萨尔就往嘉地去了，如今才回到岭国。

　　格萨尔想起前些日子在嘉地办完事后率众回到日思夜想的岭国时，闻讯前来迎接的人山人海中，唯独不见爱妃阿达娜姆的身影，于是问道："阿达娜姆哪里去了？为何她既没有来迎接我，也没有参加扎拉的婚礼呢？"

　　有人回禀道："您前往嘉地后不久她便去世了。"他们把阿达娜姆临终嘱托转交的物件等都献给大王，并将情况详细禀明。

　　原来，格萨尔大王去嘉地三个月后，阿达娜姆就病了。病得她：上身发热如火烧，下身寒冷如冰冻，体内风痰似山压，擎起高枕向下沉，可口的食物比毒药苦，细软的衣裳比黑刺硬，听到美言如针扎，心里烦躁昼夜不安宁，吃药反倒病加重，念经好像召鬼祟。阿达娜姆知道自己快不行了，将手下的人召到榻前，告之后事。她悲伤地唱道：

若不知道这是什么地方。
这是北方吉山的上青城。
若不知道我是谁，
女英雄阿达娜姆是我名。
当我还在幼年时，
未曾有疾病来缠身，
也不知死亡会来临；
死亡降临的兆头，
是大王前往嘉地时，
曾说你要把生死无常记清，
不幸被他言中。
照格萨尔王的吩咐，
无论如何我寿限将终。
我对死亡丝毫无恐惧，
阴曹地府阴森森，
若是平原走一月，
若是小岛走一日；
那个阴司阎罗王，
若是严厉长官避着走，
若是温和长官去见见。
那敏捷的九百狱卒等，
若能抗衡则相抗，
不能相抗则绕个弯。
我阿达娜姆的心目中，
所谓阴司阎罗王，
仅只耳闻有此人，
未曾亲眼看见过。
究竟有无实难言。

向上望空寂的青天，
那里只有日月和星辰，
未曾听说有个阎罗王，
即便有，为何要入他的门？
想去时谁有翅膀能飞行？
向下看大地空荡荡，
有虎、狼、沙狐居其上，
未曾听说有个阎罗王，
即便有，为何要入他的门？
想去时谁有趾爪去扒洞？
再斜视现实的人间，
这里住着黑发凡人各部落，
未曾听说有个阎罗王，
即便有，为何要入他的门？
想去时又向哪里寻？
我心中涌出这些事，
是我不怕死亡的原因。
我死后那枕边的上师啊，
不必请现今的佛僧，
他口里念着普陀经，
心里想着马和银。
他说是要超度亡魂，
是不知不见的空论；
知它是假还是真？
望你们在黑色的魔地，
有敌则戈矛同举起，
待友则财物相周济，
仇人面前同仇敌忾，

内部要能同甘共苦。
在高位要保护全部落，
要做弱者的后盾，
要降伏暴虐的部落，
外有强敌要抵御，
内部纠纷要平息。
要照大王的吩咐做；
大王从嘉地回来时，
就说我阿达娜姆这个人，
在娘家时是闺女装，
头戴首饰是金银，
犹如众星耀天空，
把它献到大王手中。
颈上珊瑚玛瑙饰，
犹如草原的花朵盛，
把它献到大王手中。
背上的绸缎金龙锦，
好似空中的七彩虹，
把它献到大王手中。
我出阵扮成女英雄，
头上这顶白盔帽，
"黑暗自遮"①是它名，
不系缨子与天齐，
系上头盔比天高，
把它献与大王用。

---

① 黑暗自遮：指"头上这顶白盔帽"，戴上就能照亮黑暗，一片光明。史诗《格萨尔》里，英雄们的戎装、武器以及战马都有名称，有很强的艺术性，充分表现了说唱艺人们语言的丰富性。

发辫套后的这白甲,
"火焰自焚"是它名,
白甲胸前的三支箭,
"杀敌铁箭"是它名,
统统献给大王用。
这"食肉罗刹"好骏马,
铁鞍铁鞦铁辔头,
不是普通的铁和钢,
是雷箭金刚自形成,
任何英雄也没有,
把它献给大王用。
居住魔地的智者们,
拯救我女杰的灵魂!
请魔部将这歌曲记在心。

说罢,阿达娜姆便咽了气。

第十二章 断是非判魔女入地狱

死去七七四十九天后,阿达娜姆的灵魂到了生死沙山山口。阎罗王感应到有个非同寻常的灵魂到了地狱,向身边的鬼卒说:"你们听着,昨天晚上我梦到红色火光布满天空,今天或许有护法加身的人要大驾光临,要不然就是要来一个罪大恶极、心怀愤怒的坏人。你们赶快到生死沙山山口去,看看要来的是什么样的人!"

五个鬼卒即刻到了生死沙山山口,见有一个与众不同的妇人在那里,就是阿达娜姆。她被鬼卒森格布丹在前面牵着,鬼卒牛头阿巴在后面赶着,鬼卒红色猴头在右边抓着,鬼卒灰辫子猪头在左边抓着,鬼卒狗熊头领路,没一会儿工夫就到了阎罗王的座前。

阿达娜姆向上面一看,只见在八只狮子举起的宝座上,那阎罗王把黄褐色的发辫披在背后,像日月似的眼睛左右顾盼。他洪亮的声音像雷声般响亮,舌头像红色电光似的闪耀着,弹舌的响声,能使雪山消融;脚掌跺地,能使岩石崩裂,令人魂飞胆丧。有九百名鬼卒排列在右面,九千名鬼卒排列在左面,九万名鬼卒排列在前面。

还有手执短矛的鬼卒九百人,短矛上的小旗飘动着;手执刀的九百人,刀锋无比锋利;手持弓箭的鬼卒九百人,箭上的翎毛闪耀着;手持锯子的九百人,锯齿竖立着;手持铁绳的九百人,铁绳的铁绊紧连着;手持黑绳的九百人,黑绳的环子密结着;手持焰火的九百人,焰火的火星在爆炸;手持长矛的九百人,长矛的缨旗在招展。此外还有千万鬼卒环绕在周围，那鬼卒们发出吼叫声，犹如一万个雷在同时轰鸣，震撼大地，掀动雪山，用威势震慑着每一个灵魂。灵魂忍不住发出哭号声、叫唤声。胆小之人听了肝脏破裂，做过恶的男女听到会心惊胆战。

阿达娜姆不由得双膝跪到地上。

阎罗王的眼睛打了一个转儿，随后看着阿达娜姆，问道："我有话要问你，你同别的女人不一般，口不净冒着血肉气，手不净恶臭实难闻；上身好似黑鸟翅轮廓，下身笼罩着罪恶的黑影。你是什么地方的亡魂？叫什么名字？你生时供养过多少上师？向穷人放过多少布施？在无主的水上修过多少桥梁？在无主的山上立过多少旗幡？在堕入地狱的今天，有什么谒见我阎王之礼？"

阿达娜姆想自己一生，东征西战，不断杀伐，这些怎么能向阎王说呢？还是编一套话告诉他吧。于是，阿达娜姆对阎王说："我是清净佛土的人，名字叫曲措，生时向上师供过骏马备金鞍，供过大象饰彩绢；斗量的松耳石和珊瑚做布施；修的桥、竖的幡多得数也数不清。我是空行母的化身，做了南赡部洲雄狮大王的妃子，因此我应该到极乐世界去，请阎罗王放我。"

阿达娜姆说完，右肩上忽然出现一个业力所感的白色小孩。他拿着一个神奇的白布袋，里面装着白芥子大小的白石子，眼眶里充满泪水，向阎罗王叩了三个头后，这样启禀道：

> 有威力的阎罗王，
> 你是能分辨善恶的法王，
> 有神威的阎罗大帝您请听！
> 有善你便是法王尊，
> 有恶你则拿刑惩罚，
> 你是分辨善恶的阎罗神。
> 我是这人的同来神，
> 她的状况我知道：
> 她活在人世时，
> 是阿达娜姆女英雄，

是肉食空行母的化身，
是格萨尔大王的妃子，
做过无数的善事情，
因此请把阿达娜姆，
向极乐世界里接引！
岭国的狮龙宫殿城，
和莲花光圣地一般同，
足见那城无恶道，
她做过多年城主人；
英雄的赤兔骏马，
和马头明王一般同，
她做过多年马主人，
因此请把阿达娜姆，
向极乐世界里接引！
善业善行的白石子，
献到你法王的手中。

唱毕，那白色小孩子将白石子放到阎罗王的前面，在阿达娜姆的右边坐下。

过了一会儿，阿达娜姆的左肩上出现了一个与生俱来的魔业痛苦黑色小孩。他拿着一个能填满三千世界的大黑口袋，里面装着像须弥山大小的石子，他那永世没有笑过的脸上露出了隐约的笑容，向阎罗王唱歌禀告：

有威力的阎罗王，
你是能分辨善恶的法王，
有神威的阎罗大帝您请听！
有善你便是法王尊，
有恶你则拿刑惩罚，
你是分辨善恶的阎罗神。

我是跟她同来的小魔，
她的状况我知道：
她活在人世时，
是九头妖魔的后人，
魔女阿达是她名字；
她在幼年三岁以前，
曾在大地上设地弓，
曾在外山觅鸟雀食，
这女人无法拯救去上界。
她在年满十三后，
头发向后挽乌云，
早晨到那石山顶，
引满铁弓搭铁箭，
射杀九百头野公牛，
把牛头排列在山坡上；
下午又杀了野母牛，
大山尽被血染红。
魔女阿达跳舞蹈，
好像鹫鸟旋空中，
也似猛狼发威风，
这女人无法拯救去上界。
那匹有功的老骏马，
曾被骑着升天宫，
也曾被骑着在大地行，
在骏马年老体衰时，
把它给予外面的盗贼，
这如同杀了有恩的父亲。
这女人无法拯救去上界。

那头可以挤奶的犏牛，
年轻时候不停把奶挤，
到老时宰杀将肉来吃；
再说那有功的母牦牛，
年轻时曾不停被挤奶，
奶酪、酥油养全家，
每年要产两头犊，
褐色犊儿挤满门，
到不产犊时宰杀吃它肉，
这好似杀了有恩的母亲，
这女人无法拯救往上界。
她对神祇上师无信仰，
对庙宇寺院行破坏，
轻视白色的善业，
这女人无法拯救去上界。
掌管黑魔部落时，
她是外面盗贼的首领，
甲盔三件穿在身，
好似黑煞示怒容，
敌人见她心惊胆战，
如野牛从草地逃山中。
曾做九千雄兵的首领，
曾杀过戴着金帽的上师，
根本不理死后地狱的苦难；
曾杀过品格高尚的长官，
似不理严厉的惩罚；
曾杀过戴着黑帽的咒师，
似不睬严酷护法的咒惩；

曾杀过马上的英雄汉，

似不理战争的刀兵；

曾杀过辫发的女人，

似不管民众说纷纭；

曾杀过背着行李的行脚僧，

似不理你法王依法惩，

如不断这人的善道路，

似法王不明是非，

似鬼卒不知善恶，

这女人所做的罪恶账，

请查这黑石子，记得清！

　　他唱毕，阎罗王缓缓地说道："照方才白小孩的说法，似乎白的是真的；听你黑小孩说的，又像黑的是真的。谁是谁非，这要看我缘孽镜里的字，看了自然明白；用我的阎罗秤称称，也会明白；查查地狱法条文，也就知道该怎么办。"

　　阎罗王右边的紫檀木桌上，摆着一面缘孽镜，从直径量来，有九百度宽；从边上量来，有九百九十度大；从远处看，好像十五夜晚的明月；从近处看，又似三峰山顶上出现的太阳。看它，好似从山谷口里看风景一样，每个人在人世间时所行的善，如向上师献了多少供养，连一针一线都显现在里面；给穷人多少布施，连给过的一口食物也照在里面。所做的罪孽也同样，所杀害的生命，小到虱子，所偷盗抢劫的财物，小到一针一线都照在那里面；欺骗哄人的事，背誓言，争口舌，乃至其他所积的口头和心上的罪孽，都明晰地照在里面。

　　在阎罗王的左面，鬼卒牛头阿巴把两只锐利的犄角直戳向天空，手中拿着紫色的阎王秤，那秤杆有十八庹长，雷霆生铁水所铸的四方秤锤有大象的躯体那样大，秤环是用犯下罪恶的人的皮所制成。拿那秤去称量时，如果在右面放上大善，而掺杂上一只虫子大小的罪恶，它就会往左边倾斜；如果在左边放上大恶而掺杂一点点小善，那它就会向右边倾斜。他们把阿达娜姆所做善事的白石子放到阎王秤的右边，造下罪恶的黑石子放在左边，十八次善恶称量的结果，都是向罪恶那方倾斜。看到这种情况，阿达娜姆心惊胆战。

在阎罗王的前面，站着长着狮子头的鬼卒森格布丹，他的声音出口能使大地震动，他弹起舌头来能使大海沸腾。他手里捧着用白纸所造的记录善恶及其据此奖惩的簿子，阿达娜姆一看，有一行很特别的字，他念道："哦！阿达娜姆，活在人世的时候，因杀生的恶业报应而死，应该在'等活地狱'中坐上五百年；曾积下恶心嗔怒之业，应在'阿鼻地狱'坐上九年；又曾吝啬钱财，应在'生道里'坐上九年。"

念罢，九百鬼卒发出杀杀打打的声音，嘈杂得好像千只母羊同羔羊到了一起，把阿达娜姆领到一条像黑绳的路上去了。阿达娜姆从饿鬼道堕入地狱，三年之中，肉和骨头也分离开来，受了无数不能忍受的痛苦。

第十三章

救妻心切独闯阎罗殿

格萨尔回到王城森珠达孜宫殿，仍闷闷不乐，心想：我那爱妃阿达娜姆是否升到天宫里去了呢？想着便向天宫望去，但没有看到。

他又想：她是一个嫉妒心很强的人，得罪了很多人，是否到修罗界去了呢？向修罗界一看，也没有看到。

又想：她是一个很固执的人，是否到畜生道去了呢？向畜生道一看，也没有看到。

又想：她是一个存有希望的人，只要有一线希望，她就会坚持到底，不会放弃，是否仍投生在人世间呢？一看，也没有。

又想：她是一个吝啬的人，是否投生到饿鬼道了呢？一看，也没有。

又想：她是一个嗔怒的杀生者，是不是到地狱里去了呢？一看，阿达娜姆堕入了地狱。

于是格萨尔下令说："在十三天里，谁也不许到我身边来，我要在那城里进入光明三昧修行观想。"

格萨尔在三昧中同他的神驹江噶佩布来到了地狱，到达了生死沙山山口。他头戴白盔，虹光闪耀；腰系三件宝①，光芒四射；身穿铠甲，如火燃烧；口诵经文，声音洪亮。他到地狱时，天上出现了圆帐篷似的虹光，空中降下鲜花之雨，

---

① 三件宝：指武士必备的弓、箭、矛三种武器。

大地上腾起檀香的气味。格萨尔在下去的同时，心中升起怒气，大吼三声。阎罗王听到吼声，向在他身边的鬼卒熊头童儿唱道：

嘛呢乌尔吉！
看到这样的情景：
立在生死沙山上的拉则，
天空中出现虹光如帐篷，
虹光如八辐车轮现空中，
前所未见真新奇！
空中到处降花雨，
飘着莲花和优昙钵华①，
前所未见真新奇！
一切大地腾香气，
香气充满了地狱境，
前所未见真新奇！
白色嘛呢声韵朗朗响，
念得地狱境界都震动，
又听得格格索索吼三声，
我阎罗王在以往，
没见过这样稀奇的情景。
今天有一个救妻大丈夫，
戴着修行帽子要到来。
或者有穿着法衣的上师，
今天会到这里来。
或者有厌弃轮回的苦修人，
今天会到这里来。

---

① 优昙钵华：一种花名，也叫优昙罗、乌昙跋罗、乌昙华罗，佛教中视作吉花。

或者有白衣留发的咒师，
今天会到这里来。
或者有福分圆满的施主，
今天会到这里来。
或者有慈悲众生的法王，
今天会到这里来。
你前去看看那人是谁。

阎罗王唱罢，熊头童儿想：到底是怎样一位大丈夫？是否是头戴修行帽，身穿法衣，手里拿着铃和腰鼓的人呢？前去一看，只见那人生着紫色"穆布董"氏族牙齿，紫红珊瑚似的颜色；头上戴着白盔，缨绫飘荡；右面的虎皮箭袋像是跃向天空，左面的豹皮弓套似指向地下，身上的白铠甲像火星灿烂；枣骝骏马好像朱红色染成，独自一个人骑着马。

熊头童儿唱了一支试探的歌：

嘛呢乌尔吉！
唵嘛呢叭咪吽誓！
祈祷白色的经典，
如不知道这地名，
生死沙山山口是它名。
如不知道我是谁，
我是鬼卒熊头童。
骑红马的亡魂你细听：
你是哪里的罪恶倒运人？
你的白盔缨绫与天齐，
白甲的鳞片拖着地，
是一个罪孽深重的人由此知。
箭上的翎毛像黑去蔽，

左面的豹皮弓套犹如金钱豹,
纯白的弓弦是皮盾,
这是青年枭雄的服饰,
你是恶人由此知。
手中的长枪旗帜指向天,
腰间的长刀尖上染血脂,
这是杀生屠户的服装,
你是恶人由此知。
骏马的头比天高,
金鞍的图案耀空际,
这是无法长官的服饰,
你是恶人由此知。
在我们阎罗王的审判地,
英雄没有用武地,
好汉无法来杀伐,
善辩者没有讲话的余地,
懦夫也无须去逃逸,
弱小者无处把冤诉,
美女也无法弄风姿。
我们有敏捷鬼卒九百人,
又有铁索九千尺,
套在你恶人的脖子上,
当啷啷地牵到地狱去；
用杯子粗的黑绳子,
系在你恶人的颈上,
拖曳着牵到地狱去；
有九钉排成铁镣铐,
系住你恶人的四肢,

拖曳着走到地狱去。
在阴曹地府那地方，
阎罗王的刑罚很严酷，
我九百鬼卒无情义。
地狱的痛苦难忍受，
那灰白冥原无边际，
红色冥河无桥逾；
你上看青天是空的，
没有慈父来救你；
你下看地洞黑漆漆，
没有慈母来救你；
看对面尽是可怕的鬼卒，
没有兄弟、亲人拯救你；
往前看是无人的大道，
没有上师给你把路指；
往后看是空旷的荒野，
你没有善法来追及；
你对于以前所做的罪恶，
现今是否后悔老实讲！

听了熊头童儿的歌以后，格萨尔非常愤怒，眼睛向天空环视了三遍，顿时天摇地动，他以"猛咒降伏"的调子唱起歌来：

嘛呢乌尔吉！
圣地大乐佛土中，
闻其名能除恶道之痛苦，
祈祷阿弥陀佛尊，
叫声可怕的鬼卒听分明！

你若是不知我姓名,
我不是亡魂是活人,
我人命未死游地狱,
格萨尔大王是我的名。
马未死跨过阴曹河,
江噶佩布是它的名。
我们到此的人和马,
昔日在上界天宫中,
我是神子博朵噶布,
马名叫作白马拉嘉①。
在下界龙宫中,
我是尊贵的龙王之子;
马名叫"长翅青龙",
在人间尘世的时候,
我是南赡部洲大王,
江噶佩布是马的名。
本大王头上戴的这白盔,
与普通的不一般,
名叫"天神白盔帽",
上有自来的佛千身,
是从那现喜佛土中,
金刚萨埵尊神所赠予,
我格萨尔能戴才受承。
这盔上插的那缨毛,
与普通的缨毛不一样,
名叫镇压三界的缨绫,

---

① 拉嘉:神鸟,这里意为格萨尔的坐骑能够像神鸟一样飞。

是三类救主亲身临，
是在那嘉噶灵鹫山，
佛祖亲自所赐予，
我格萨尔能戴才受承。
本大王身上的这铠甲，
与一般的铠甲不一样，
"世间披氅黑甲"是它名，
是"和平愤怒护法"的亲身，
是从江洛坚的宫殿中，
金刚手菩萨所赐予，
格萨尔能穿才受承。
本大王手中拿的这长枪，
与普通的长枪不一样，
"征服三界敌人长枪"是它名，
枪锋上八命坛场都亲临，
是森严幽邃寒林里，
圣智救主所赐予，
格萨尔大王能执才受承。
枪上系的这旗帜，
与一般的旗帜不一样，
"花旗金刚杵"是它名，
上有十三雪山的战神，
是上面须弥山顶，
众神主尊所赐予，
格萨尔能系才受承。
右面虎袋所装的箭，
与普通的竹箭不一样，
它有九十九箭旗，

又有八十修土神，
是上面三十三天境，
白梵天王所赐予，
格萨尔能射才受承。
右豹套中装的这张弓，
不是凡间普通的弓，
名叫"纯白环绕弓"，
上有白宝弓吉祥天女神，
是烈火燃烧的无量宫，
马头明王尊神所赐予，
本大王承允能拉才受承。
本大王腰间所佩的宝剑，
与一般的俗剑不一样，
名叫"斩魔青红剑"，
上面有智慧学士神，
乃是嘉地五台山，
文殊菩萨所赐予，
格萨尔能舞才受承。
本大王身下骑的这匹马，
与一般的俗马不一样，
神驹江噶佩布是它名，
表面上看是畜生，
其实它是天神身，
中间看是马头明王，
那是白马廓的宫殿中，
救主白玛陀称所赐予，
格萨尔能骑才受承。
这马身上所备的鞍，

与一般的马鞍不一样,
名叫"太阳自升"金鞍,
上有显密二教的众神,
是兜率天的喜乐持法官,
上师弥勒佛所赐予,
格萨尔能备才受承。
因此我们人和马,
在西方极乐世界中,
在阿弥陀佛的座前,
本大王盔甲闪着火光行,
本大王腰中三件响铮铮,
骏马的鞍鞯闪光明。
在阿弥陀佛的座前,
坐尊大力的金刚手尊神,
他比你熊头鬼辛强得多,
没有向本大王说这些话,
没有说本大王是大恶倒运鬼,
只给本大王传了深奥的经法。
这些神佛没有说我是恶人,
你等鬼类说我是恶人因何故?
在那圣地灵鹫山,
在世尊释迦佛座前,
本大王的长枪旗子如火焰,
腰刀锋利斩向前,
披氅闪耀如鳞片。
在那尊贵的释迦佛座前,
大声弟子舍利佛,
比你这熊头鬼辛贤,

并没有讲出像你这般话,
没有说本大王是大恶人,
还把深奥的经法传给我。
这些神佛并未说我大恶,
你等鬼物说我大恶为哪般?
在吉祥山的宫殿里,
在白玛陀称祖师的座前,
本大王吼着格格索索向前,
刀锋上染着血和脂,
歪着身体去朝见。
那白玛陀称祖师的座前,
译师毗卢遮那在身边,
他比你熊头鬼卒强得多,
没有说我是恶人,
还给我把深奥的经咒传。
这些神佛并未说我大恶,
你等鬼物说我是恶人为哪般?
你阴曹地府的阎罗王,
和南赡部洲的格萨尔,
同样是上天所安排,
同样为众生做事情,
你我二人究竟有何不同?
你阎罗王和众鬼卒,
之前活在人世间时,
我曾在四方降四魔,
显密两法是我振兴,
这些业绩你们能否创造?
我南赡部洲的王臣们,

要来到阴曹地府境，
给阴间地狱办事情，
因果的细账能算清。
我格萨尔的伟业，
你阎罗王怎能比？
你阎罗王的事儿很轻松，
办这种事儿谁都会，
而我的伟业可不易。
成就这种伟业费精神，
如果说容易，你们办。
今天有一事想询问，
在这阴曹地府中，
在那去年和前年，
以及大前年，
我的爱妃阿达娜姆，
死后在地狱熬三年，
无辜人被阎罗你惩罚，
今天我来此地的目的，
是向你们要回我的人，
请把我的人交还给我，
我往西方极乐世界送。

　　唱完，格萨尔燃烧起护教的火焰，顿时，护法的雹子满天飞，空中即刻降下甘露，使那地狱境界如轮盘旋转。阎罗王如被宰的绵羊般打颤，鬼卒们像山羊群被赶得到处乱跑。与此同时，格萨尔以空性大悲显示出慈爱和愤怒两种样子，大吼了三声。从未起过座的阎罗王从座位上立起，从未逃跑过的九百鬼卒四处逃散，从未翻倒过的地狱红铜大锅变得锅底朝天，从未破裂过的地狱铁城裂成碎片，嘈杂之声犹如鼎沸，那十八层地狱就像轮盘一样咕噜噜地转了十八转。格萨尔进入阎罗王的铁城里，向阎罗王的宝座射出了"四无量"宝箭，那箭一直穿至翎毛根。

阎罗王看到这种情况，向格萨尔唱了一首因果报应之歌：

嘛呢乌尔吉！
降伏四魔的寒林里，
本尊神威德金刚请鉴知！
如不知晓这地方，
这是本法王的十八层地狱，
名叫可怕的阎罗地。
如不知道这城名，
名叫阎罗铁城有九层。
如不知道这坝子名，
这是灰白的冥滩地。
如不知道这河名，
无渡冥河是它名。
我这法王阎罗，
在开天辟地之前，
是文殊尊神委派的，
他说那"阴曹地府里，
恶人要堕入恶道去，
善人要放到善道中，
要按照因果来办事"。
在这个地狱间，
往日佛祖在世时，
伟大弟子舍利子，
连同罗汉几万亿，
身上的金光如日耀，

背上把法衣披整齐，
手中的锡杖当啷响，
来到这地狱有好多次，
未说过你这种蛮横话，
从没有把因果来蔑视。
还有那嘉噶圣地，
萨喇哈等大修士，
连同十八修行者，
头上的发髻在闪动，
身上的六种骨饰嘶哩哩，
手中的摇鼓摇铃，
曾来到这地狱十八趟，
未说过你这种蛮横话，
从没有把因果来蔑视。
再说那雪域高原地，
那成道仙人都莅临，
口诵嘛呢声朗朗，
手持水晶念珠迤逶逶，
声如小铃铛啷啷响，
曾到这地狱许多次，
未说过你这种蛮横话，
也从未把因果来蔑视。
你这南赡部洲格萨尔。
说是白玛陀称的化身，
既然这样，请细思量！
做过善事的感应，
究竟是有还是无？
做过恶业的报业，

究竟是有是无呢?
昔日佛祖住世时,
转过法轮共三次,
他说:"做了善恶的报应,
后世里都要成现实。"
究竟是真还是假?
你格萨尔应细思量!
那恶女人阿达娜姆,
在地狱才熬过三年,
还要在地狱熬五百载,
再加三六十八年,
才能解脱把身翻。
并非本法王刑罚过于严,
也不是我九百鬼卒不留情面,
乃是那女人自己曾把因果种,
好像春天种子播,
果实成熟在秋天;
前世里做过受报应,
后世在地狱受煎熬,
这事要拯救难上难。
如果你要去拯救她,
为了洗净杀生的罪恶,
要塑如来佛像一千尊;
为了洗净口出恶言罪,
要书写九百部解脱经,
为了洗净她的嗔怒罪,
要造金塔一千整,
做到这些再看能不能拯救,

如一日做不到这些事，

亡魂无法从这里去超生。

听了这首歌，格萨尔心想：现在看来，我只有到白玛陀称祖师那里去寻找一个超度阿达娜姆的办法了。他骑着神驹江噶佩布，像闪电一般地到了红铜色吉祥山莲花光宫白玛陀称祖师座前，禀告道："尊敬的白玛陀称祖师啊，请听我的禀告！我的爱妃阿达娜姆堕入了地狱，求您大发慈悲，想一个超度她的办法。"

祖师说："哦，格萨尔王啊，你念诵密咒金刚乘的正法，把幻化的无边和平愤怒坛场的门打开来，就会使积有罪恶的人得到超度，阿达娜姆也会升入净土，到达西方极乐世界。"

格萨尔听后，立即打开那幻化的和平愤怒无边坛场的门，诵起那密经来。从他的眉间射出了黄色的日光，变化成千尊佛像，排列在白玛陀称祖师的右方，发愿洗净阿达娜姆身上的孽障；从他的喉头发出了像火焰燃烧的红光，变化成用金字和银粉写成的大般若经十万颂千部，排列在白玛陀称祖师的左方，发愿洗净阿达娜姆口上的业障；从他的胸口发出一道像展开的白绸的白光，变化成千座白银宝塔，排列在白玛陀称祖师的前面，发愿洗净阿达娜姆心上的业障。

然后，格萨尔来到地狱，在阎罗王的跟前唱了一首这样的歌：

嘛呢乌尔吉！
圣地自心法身的佛土中，
救主法身普贤请鉴证！
阎罗王你请听，
我见到前所未见的情景。
阴曹地府十八层。
本王见它是清净十八处，
哪里有地狱十八重？
阴曹的火烧铁大地，
我看它是一片金，

火烧铁地没处寻。
黄色的无渡冥河水,
我看它具有八功德,
黄色冥河在哪里?
无门的铁烧号叫处,
我听到正法的声音,
号叫地狱无影踪。
那片血肉横飞的刀林,
看到的是花雨降缤纷,
刀剑的雨点何处寻?
那锋刃朝上的剃刀路,
我看到的是平坦的解脱道,
剃刀险途向哪里找?
阴曹的那座白雪山,
我看到的是红铜吉祥山,
寒冷的地狱在哪里?
那夏玛里果子的大树,
我看到的是菩提分枝树,
夏玛里铁果今也无。
污秽腐尸的肉泥潭,
我看到的是清香的莲花池,
尸泥潭究竟在哪里?
铁水沸腾的阴曹红铜锅,
我看到的是盛满清水的澡盆,
阴曹红铜锅去哪里寻?
你那阎罗王的冥府里,
我看到的是幻化和平愤怒的坛场,
阴曹王城在哪一方?

那敏捷的五大鬼卒，
我看到的是五位佛世尊，
哪里有五大鬼卒？
你这阎罗王的身，
我看到的是普贤佛法身，
阎罗王哪里寻？
依幻化和平愤怒的坛场，
以及我的大法力，
把阿达娜姆的灵魂，
接引到西方乐土去，
请法王把此歌记心中！

阎罗王听了格萨尔的歌，颇为感动，怒气也消了许多，便说："哦，是的，你格萨尔大王一样的净业人看到的现象，是会显出这种佛土的景象，但犯下不净业的罪恶人所见，依然是十八层地狱。你认识了你自己的错觉，知道了它如幻如梦，因此阿达娜姆能拯救了。今天早晨，我的缘孽镜里也出现了如来佛的千尊像、千部大般若经十万颂、千尊白银宝塔，此外还显示出了佛祖的和平愤怒坛场。"

听了阎罗王的话，格萨尔即刻去寻找阿达娜姆。他找啊找，在无数的人中去寻觅，终于在一个地方看到了她的身影。只见她在铁火燃烧的内外有十八重小门的圈子中间，那圈子没有一点缝隙，她痛苦地哀号着。格萨尔看到这种情景，不胜悲愤地高声念了三遍"菩提心"大悲咒。只见那小门裂成了十八块，在圈中受罪的以阿达娜姆为首的十八亿亡魂都得到了拯救。

第十四章 悯鬼魂大王念诵心咒

歷史版大王念面小說

格萨尔把以阿达娜姆为首的十八亿亡魂拯救到离地狱十八由旬①的地方行走时，阿达娜姆满怀深情地向格萨尔唱了这样的一首凄婉的歌：

嘛呢乌尔吉！
望听我美妙的歌声！
向前行中看到这情景：
在那生死沙山的上拉则②，
千万人头的拉则堆得与天齐，
千万人头的声音嘶哩哩，
那是做了什么罪孽的报应？
臣妾想到要经过那里很恐惧。
在那生死沙山的中拉则，
千万马头的拉则堆得与天齐，
千万马头的嘶声鸣萧萧，
那是做了什么罪孽的报应？

---

① 由旬：古印度长度单位，佛学常用语，一由旬相当于一只公牛走一天的距离，大约11.2千米。
② 生死沙山的上拉则：按照藏族原始宗教的说法，生与死的人分别在阴与阳两个世界，"生死沙山"是生与死的分界线。此山上立有一个巨大的拉则，是分隔生与死的标志。

臣妾想到要经过那里很恐惧。

在那生死沙山的下拉则，

千万狗头的拉则堆得与天齐，

千万狗头的吠声汪汪叫，

那又是做了什么罪孽的报应？

臣妾想到要经过那里很恐惧，

因此臣妾我不到那里要留此地。

阿达娜姆唱毕，格萨尔回唱了一首歌：

嘛呢乌尔吉！

请大慈大悲观音把路引！

爱妃阿达娜姆你细听！

在生死沙山的上拉则，

千万人头的拉则高耸与天齐，

若认识它乃是十一面观音，

不认识它就是前世的报应。

弱小人的财物让强力夺，

无辜人被强力施予苦刑，

富人克扣仆人的工钱，

专门等那个原主来，

原主来时要把孽债清，

爱妃不要怕它往前行！

在生死沙山的中拉则，

千万马头拉则高耸与天齐，

若不认识它像是前世的报应，

它本是护法马头明王神。

曾把那骑遍各地的宝马，

到老时贩卖与他人骑乘；
又将那野地的白嘴小野马，
无辜宰杀把肉吃，
专门等那个原主至，
原主来时要把孽债清。
爱妃不要怕它向前去！
在那生死沙山的下拉则，
千万狗头拉则与天齐，
若认识它乃是金刚亥母，
不认识又是前世的报应。
那从小家养的看门狗，
夜晚防着盗贼和狼群，
把那主人家中的财物，
当作自己的家私守护；
到狗老时他拿石头打，
厉声训斥不让饮和食，
搬迁牧场的时候，
狠心遗弃在废墟中，
专等那个原主来，
来时业债要让他偿清，
爱妃不要怕它向前行！
跟着我格萨尔大王来，
看着盔帽的白光向前去！
听着白甲的响声随我行！
跟着江噶佩布的脚步去！
从内心深处去祈祷，
向西方极乐世界发愿心！

唱罢，格萨尔把以阿达娜姆为首的十八亿亡魂从地狱向上接引了十八由旬，使他们离开了第一层地狱。

以阿达娜姆为首的十八亿亡魂向格萨尔唱歌禀告：

嘛呢乌尔吉！
有恩的格萨尔大王请仔细听，
向前途中看到这种情景：
在那铁火燃烧的大地上，
铁矿石熔化犹如酥油融；
千百万男女的身体裂开口，
犹如炒熟青稞的裂缝，
叫苦叫娘之声满天地，
那是做了什么罪孽的报应？
想到要越过那里很恐惧，
我不上前去要在此处。
格萨尔大王请再听！
向前途中看到这情景：
可怕的鬼卒千千万，
手持锐利的火烧武器，
亿万个男女的头和身，
纷纷离散如肉泥，
每日死去活来几百次，
那是做了什么罪孽的报应？
想到要越过那里很恐惧，
我不上前去要在此停留。
格萨尔大王你再听！
向前途中看到这情景：
在很多戴金冠的上师身后，

许多男人女人把手伸，
声言："我们的金银财宝在哪里？"
上师把肉体割下去称重量，
放到男人女人的手中，
他们还说"太小"把上师抓得紧，
上师的肉尽骨头现，
痛苦难忍发出号叫声，
这是做了什么罪孽的报应？
想到要通过那里胆战心惊！
我不上前去，要在此停留。

他们唱完之后，格萨尔向以阿达娜姆为首的十八亿亡魂唱了这样的歌，开导他们：

嘛呢乌尔吉！
祈祷最上圣者观世音，
请保佑我们消灭错觉的惶恐！
爱妃阿达娜姆你仔细听！
铁火燃烧大滩上的诸亡魂，
身体烧焦发出哭叫声，
那是活在人世时，
为祭祀世间地方神，
把活羊牵入烈火焚，
是做下这些罪孽的报应；
把水中的鱼儿捞上热沙滩，
三冬里把草山拿火焚，
把自己身上的虱和虮，
或抛热砂或丢在烈火中，

是做下这些罪孽的报应。
爱妃阿达娜姆你仔细听!
手持兵器的数十万鬼卒,
将那无数的男女之亡魂,
杀得死去活来受苦百多次,
那是活在人世时,
把一切无辜野牲来屠杀,
做了盗匪无故杀人马,
掏翻鸟巢让雏鸟、鸟蛋在石上摔,
在路上设下捕兽夹和陷阱,
把狐狸、猞猁、豺狼、野马等野兽杀,
放出猎狗捕野鼠和獐子,
用盐碱毒死池中蛙,
放毒杀死地下的金蛇,
是做下这些罪孽的报应。
向前走来不要害怕它!
寿尽的男女们再请听!
许多上师的身后,
众多男女伸手紧跟随,
上师把肉体割下给他们,
还说"太小"把上师抓得紧。
上师肉尽骨头现,
那是他活在人世时,
并不知亡人的灵魂在哪边,
两眼朝天念迁转,
吃了男女施主的斋饭,
自己取财不心向寺院,
夏三月骑马赶驮畜,

像盗贼一样巡四边，

像恶狼一样食欲如火燃，

像恶僧一样张口伸手去化缘，

见了富豪施主的钱财，

像吝啬鬼想去占有；

见别人得病将要死，

像凶恶魔鬼一样喜心间，

心想他的回向①是否来我这里念？

念时是否有布施来供献？

布施丰厚则要见施主面，

会说："你的亡人在那边，

我替你向极乐世界来超荐。"

布施微薄则把脸翻，

面带怒容就要告辞，

难得说话两三言，

会说："他造了大恶孽，

因此报应躲避难，

我因寺院建神像，

身有大事不得闲。"

手持哈达、护符找施主，

向施主说谎行欺骗，

骗得山羊和绵羊，

把羊儿给那屠户贩，

取得钱财自己来吃穿。

施主死后见阎王，

说他给上师这样行布施，

---

① 回向：佛教用语，指不独享自己所修的功德、智慧、善行等，将之"回"转归"向"，与法界众生同享。

说那些布施做了某善事，
阎罗王回答：
"你所说所做的那善事，
缘孽镜里没根据。"
于是那亡魂等在中阴关，
问那上师何时至，
到关时好像债主逼。
生前吃过一斤的善财，
死后在上师的肉体上，
割还十八斤也不抵，
是做下这些罪孽的报应，
不要怕它向前去！
跟着我格萨尔大王来！
看着盔帽的白光向前去！
听着铠甲的响声随我行！
跟着神驹的脚步去！
从内心深处去祈祷，
把信仰寄托到西方极乐世界去！

说着又把他们从地狱提升了十八由旬，使他们离开了第二层地狱。那以阿达娜姆为首的十八亿亡魂又向格萨尔唱道：

嘛呢乌尔吉！
有恩的格萨尔王请仔细听！
向前途中看到这情景：
大路上刀刃向上立，
可怕的鬼卒亿万人，
赶着很多的亡魂，

脚步移动脚截成碎块,
手又被截身体倒在地,
身体被截成数段受苦痛,
那是什么恶业的报应?
经过那里前去真可怕,
我要留在此地不前进。
格萨尔大王请仔细听!
向前途中看到这情景:
铁火燃烧的房屋内外两层,
内层烟火爆烈的中心,
没有门窗全被黑暗吞,
无数僧俗男女关在内,
号叫声充满大地和天空,
那是什么罪孽的报应?
经过那里前去真可怕,
我要留在此地不前进。
格萨尔大王请仔细听!
向前途中看到这情景:
有亿万女人是尼姑,
身被铁火全燃焚,
把烧的铁丸向口里送,
熔化的铁水倒口中,
体内被烧火焰从口喷,
痛苦呻吟不能忍,
那是什么罪孽的报应?
经过那里前去真可怕,
我要留在此地不向那儿行。

唱完之后，格萨尔又向以阿达娜姆为首的十八亿亡魂唱了这样一支歌，对他们进行开导：

嘛呢乌尔吉！
向阿弥陀佛来祈祷，
请保佑中阴无恐怖。
爱妃阿达娜姆请仔细听！
刀刃路上的诸亡魂，
被逐撑截断头和身，
那是活在人世时，
在旅途无故抢劫行脚僧，
斩断了名山圣地的绕行路，
斩断了寺院古刹朝拜的途径，
破坏了大河水上的渡船，
堵塞了通往城镇的交通，
斩断了各地的通商，
截断了上师前往诵经的路径，
是做下这些恶业的报应。
爱妃阿达娜姆你再细听！
铁火燃烧的无门房中浓烟布，
许多亡魂在内发出号叫声，
那是活在人世时，
把无辜之人关在监狱中，
以石头堵塞鼠类的洞穴，
是做下这些罪孽的报应；
在上师、僧人诵经修行时，
唱歌，乱语，把酒饮，
在家男女守关垒时，

不曾磕头也不把嘛呢诵,
自己不做还阻止他人做,
唱歌昼夜不肯停,
是做下那些罪孽的报应。
阿达娜姆你再仔细听!
亿万地狱鬼卒等,
逐赶亿万觉姆和村妇,
穿以火烧铁衣喂铁丸,
灌以铁水烧伤其内脏,
那是能念经诵典的妇人们,
活在人世的时候,
诵经时经常分肉争大小,
来请祈祷时先问布施有多少,
不僧不俗的上师娶妻子,
逢七诵经先把馍数清,
是做下这些罪孽的报应。
吃居丧时的丧食时,
不断孽障也让家人吃;
有些僧人还俗后,
借口上师令嘱娶妻子,
并将女人美名曰"明母",
妇人也吃上师的供食;
由于骄傲不屑与人混一起,
不满供食生怒气,
供食到手则极吝啬,
供食到口多说辞;
生时吃一口供食,
死后要吃九个烧红的铁丸子,

不愿吃也不能随自己；
生时喝一口供茶，
死后要喝九次铁水，
不愿喝也不能由自己；
生时穿了一件供布衣，
死后要穿烧铁所做的褐衣十八次，
是做下这些罪孽的报应，
不要怕它向前去！
跟着我格萨尔大王来！
看着盔帽的白光向前去！
听着铠甲的声音随我行！
跟着神驹的脚印去！
从内心深处去祈祷，
把信仰寄托到西方极乐世界去！

唱着，将亡魂们从地狱中向上提升了十八由旬，亡魂们从第三层地狱中得到了解脱。

众亡魂同声一气地向格萨尔唱歌禀告：

嘛呢乌尔吉！
有恩的格萨尔王请仔细听！
向前途中看到这情景：
冰滩地方雪山立，
寒气凛冽飒飒鸣，
毫无温暖寒而栗，
许多男女俗人堕雪中，
大声叫冷身上起水泡，
风暴酷烈身体裂开缝，

肉皮隆起破裂如青莲,
那是什么罪孽的报应?
向那儿前去很可怕,
我要留在此地不前进。
格萨尔王请听我说!
向前途中看到这情景:
铁烧的高山插天际,
山坡上长满铁蒺藜,
铁刺一庹长很锐利,
那山的脚下有铜狗,
大如野牛数万亿,
满口獠牙吠声满天地;
山顶有地狱的铜鸟,
铁燃的翅膀遮天空,
亿万男女等俗人,
从自己家乡叫到山上去。
叫声上来前去时,
铁刺的尖锋向下指,
等皮肉刺到破裂时,
顿时有地狱鸟来噬,
挖出脑浆啄食眼珠子。
下山时铁刺尖子向上指,
铁刺尖端挂上皮肉和肠子,
到山根时被地狱的铜狗,
咬食腿部筋肉把苦吃,
那是什么罪孽的报应?
向那儿前去很可怕,
我要留在此地不前去。

格萨尔王请仔细听!
向前途中看到这情景:
十八层地狱全被黑暗罩,
看不到自己的手和脚,
得不到饮食吃自身肉,
到肚里变成铁水,
痛苦难忍叫声如雷鸣,
那是什么罪孽所造成?
向那儿前去很可怕,
我要留在此地不前去。

格萨尔对以阿达娜姆为首的十八亿亡魂用歌声进行开导:

嘛呢乌尔吉!
向阿弥陀佛来祈祷,
请保佑中阴无恐惧!
爱妃阿达娜姆你听清!
男女亡魂在冰滩,
身起水泡叫寒冷,
那是活在人世时,
剥取经、像、宝塔的外衣,
抢脱朝圣人的衣服,
剪窃经卷的经笺及外皮,
把身上的虱和虮投雪中,
是做下这些罪孽所招致。
爱妃阿达娜姆请再听!
火烧铁山上长铁刺,
刺破男女亡魂的身体,

那是活在人世时，
做了尼姑杀死自己私生子女，
埋在地下沙土里，
忍心把婴儿活活弃；
有些妇女做娼妓，
坏了金冠上师的清规，
破了法衣比丘的戒律，
到修行僧人的庙里去，
在持斋戒的时候胡言乱语，
在有塔、像的庙中行房事，
不顾母亲姐妹的羞耻；
有些男子引诱尼姑，
破戒生子又溺弃，
是做下这些罪孽所招致。
不要怕它向前去！
爱妃阿达娜姆你再听！
许多亡魂堕入黑暗里，
食自身的肉受无穷痛苦，
那是圣地庙宇的住持，
活在人世的时候，
在供灯里面偷油吃，
是做下这些罪孽所招致。
不要怕它向前去！
跟着我格萨尔大王来！
看着盔帽的白光向前去！
听着凯甲的响声随我行！
跟着江噶佩布的脚步走！
从内心深处去祈祷，

向西方极乐世界发愿心!

唱着,又将亡魂们从地狱向上提升了十八由旬,亡魂们从第四层地狱得到了超脱。那以阿达娜姆为首的十八亿亡魂又向格萨尔唱歌禀告:

嘛呢乌尔吉!
大恩的格萨尔王请听!
向前途中看到这情景:
下着烧红的剑叶雨,
刺破许多达官贵人的躯体,
那是什么罪孽的报应?
铁烧的宝塔犹如在寺中,
高低像是须弥山峰,
许多亡魂被丢在塔底,
在塔底下呻吟受苦痛,
那是什么罪孽的报应?
格萨尔大王你再听!
许多男女亡魂身俯卧,
口中舌头伸满地,
许多可恶的鬼卒在舌面,
拿那燃烧的铁铧当田犁,
在那里积潴血和脂,
那是什么罪孽所招致?
想到要经过那里很害怕,
我不要到那里要留在此地。

听了这歌,格萨尔回想起与阿达娜姆多年的恩爱与夫妻情深。但阎罗王说阿达娜姆生前杀人太多,罪孽深重,不能宽恕,必须受到严厉的惩罚。

格萨尔想：阎罗王说的自然有他的道理。但是，杀人太多，这能怪阿达娜姆吗？是我格萨尔率领岭国的众英雄征战四方，为了降妖伏魔，惩恶扬善，除暴安良，造福雪域高原受苦受难的黑发凡人。这是天神给我的神圣使命啊！阎罗王以"杀生有罪"来判罚，这合理吗？

质疑归质疑，格萨尔知道，这是在地狱，阎罗王自有判断的标准，自己作为天神之子，也无能为力，只能按照地狱的规定，按照阎罗王的要求，尽快超度阿达娜姆出地狱。

第十五章 念情深大王虔诚祈祷

格萨尔向天神祈祷，请求天神发慈悲，渡他的爱妃阿达娜姆出苦海。

向天神祈祷之后，格萨尔又对以阿达娜姆为首的诸亡魂进行开导，唱了这样一首歌：

嘛呢乌尔吉！
祈祷佛光普照，
佛祖保佑！
爱妃阿达娜姆你听清！
那空中下着剑叶雨，
切碎达官贵人的躯体。
因他们在世时，
对弱小部落起贪心，
无罪刑罚诈财物，
和解他人纠纷取费用，
见了弱小穷人斜瞪眼，
见了强者富者笑脸迎，
处罚无辜者夺其财，
是做下这些罪孽的报应。

火燃的铁塔如须弥山，
底下压着很多人，
那是活在人世时，
以佛像、宝塔、神庙为见证，
以佛祖经典为终证，
不计报应发大誓，
欺骗知交和朋友，
把发下的誓言都违背，
窃贼欺骗那失主，
口称未偷，拿着经典作见证；
为了取信时常把盟誓，
从富豪手中借银钱，
声言债务今天不能偿，
到了某日一定还，
赌咒发誓却到期不偿付，
是做下这些罪孽使然。
不要怕它快向前！
爱妃阿达娜姆你再听！
许多亡魂的舌上被犁耕，
那是他活在世间时，
在见到有福的上师前，
有了能干的管家，
他就心怀恶意去离间；
见到慈善教师，
有了信仰很好的徒弟，
也要心怀恶意去离间；
见到博学的学者，
有了聪明的学生，

也要心怀恶意去离间；
和睦的僧人彼此间，
有了知心的师兄弟，
也要心怀恶意去离间；
在具有感应的上师前，
有净信的施主，
也要心怀恶意去离间；
在辖地很广的头人前，
有能干的属僚，
也要心怀恶意去离间；
在菩萨心肠的主人前，
见到恭敬、中用的仆人，
也要心怀恶意去离间；
在具有见识的丈夫前，
有能干的妻子，
也要心怀恶意去离间；
是做下这些罪孽使然。
不要怕它向前走！
随着我格萨尔王走向前！
看着盔帽的白光向前去！
听着铠甲的声音向前行！
跟那江噶佩布向那边走！
向前进来发誓愿！
向西方乐土发誓愿！

　　唱完之后，格萨尔把众亡魂从地狱向上提升了十八由旬，使他们从第五层地狱得到了解脱。
　　以阿达娜姆为首的十八亿亡魂又向格萨尔大王唱歌禀告：

嘛呢乌尔吉!
大恩的格萨尔王请听!
向前途中看到这情景:
铁燃大滩上男女诸亡魂,
锐利的火燃铁铧在耕种,
身首分离鲜血油脂凝,
那是什么罪孽的报应?
想到要经过那里很害怕,
我要留在此地不前行。
格萨尔大王你请听!
地狱冥河的渡口,
有着亡魂亿万众,
骑着马、牛、绵羊和山羊,
打从渡口向前行,
有的渡到河彼岸,
蹚到下游哭声震天地,
那是什么罪孽的报应?
想到要去那里真害怕,
我要留在此地不前进。
有恩的格萨尔王你再听!
持有斗、秤的鬼卒十万,
剥去无数亡魂的皮肉,
切成万段以秤称,
割去右面,左面肉复生,
敲断骨头秤骨髓,
完时身体肉复生,
这样称了十万遍,
唤痛之声充满地狱,

又将鲜血拿升斗量,
称过的骨肉如山屯,
量过的鲜血如海盈,
这是什么罪孽的报应?
要我前去那里真害怕,
我愿留在此处不前进。

他们唱完之后,格萨尔又唱歌对诸亡魂予以开导:

嘛呢乌尔吉!
向宝髻佛祖来祈祷,
请保佑中阴无恐怖!
爱妃阿达娜姆请仔细听!
火烧滩上的诸亡魂,
火烧铁犁截其身,
鲜血油脂潴大地,
那是他们活在人世时,
把大地的一切都统治,
焚烧树林毁村庄,
向田灌水杀无数虫类,
以犁铧统治黑色土地,
佛祖不显形只远远望,
只见鲜血油脂凝其地,
告诉农民谷不生,
耕牛的轭头绳也断去,
犄角后方脊柱如火燃,
心肺之间如水池,
胯间、肋骨间出现十字,

头欲上抬偏叫轭头压,
抬头时又以绳索牵,
左右转时复以长鞭打,
稍稍偏斜更以木棍击,
是做下这些罪孽的果报。
不必怕它走向前!
爱妃阿达娜姆你再听!
那地狱冥河的渡口,
骑着骡马牛羊的人,
有的渡过彼岸有的被水冲,
那是活在人世时,
良骥骏马本已当作神马放生,
老来又卖给别人,
放生牦牛老了宰了吃;
放生羊羔活到老年时,
牵到羔羊前面去,
将头碰击此世生命断;
捉住羊儿缚四肢,
拴住嘴巴使其闷死,
以刀宰杀使其断气,
剥皮割肉使其灵魂散,
体温气息消失魂游离,
先已放生又复杀肉吃,
是做下这些罪孽所致。
将那许多亡魂的骨肉鲜血,
以秤称来,以斗量,
左面割去,右面肉复生,
那是活在人世时,

做了大盗劫匪抢行人,
缚住弱者夜间窃其物,
偷去金帽上师的坐骑,
偷盗安分寺院的乳牛,
盗窃地方长官的马群,
强把富者双手反背缚,
抢去无辜弱者的坐骑,
抢夺远道行脚的背包,
拆毁农区农户的房屋,
偷窃牧区牧民的帐房,
是做下这些罪孽的报应。
农区奸人欺骗牧区人,
面里掺杂土石去称重,
大斗小秤欺哄人;
牧区奸人欺骗农区人,
羊毛里面浸水掺土石,
酥油袋中塞石头贩卖;
人们彼此欺骗,
伪称真银,锡铅涂水银;
伪称绸缎,布上印图案,
是做下这些罪孽的报应。
不要怕它向前行!
随我格萨尔向前行!
看着盔帽的白光走!
听着铠甲的响声行!
跟着江噶佩布的踪迹!
跟着走来心发愿,
把诚心归于西方极乐世界中!

格萨尔通过唱歌,又把十八亿亡魂向上提升了十八由旬,使他们从第六层地狱得到了解脱。

不久,以阿达娜姆为首的十八亿亡魂又向格萨尔歌唱,表达心中的恐惧:

嘛呢乌尔吉!
大恩的格萨尔王请听!
向前途中看到这情景:
在三千界宽阔的铁燃大川中,
可怕的鬼卒亿万人,
将戴熊皮额罩的念经者,
还有那戴黑帽的咒师,
活生生开刀取心脏,
把人皮钉地向四面绷,
打上准线又以火锯,
不分身首锯成块,
那是什么罪孽的报应?
想到由那里前去真害怕,
我愿留在此地不前往。
我心爱的大王请再听!
所有地方为腐尸所充,
污浊气息充满的泥坑,
无量亡魂堕下被虫噬,
那是什么罪孽的报应?
想到要经过那里真害怕,
我愿留在此地不前行。
格萨尔大王请再听!
可怕的牛头鬼卒亿万,
个个手中持凶器,

杀杀打打的吼叫声，
让天地空间都震动，
他们朝亿万亡魂奔，
声言："活在人世时，
我所生的爱子，
在香甜的母乳未到口时，
让你抢夺到家里去，
堵嘴闷死，你们吃血肉；
剥皮示我，夺奶汁，
为了等你无耻之徒到这里，
在中阴轮回关口等到今日，
现在就要打杀你！"
活活剥皮显紫肉，
活活煮在铁锅里，
将那亡魂的皮子放在他眼前，
口中灌进铜液，
那是什么罪孽所致？
想到前去那里真害怕，
我愿留在此地不前去。

格萨尔听后心生悲悯，满怀深情地向阿达娜姆和那些亡魂们唱了这样一首歌：

嘛呢乌尔吉！
向普救佛祖敬祈祷，
请保佑中阴无惶恐！
爱妃阿达娜姆你听清！
许多咒师在燃铁的大川中，

被活活割开肚子挖心,
被活活剥皮向四面绷,
是因为活在人世间时,
前往村庄去诵经,
宰杀羊群取五脏,
热气腾腾装入弃箱中,
由于尊障失修沾污秽,
本尊师祇不来远逃去,
将整张羊皮绷在地,
将鲜血搁在弃架上,
弃架外面缠以羊肠子,
口念"吽吽排排"奏鼓乐,
两眼向天环视以鞭击,
降伏施主的鬼祟且不论,
神在阴处心羞耻,
是做下这些罪孽所招致,
不必怕它向前去!
爱妃阿达娜姆你再听!
许多亡魂堕入尸泥里,
充满秽气让虫噬,
那是活在人世时,
在庙宇里面吐痰涕,
不洗手来献供品,
以破旧布絮做灯芯,
化酥油时渗残余,
不拭供器沾污垢,
以吃剩炒面做施食,
送给上师、僧人吃,

沾染了口水和手垢；
斋食之中掺血肉，
给诵经僧人剩饭吃，
是做下这些罪孽所招致。
将经、像、宝塔放低处，
举步跨过神圣供器，
声称书籍把经典放毡下，
声言三宝用佛衣来垫底，
是做下这些罪孽之所致。
将高僧所穿的法衣，
放在凶犯寡妇的手里，
以僧人袈裙去做妇人的睡衣，
穿着僧衣和女人行淫事，
在神、塔、经前把烟吸，
是做下这些罪孽所招致。
不必怕它向前去！
爱妃阿达娜姆你听清！
可怕的牛、羊、鬼卒等，
剥了皮往肌肉倾注铁熔液，
那是他活在人世时，
逢到春天犏牛生犊子，
牛犊尚未吃母奶，
胎衣刚下毛尚潮湿，
乳牛以舌把犊儿舐，
心想何时能立起，
与母同行多可喜！
正在此时仆人来，
抱着犊儿回家去，

乳牛哞哞在后追，
反骂"无主"以石棍击，
回家闷牛犊许久不死，
垂死挣扎眼珠都鼓起，
看着主人的脸流眼泪，
他毫不怜惜杀了吃。
牛犊眼中泪水滴下，
乳牛心念犊儿抱去何时回。
正在等待，只见老妇女，
带着乳桶，腋下夹来犊儿皮，
把犊皮放在乳牛前，
牛犊死了，鲜乳被夺去，
是做下这些罪孽所招致。
不必怕它向前去！
跟我格萨尔大王向前去！
看着盔帽的白光向前去！
听着铠甲的响声向前移！
紧跟着江噶佩布的踪迹！
随着前来发愿心，
把信仰寄于西方极乐世界！

唱完，那些亡魂又从地狱向上提升了十八由旬，从第七层地狱得到了解脱。处境不断改善，阿达娜姆内心的痛苦有所缓解，但是恐惧依然存在，她不知道何时能够离开恐怖的地狱。

以阿达娜姆为首的十八亿亡魂，又向格萨尔唱了这样一首歌，诉说心愿：

嘛呢乌尔吉！
有恩的格萨尔王请听！

瞻望前途有这种情景：
在九重铁城的门前，
许多男女亡魂的头顶，
转着烈火燃烧的铁轮，
头上灰白脑浆都溢出，
痛苦难忍哭号很大声，
那是什么罪孽的报应？
要前去那里胆战心惊，
宁愿留在此地不前进。
格萨尔王你再听！
瞻望前途有这种情景：
有亿万男女的亡魂，
在有火的黑暗沟壑中，
红色火焰炽燃，
许多亡魂堕火中，
骨肉被灼散四面，
那是什么罪孽的报应？
要前去那里胆战心惊，
宁愿留在此地不前进。
格萨尔王请再听！
瞻望前途有这种情景：
在烈火烧红的铁滩上，
亡魂应有亿万众，
被活活剥去皮肤，
呼痛叫苦血淋淋，
剥到皮肤将尽时，
由于业力皮复生，
复生复剥受苦千百次，

剥下的皮堆积高如须弥山,
痛不能忍张口大叫,
滚烫的铁水注口中,
烧焦肉体不用说,
口鼻里冒烟的火焰燃缤纷,
或者流着眼泪哭,
眼睛被烧红铁钉钉,
那是什么罪孽的报应?
我不敢往前去真害怕,
宁愿留在此地不前行。

格萨尔听了这歌,又向以阿达娜姆为首的众亡魂唱了这样一首开导的歌:

嘛呢乌尔吉!
向拘留孙佛祖来祈祷,
请保佑中阴无恐惧!
爱妃阿达娜姆仔细听!
燃烧铁门里的诸亡魂,
头上火燃铁轮转不息,
那是活在人间时,
对从小抚养自己的父母,
不孝不敬头上拿鞋底击,
反唇瞪眼常忤逆;
细软好衣自己穿,
年老父母却褴褛;
香甜茶饭自己吃,
年老父母吃剩饭;
儿媳行为太恶劣,

忍不住间或来劝谕，
扑来直骂"老不死"，
是做下这些罪孽所招致，
不必怕它向前去！
爱妃阿达娜姆仔细听！
许多亡魂堕火坑，
骨肉烧焦受痛苦，
那是活在人世时，
拆毁修士山僧的棚房，
取下门顶火中焚，
烧掉经、像、宝塔及幡旗，
用经典夹板做柴薪，
是做下这些罪孽的报应，
不必怕它向前行！
爱妃阿达娜姆你再听！
无数亡魂在炽燃铁滩上，
活活剥皮痛苦号，
皮肤复剥复又生，
那是活在人世时，
牧人在绵羊的身上，
剪取羊毛又挤乳来饮，
不但如此，宰杀羔羊，
将羔羊皮贩卖给商人，
那母羊在上山时，
看到其他母羊把羔儿引，
不见自己羔儿在何方，
跑前跑后到处去寻找，
吃口山草咩咩叫不停，

回家路上边叫边往前跑，
盼儿早归心迫切，
哪知羔羊肉已在锅中煮，
羔皮高高搭在帐房绳，
羔羊灵魂流离在中阴。
说到主人的行径，
三春时节取乳酪，
三夏剪毛换食品，
三冬宰羔又把钱财弄，
是做下这些罪孽的报应，
不必怕它向前行！
跟我格萨尔大王向前进！
看着盔帽的白光往前去！
听着铠甲的响声向前行！
紧跟江噶佩布的足迹行！
跟着前来心发愿，
把信仰寄于西方极乐世界中！

　　唱完，格萨尔又把那些亡魂向上提升了十八由旬，使他们从第八层地狱得到解脱。

第十六章

偿孽债阿达终得解脱

依靠格萨尔的法力和深深的情意,加上本人的业力,阿达娜姆终于得到解脱。与阿达娜姆一起沦入地狱的十八亿亡魂也得到了解脱。这样,从八热地狱、八寒地狱、八个近边地狱,共计从三八二十四个地狱里,十八亿亡魂被向上拯救,摆脱了三恶道的第一道。

这时,阿达娜姆向格萨尔唱了这样一支歌:

嘛呢乌尔吉!
大恩的格萨尔王你请听!
业及因果轮回的罪恶,
如阴影随形在后跟,
既然如此那阎罗王,
以及可怕鬼卒亿万众,
对那亿万男女的亡魂,
施以杀戮缚打等严刑,
无情苦害诸亡魂,
那是前世什么罪孽之报应?
在此死后又往哪里生?
给许多亡魂增痛苦,

这有无罪过请示明!

听了阿达娜姆的倾诉与问话,格萨尔唱了一首《启示错觉》之歌,进行开导:

嘛呢乌尔吉!
向佛祖金胜身来祈祷,
请加护认识错觉的自身!
爱妃阿达娜姆你细听!
你向上看那上天境,
业果自种自成熟,
天宫并非因运气好,
是前世积福的结果;
你向下看那地狱界,
刀械随加血肉随复生,
并非是灵魂恢复力强,
这是前世杀生的报应;
你向那饿鬼境域看,
饮食随吃随饥饿,
并非因胃口大如海,
是前世吝啬的报应;
你向这面再看己身,
因恶业被迫来地狱。
再说那个阎罗王,
若认识时是自心,
此心普照一切明,
不认识阎罗是他身;
那敏捷鬼卒五臣子,

若认识是自身的五指，
若不认识看他是五臣；
阎罗王的缘孽镜，
若认识它是自己的眼睛，
不认识它是缘孽镜；
阎罗王量善恶的大秤，
若认识是自身的命根，
若不认识则是阎王秤。
阎罗王的火烧铁大地，
若认识它是自身皮，
不认识它是铁大地；
阴曹褐色无渡河，
若认识它乃自身血肉，
不认识看它是无渡河；
冥土的那种剑叶雨，
认识它是自己的口舌，
不认识看它是剑叶雨；
又说那夏玛里的果树，
若认识它是自己的头发，
不认识它是夏玛里的果树；
合众燃烧的那大山，
若认识它是自己的指甲，
不认识它是合众地狱境；
不同的十八层地狱，
若认识它是自身十八个关节，
不认识它是十八层地狱；
装满铁水的阴曹大锅，
若认识它是自己的脑袋，

不认识看它是大铜锅；
生死沙山上的拉则，
若认识它是脊椎骨，
不认识看它是拉则；
这一切都是错觉致，
因善恶业力自显形。
都本不存在如做梦，
应知是不实的错致。
认识自心的这指导，
爱妃阿达娜姆要牢记！

由于格萨尔的开导，阿达娜姆认识到了自己的罪恶。格萨尔大王又把众亡魂从地狱向上提升了九百由旬，尽管如此，阿达娜姆和与她在一起的众亡魂的业报尚未结束。于是，他们在南方的一块灰白色戈壁滩上向格萨尔唱了一首歌：

嘛呢乌尔吉！
大恩的格萨尔王请听！
在那南方的大滩中，
有亿万人群各不同，
头大犹如须弥山，
头发如刺向上伸，
口小犹如针眼细，
颈项纤细如马尾。
胃口巨大如沟壑，
四肢细小如茅根。
夏日炎热身枯瘦，
冬日冷冻皮换新，
不得饮食四处寻，

得食则腹内变铁水，
得饮则腹内成熔铜，
那是什么罪孽的报应？
去到那里真可怕，
愿留此地不前行。

格萨尔又向以阿达娜姆为首的十八亿亡魂唱了一首歌，给他们指点迷津：

嘛呢乌尔吉！
向燃灯佛祖来祈祷，
请加护解除饥渴的痛苦，
爱妃阿达娜姆你听清！
那灰白色的沙漠之上，
诞生了惨绿色的饿鬼，
那是活在人世的时辰，
上不能给三宝上师献供养，
下不能给穷人乞丐舍食品，
他自己吃穿也不舍得，
逢到夏天上师来化缘，
到附近时闩上门，
吹着海螺到门前，
等候很久才开门，
以刀尖切酥油片，
薄如蝴蝶的翅膀，
犹觉可惜心不忍，
是过于吝啬的报应。
有些上师惯买施主好，
给法物颈上系护结，

说到善缘布施时，
施主脸色就变异，
犹如动了他父亲的魂魄。
又似穷人念嘛呢，
最后送一垂死羊，
那羊卖时不得价，
死后喂狗也不吃，
他还嫌太多觉可惜，
是做下这些罪孽所招致。
苦修的行脚僧到门口，
对待食物如金子，
手比庙门还紧闭，
耽搁许久才起身，
施舍非水非茶一碗汤水，
一把糌粑打发了。
瞪眼谩骂才给予，
是做下这些罪孽所招致，
不要怕它向前去。
白盔是五类佛祖身，
看着那盔光向前去！
铠甲是和平愤怒诸神众，
听着那响声向前去！
江噶佩布是马头明王所幻化，
随它的踪迹向前去！
从内心深处做祈祷，
把信仰寄于西方极乐世界！

这样说着，格萨尔把众亡魂从饿鬼界向上拯救，他们从第二种恶道得到了解脱。

　　阿达娜姆和众亡魂虽然从第二种恶道中得了解脱，但依然处在痛苦的深渊。阿达娜姆又向格萨尔唱了一支歌：

　　　　嘛呢乌尔吉！
　　　　大恩的格萨尔大王啊，
　　　　请听臣妾我唱一曲！
　　　　向前途中有这情景：
　　　　从高的人的世间起，
　　　　到低的海洋大洲中，
　　　　有数不清的畜生：
　　　　飞在天上的禽鸟，
　　　　游在海中的鱼类，
　　　　居在荒山的野兽，
　　　　巡行在山谷的猛兽，
　　　　有无数未驯的野牲；
　　　　牛、羊、骡马及猪狗，
　　　　人所驯养的畜生，
　　　　无法计数如酒糟，
　　　　那是什么罪孽的报应？
　　　　去到那里很可怕，
　　　　臣妾愿留此地不前行。

　　听了阿达娜姆的歌，格萨尔又用歌声开导：

　　　　嘛呢乌尔吉！
　　　　世尊释迦牟尼佛，
　　　　坐在我头顶勿离开，

爱妃阿达娜姆你仔细听！
恶道畜生会如此，
是前世生在人间时，
修法愿望为愚痴所侵，
心中毫无敬仰和进取；
那出家的修行者，
懒惰之中了一生，
在讲解深奥经典时，
借口"上师无空闲，
他接受邀请去诵经"，
又说"长官无空闲，
他要前去解纠纷"，
又说"年轻的人无闲暇，
他要去经商务庄农"，
又说"那女人无闲暇，
乳酪会被野狗吞，
乳牛同犊儿恐相混"。
种种借口不愿听，
是做下这些罪孽的报应。
不要怕它向前行！
跟我格萨尔大王向前进！
看着盔帽的白光向前去！
听着铠甲的响声往前行，
紧跟着江噶佩布的行踪！
从心灵深处去发愿，
对西方乐土起信心！

听了歌声，亡魂从畜生恶道向上拯救，从第三种恶道得到了解脱。

以阿达娜姆为首的众亡魂从第三种恶道超升以后，看到第一个善道修罗境界里亡魂互相争斗的痛苦。格萨尔说那是前世互相猜忌、嫉妒他人的果报。他又把亡魂从那里向上拯救到了人世间。他们看到有生、老、病、死等痛苦，格萨尔王说那是前世希望和贪欲太多的果报。又把他们从第二个善道拯救上去。

如此这般，众亡魂从八热地狱、八寒地狱、近边地狱等二十四层地狱中被拯救出来以后，依次在六道轮回之中被拯救上去。直至快要到解脱天梯时，他们向前途看，只见在清净洁白的解脱大道之上，有亿万头野公牦牛在那儿磨角摇尾，咆哮之声犹如雷鸣，口里和鼻孔里喷出的气让四周犹如烟雾笼罩，蹄子蹬在地上，挡住他们的去路，因此他们不能再向前行。于是格萨尔唱了这样一支歌：

> 嘛呢乌尔吉！
> 我念这三次嘛呢的回向，
> 是因我爱妃阿达娜姆。
> 她之前活在人世间时，
> 曾把无辜的野牛杀死。
> 为了报吃血肉的恩情，
> 我格萨尔把嘛呢回向做，
> 这是解脱善道请勿堵！
> 请你们勿挡她放她行！
> 愿你们大家都成佛！

这样做了嘛呢回向之后，所有野牛都生了菩提心，除了愚痴的障碍，放那些亡魂前行，它们也都到了清净佛土。

于是以阿达娜姆为首的众亡魂从纯白解脱善道向前走。正在前进之际，有许多亡魂拉住阿达娜姆的小腿，不让她前去，有亡魂说道："你还记得你在人世间的时候坑害我们的事儿吗？你哪里能到西方清净佛土去呢？"咒骂之声、号哭之声响起，他们要把阿达娜姆拉到地狱里去。

格萨尔劝他们不要向下拉。有亡魂说道："大王呀！这阿达娜姆活在人世间时，曾向上师请求讲经而没有供献礼，曾请长官调解纠纷而未给和解贡钱，曾以弱者为奴仆而没给工钱和衣食，曾央求船夫撑船过渡而没给船费，曾请咒师诵经祈祷禳解而没给诵经费，还抢劫无辜，欺压弱者，征收苛捐杂税，像这样的恶人，我们绝不让她到清净佛土去！"说着，抓住阿达娜姆的腿，一下子向下拉了十八由旬。

格萨尔大王看到这种情况，唱了一支嘛呢回向之歌，开导他们：

嘛呢乌尔吉！
我念这嘛呢回向凡三次，
回向那上从八辐轮子的天空，
下到八瓣莲花的大地，
六道的众生，
愿照我回向都得救！
特别向有恩父母众生来回向！
尤其是向阿达娜姆来回向。
我念这嘛呢回向凡三次，
回向那驮过重物的犏牛，
被吃过乳汁的牲口，
因茸角而被杀的大鹿，
因肉身而被杀的野马牛，
因麝香而被杀的林麝，
因毛皮而被杀的狐狸，
因斑纹而被杀的虎豹等，
愿这些照回向都超生！
我念这嘛呢回向凡三次，
回向那以阿达娜姆为首的，
充满空间的众生，
无所谓充满空间的众生，

以此回向好上师的讲经费，
好僧人的说法费，
好咒师的守护费，
好长官的和解费，
好水手的渡船费，
愿照我回向都能得！
我念这嘛呢回向三次，
回向那以阿达娜姆为首的，
在中阴的诸亡魂；
回向死在山上的诸亡魂，
大水所冲的诸亡魂，
堕崖跌死的诸亡魂，
死于对手刀下的诸亡魂，
死于灾荒的诸亡魂，
愿照回向能超生。
唵嘛呢叭咪吽誓！
我念三次嘛呢的回向，
愿极乐世界能听到，
愿阿弥陀佛能闻知，
愿莲花光境能听到，
愿白玛陀称祖师能闻知，
愿普陀山能听到，
愿大悲观音能闻知。
我格萨尔的这回向，
凡能闻声者都得之，
凡能见佛者都得之，
我南赡部洲格萨尔，
心所念及的众生都回向，

愿照回向都得之！
见闻触及的诸众生，
愿都得往西方极乐世界！

唱完回向以后，那些亡魂都得到了超脱，阿达娜姆被放了上来。格萨尔向以阿达娜姆为首的众亡魂又唱了一首念遣转的歌：

嘛呢乌尔吉！
救主法身、报身和化身，
请坐在头顶不要离开，
坐在顶上赐感应！
有运的善男信女请听！
你们现处于中阴境，
若由此地向上升，
那是洁白的长乐解脱门；
若由此地向下降，
那是轮回苦海境。
对人间的子女和亲戚勿留恋，
像那犯人得开释，
不要后顾向前行！
由此面向西方境，
有无数村庄的那边，
白路宛如嘉地的白绫带，
那是清洁解脱的途径，
不要躲避一直向前行。
西方乐土临近处，
有八大菩萨来接迎，
勇士空行者来护送，

白玛陀称祖师指迷津。
不要恐惧，诸亡魂，
向阿弥陀佛来祈祷，
对我格萨尔要有信心。
不必踌躇，诸亡魂，
在那西方佛土中，
没有痛苦这个词，
快乐自生自然成，
故有"极乐世界"名。
以阿达娜姆为首的，
你们十八亿亡魂，
就应好似那流星，
向那阿弥陀佛的胸口进，
愿能到永不回转境！

这样唱歌开示之后，以阿达娜姆为首的众亡魂如同一鸟飞起、万鸟跟随，全部被拯救到西方极乐世界去了。

第十七章

谢恩情与母亲话离别

将王妃阿达娜姆拯救往西方极乐世界后，格萨尔大王回到了岭国。因为太劳累，他回到森珠达孜宫便睡着了。睡梦中，天母要他前往小佛洲吉祥境拜谒白玛陀称祖师。听完天母的话，格萨尔翻身坐起来，将岭国各部首领召集起来，告知他要赴吉祥境地去见祖师白玛陀称，然后说："在今后的日子里，不会再有兴师动众的征伐，不会再让骏马驰骋疆场，不会再让兵器出库……"

岭部诸首领听了大王的话，一时不知是好还是不好，唯有达绒长官晁通心中高兴，想：格萨尔离开岭地，这国王的宝座除了我晁通还有谁能坐？晁通心中高兴，嘴里的话吉祥："今年的征兆良好，卦卜吉利，天神的预言美妙，这都是吉兆。大王要到吉祥境地去，临行之前要把岭国的事安排好：王位谁来坐？臣民百姓谁主宰？"

老总管绒察查根心想：晁通的坏心眼，老到他胡须白了也没有改变，就像那缠在玫瑰树上的毒蛇，树根烂了它也不放松；死于天花病的尸体，埋在地下还要散播毒素。不把他的嘴堵住，难安众人之心。于是老总管说："在以森伦、郭姆为首的岭地十二位长辈辞世前，大王不会去别的地方。王位的事不用你晁通担忧，也不用众英雄发愁。大王他还有拯救地狱众生之事，不做完此事不会到别的地方去。"

绒察查根一席话使晁通无话可说，众人放了心。

雄狮大王吩咐："我去小佛洲后，三位上师要带领臣民昼夜祈祷，不能间断。我十五日内定能返回岭国。"说罢，化作一道霞光远去。

祖师白玛陀称所居之地小佛洲，位于罗刹国的中心。罗刹国的地形如锯齿，细小的齿尖直指须弥山。国内沟壑深险，悬崖陡峭，所有树木上下都长刺，所有石头都带毒汁，所有的河流波涛汹涌，白天狂风怒卷，晚上烈火燃烧。整个小佛洲总计有七个大洲、四个小洲和四个边洲，上面住着被慑服的各种罗刹。罗刹国北边有个大海，四条大河的水注入其中，海中央有座赤铜色的吉祥山，山顶有座大城，城内有一圆形宫殿，西面是花园，北边是塔院，中间长着吉祥花和如意树。罗刹国的东边有小佛豆蔻园林二百一十万个，南边有铜灰秃山城六千万个，西边有肉城二百九十万个，北边有黑暗城二百六十万个。白玛陀称祖师的种种神变之身做了各方罗刹的君王。格萨尔到了此地，先拜谒大师的各神变之身，然后来到大师真身居住的莲花光无量宫。

无量宫的水晶门边放着一个珍珠宝座，上面铺着绣有花卉的锦缎软垫。金刚瑜伽母出来迎接，让格萨尔先在宝座上坐一会儿，她去禀报祖师。

格萨尔坐在那里等候祖师召见，来往的罗刹们都闻到一股死尸的气味，捂鼻而过。雄狮大王不解为何，刚想问问，来了一位白衣空行母，左手拿净瓶，右手执宝镜，对他说："尊贵的大王，您来得正好，我这水晶净瓶中的慈悲福水能把大王身上的污垢都除尽。"说罢，将净水倾注于宝镜之上，然后让水流到格萨尔的身上，从格萨尔身上的毛孔中冒出了苍蝇、蝎子、毒蛇等污秽之物。又有一位红衣空行母拿着用五种珍宝装饰的香炉，向格萨尔周身喷智慧香烟。接着，又有四位空行母端来美味食品，四位空行母献上绸缎彩衣。最后，由四位勇士空行在前将格萨尔引到富丽堂皇、庄严肃静的无量宫中。

大殿中央有一用各种珍宝以及狮子、孔雀、共命鸟、骏马和大象等图案装饰的宝座，座下压着仰面倒卧的罗刹，白玛陀称祖师神采奕奕地坐在上面，众空行、持明[①]、罗刹等四周围绕。格萨尔一进入大殿，祖师放射出白、红、碧三种光来，把他照得更加容光焕发，立即变化出无数化身，向大师礼拜。然后他坐在一个缎垫层叠的宝座上，对祖师说："尊贵的上师，感谢您派空行母来接我。我

---

① 持明：佛学术语，持诵真言的人，"明"谓真言。

从黑暗无明的浊地来到这神奇吉祥的净土,是想问上师几件事,请上师说分明:我在岭地还要住多久?怎样才能使众生从苦难中得到解脱?……"

只见从祖师的周身发出各种颜色的光。各方菩萨先后而至:东方的金刚菩萨踏白光而来,南方的宝生佛踏黄光而至,西方的无量光佛乘红光飞临,北方的不空成就佛踏绿光到此。茫茫虚空之中,花雨纷纷降下,虹幕层层舒卷,香气氤氲而飘,歌声悠扬婉转。白玛陀称祖师对格萨尔唱道:

> 格萨尔你未降生时,
> 南赡部洲妖魔横行,
> 鬼魅罗刹相互吞噬,
> 众生背誓夸奖邪恶事,
> 父子之间相行偷盗事,
> 甥舅争斗忍心害同宗,
> 疾病、灾害、战祸流行。
> 上部的雪山因日消融,
> 下边的森林被火焚烧,
> 白狮的绿鬃被血染红,
> 猛虎的利齿被打掉,
> 毒火蔓延在田园上,
> 狂风卷乌云如怒潮,
> 藏地不安分崩离析,
> 四方战乱只剩鸟巢,
> 百姓遭受无限苦痛。
> ……

"孩子啊,你下界到南赡部洲后,黑暗之地生长出鲜花,月亮不再为罗睺噬。若想让众生享太平,第一要以禅定法食养自身,第二要以丹田吐火为服饰,第三要使精进之马常驰骋,第四要挥动智慧的宝剑,第五要穿上因果的盔甲,第六要讲说无欺正教法，六道众生才能脱苦难，你格萨尔才能返天界。"说罢，大师彩虹消失一般隐去了。

格萨尔知道，是他返回岭地的时候了，遂祈祷：

> 请五佛慈悲垂眷顾！
> 愿五毒就地全熄灭，
> 化作五种智慧在世中；
> 愿六种污垢消除，
> 化作六度修行来；
> 愿五谷丰登无穷尽，
> 愿六畜繁殖满棚圈！
> ……

格萨尔祈祷罢，随四位勇士空行游历了五个佛国，然后返回岭地。岭国众生见大王回转来，更加相信大王是天神之子、黑发凡人的救主。

从小佛洲返回岭国之后，格萨尔在森珠达孜宫住了七个月，然后又要去嘉噶香水河七渡口修金刚延寿法。众人竭力劝阻，格萨尔说此乃白玛陀称祖师的旨意，不得违抗，众人才不再阻拦。

格萨尔的母亲郭姆献上一条白绫哈达，对他说："孩子啊，俗话说，'冬天的岩石被雪封，夏天干旱时难消融；心头烦闷的寒冰，幸福日照时难消融'。今年，我夜晚多噩梦，身老有如灯油尽，这是死到临头的象征。人们常说，恩重如山的生身母，临死之时若儿不在枕边，以后怎样报恩也枉然。我若临死不能见你面，必会堕入地狱受熬煎。"

母亲的话让格萨尔为难，想到她在自己降生前就受到嘉妃的嫉妒，又因自己的变化被逐出岭地，受尽了苦，遭够了难。为了让母亲心安，格萨尔唱道：

> 生儿时母亲身受苦，
> 骨肉破裂母恩深；

儿子七窍初启时，
亲口哺食母恩深；
等到牙牙学语时，
教导不厌母恩深；
不分昼夜抱怀中，
亲吻爱怜母恩深；
晚间孩儿睡熟时，
母亲在旁笑吟吟；
儿受日晒风吹时，
调剂温寒母恩深。
……

格萨尔唱着，想着：母亲去世时，自己怎能不在身边？但不去嘉地，又违背上师的旨意。他拿不定主意。

见儿子为难，郭姆不再说让他留在自己身边，而让他速去嘉地，只是心里不要把母亲忘了就是。

格萨尔见母亲如此为他人着想，要母亲在他赴嘉噶期间留在宫中修长寿圣母法，待他回来后再为她做长寿灌顶，以延缓寿命。吩咐毕，格萨尔启程赴嘉地。

就在格萨尔离开岭国一百天的时候，郭姆生了热病，医治无效而逝去。王妃珠牡和岭国众英雄为郭姆念诵了像她身上汗毛一样多的祈祷经，但诸佛为让格萨尔拯救地狱的众生，仍使郭姆下了地狱。岭国的三位上师无奈，只得告诉诸英雄，郭姆已堕入地狱，除雄狮大王外，谁也无法拯救她。王妃珠牡与众英雄商议后，派仆人前往嘉地去请大王即刻返回岭地。

第十八章

携二妃雄狮回归天界

一百天的修行期到，格萨尔收拾所用的东西，骑上宝驹返回岭地，在香水河七渡口与岭地派来的仆人白杰相遇。白杰告知大王，郭姆堕入了地狱。格萨尔一听就急了，立即念动咒语，宝驹闪电般飞起，转眼间到了生死沙山上面，只见那里亡魂像风吹积雪般上下走着。翻过生死沙山，来到阎罗无渡河，格萨尔挥动利剑，将汹涌的浪头划开一道大口，截流而过。宝驹载着雄狮大王又跃过广阔无垠的阴府大滩，到了阎罗王跟前。格萨尔心中一阵烦乱，举起"降伏三界"宝弓，搭上金尾神箭，喊道："你这个横暴的刽子手，没有良心的阎罗王，前次将我的爱妃阿达娜姆带入地狱，这次又将我母亲摄来，真是气死我了！速速将我母亲交出来！"

说着，格萨尔射出金箭，却没有射中阎罗王。格萨尔又将"愿成就"藤鞭举起，质问阎罗王："阎罗王，都说你能判别善恶，行善的能够解脱，作恶的才堕入地狱。我母亲一辈子积德行善，为何将她打入地狱？行善和作恶是一样的结果吗？"

"怎么会是一样的结果？善恶因果，比将一根头发分成八份，将一个芥子分成百份还要细微而不乱。你的母亲行善，可你呢？你一生虽然降伏了众多妖魔，但是也杀害了许多无辜百姓。他们有的堕入地狱，有的流落嘉地，你并没有拯救他们，所以你母亲才堕入地狱。"阎罗王不紧不慢地说。

格萨尔听阎罗王说得振振有词，火往上冲，拔出宝剑朝阎罗王和五大判官——东方金刚佛化身狮子头判官、南方宝生佛化身猴头判官、西方无量光佛化身熊头判官、北方不空成就佛化身豹子头判官、中央毗卢遮那佛化身牛头判官——身上乱砍。殊不知这些佛的化身是砍不死的，雄狮大王也是气昏了头，几剑下去，未损阎罗王和判官一根汗毛，自己的脑袋却掉了下来。

阎罗王一见格萨尔人头落地，并不惊慌，知道他乃天神之子，自有神力将脑袋接上。果然，只过了片刻，格萨尔就复了原。

金刚佛化身的狮子头判官教训起他来："我们正确判别恶善，细算因果账。在阎罗王面前，好汉没有用武之地，强人不能把头抬，行骗者不能说谎，嗔怒者不能施威。你格萨尔在人世间可以称大王，但地狱没有你逞强的地方。"

格萨尔愈发生气：难道我不是遵照神佛的旨意？难道我没给众生谋福利？这阎罗王和判官也太不讲道理了。不给他们点儿颜色看看，他们就不知道我雄狮大王的厉害！想到这儿，格萨尔对阎罗王和五个判官唱道：

我这宝马踢一脚，
要把地狱炉火化灰烬；
我这宝剑猛一挥，
地狱的铜锅要打破；
我要摧毁阴府无畏城，
要拦腰砍断地狱桥，
要化铁汁大海为甘露，
要把孽镜从中钻个洞，
要把罪恶之网全撕毁，
要把生死之簿都除尽，
要把五毒生因连根断，
要引渡众生到净土！

"你们有力量的使出来，有神威的显出来，有快马的跑起来，有武艺的练出来，有神变的飞上天，无神变的钻入地，我雄狮大王要救母亲出地狱，你们若再拦阻，就要用智慧宝剑把你们砍。"

阎罗王冷笑一声："高山之上还有天，山自诩为高没意思；暴君之上有阎罗王，暴君自诩为强是谬误；白鹫之上有大鹏，白鹫自诩技高将受侮；大河之上有船和桥，河水自诩流急要受冻结苦。论身体你大不过须弥山，论威力你猛不过紫雷电，论权力你高不过我阎罗王，论心意你比不过虚空界。你格萨尔结的孽果，成熟在母亲郭姆的身上。你挥剑要斩我阎罗王，却砍断了你自己的脖子。你行的善事，不用说我们也知道，继续行善才能救你母亲出地狱，再逞凶，你的母亲要受更多的苦。你如果对母亲有孝心，她在哪里你就该到哪里去。你如有坚甲快披挂，如有利刃快挥舞，如有快马快驰骋，如有勇气快争斗。快去吧，郭姆正在忍受那刀砍斧劈之苦，还要经过冷狱和热狱的轮回，铁水就要灌进你母亲的嘴里了……"

格萨尔听罢，心中如刀割一般疼痛，仿佛阎罗王所说的酷刑正在他的身上施行。他抖了抖身上的铠甲，摇了摇头上的白盔缨，握紧了手中的宝剑，一扯马缰，去寻找母亲。虎头判官在前头为他带路。

二人先到八冷地狱，这冷狱分为八层，一层比一层冷九倍。第一层虎虎婆冷狱比人间冬天的水冷九倍，第二层曈曈婆冷狱能将人头大的铁球冻裂成两半，第三层长叹冷狱可使铁球裂成四半，第四层裂如莲花冷狱可使铁球裂为八块……最下面一层——大优钵罗花冷狱可使铁球裂为一千块。冷狱中的众亡魂正被刀砍锤砸，叫苦之声响彻整个冷狱。他寻了一遭，母亲郭姆并不在这里。格萨尔问虎头判官："我母亲在哪里？冷狱中的人究竟造下什么罪恶，在此受这样的苦？"

虎头判官哈哈大笑："人人都说格萨尔大王是有前知的，原来什么也不懂。这些人在世间互相残杀，在深山中放火，河水里撒毒，故而被投到冷狱。你若能将他们超度，就会见到你的母亲。"

格萨尔见众生受苦，心生怜悯，眼泪像树叶上的露珠般滚落下来，遂诚心诚意地向诸佛祈祷，从体内绕脉和江脉中发出一股有力的风，吹到众亡魂身上，又用力念了一声"啪"，冷狱中受苦的众亡魂全被渡到净土。

虎头判官又带格萨尔前往八热地狱。这八热地狱也分为八层，一层比一层热九倍。第一层热狱，天地山川都像装满了火的铁筒，红赤赤的，热风怒号，火焰四射。火焰顶上好像有火轮转动，发出隆隆之声，火势甚为猛烈。火焰中有人头形的灶石三块,灶石上架着一口铜锅,铜锅之大,周围可走十八匹马。锅内铁水沸腾,有数不清的亡魂在锅内随铁水滚动,哀号声惊天动地。灶台旁边还堆着一些被煮过的尸骨,颜色灰黑。这里也没有母亲郭姆。格萨尔不忍再看,催促虎头判官快些带他去别处。

虎头判官又把格萨尔带到孤独地狱,那里有一个赤铁滩,滩上燃着大火,众多亡魂在火中耕作,舌头被扯出老长,上面放着四个犏牛角形状的铁酒盏,盏内也燃着烈火。虎头判官说,这些是在人世间说假话、造谣言、挑拨离间之人,死后要受这种惩罚。郭姆也不在这里。

格萨尔随又虎头判官往前走,来到血海沸腾地狱。这里的亡魂都被血海煮得皮肉脱尽,红色浪花中翻卷着白色骨头,看上去阴森恐怖。郭姆也不在这里。

接着,格萨尔又到了铁山、铁城、铁房子、毒水、火坑……格萨尔看了,心中疼痛难忍,他向诸佛祈祷:

原始救主普贤佛,
是否看见这六道的苦?
在血海、毒海中的众亡魂,
请您引渡到解脱路!
持明上师白玛陀称,
是否看见这六道的苦?
在铁城、铁屋的众亡魂,
请您引渡到净土!

转瞬间,地狱中的众亡魂都到了净土。虎头判官把格萨尔带到一条花花绿绿的小路上,对他说:"你的母亲已到净土,速速回你的岭地去吧。"

得知母亲脱离苦海,已到净土,格萨尔十分高兴,立即返回岭地。王子扎拉率众人前来迎接。雄狮大王向众人讲述了在地狱所经历之事,众人惊叹不已。

过了几个月,一天晚上,鄂洛家的女儿乃琼娜姆做了一个梦。这梦好生奇怪,她不能解释,就到森珠达孜宫来请雄狮大王解梦。乃琼献上五彩哈达,

唱道:

  我梦见森珠达孜宫顶上,
  金翅鸟在那里展翅,
  它两只眼睛旁边升起了太阳和月亮,
  鸟颈是铁的金刚宝杵,
  其上火焰如狂飙奔腾飞扬;
  色彩缤纷的翅膀上,
  霓虹闪闪放光芒;
  十二片大片尾翎上,
  燃烧着智慧的火山;
  口中发出鸿雁的鸣声,
  飞向察多的石崖。
  石崖顶的檀香树被风刮倒,
  大地震撼动摇,
  万物凌乱纷扰,
  金翅鸟的身上被火烧,
  火焰的一头站着孔雀。
  檀香树叶着了火,
  树旁出现霓虹彩霞,
  虹光射向四方,
  其中一股射向金刚地狱。
  虹光的后面有一茶室,
  茶室上生出一棵藤,
  藤树上落着一只白螺鸟,
  白螺鸟绕着岭国飞一周,
  然后向天国飞去。
  ……

格萨尔听乃琼娜姆唱完，告诉众人，这是对岭地众生未来的预言。众人祈请格萨尔讲端详，乃琼娜姆也恳求大王明示，格萨尔就将梦中所示一件件地讲了出来："金翅鸟乃是我的神，其眼旁升起的太阳和月亮象征六道得光明……檀香树梢下垂，应在老总管绒察查根身上，预言他有灾难。茶室上长出的藤树落下白螺鸟，应在嘉洛·森姜珠牡身上，那鸟围绕岭地飞，是贪恋岭国的象征；最后飞向天国，是转生天国的象征……"

格萨尔讲罢，尼奔达雅担心地问："大王啊，若岭地的众英雄像藤蔓一样枯干了，岭国的河山由谁来保护呢？"

"古谚说'叔父去世的第二天，子侄继承其事业'。这你不必忧心。"

雄狮大王释梦不久，老总管绒察查根派仆人来禀告："在赞冷拉卡山顶，鹞鸟的羽毛被风吹动，如果鸟毛落在平地上，请金翅鸟予以护持。"

格萨尔闻听此言，知道绒察查根将不久于人世，立即去问安。岭地众英雄也聚在老总管的身边。只听绒察查根对格萨尔大王说："本月初八，叔父我要到别的国土去。临别，我有几句话要告诉岭地众生。"

众英雄献上哈达和各种珍宝，准备听老总管训示。

绒察查根像一盏快熬干了油的灯一样，说话很费力气："我死后，你们不要难过，因为我不是死亡是幻化。有的人死在山顶上，幻化之身挂于兵器上，一点祭品也不曾见到，骄傲无知地堕入地狱去，这样的人死得无价值。有的人死于山谷口，死尸被鸟、野兽争着吃，人们不知道他的家乡在哪里，这样的人死得没意思。总管我临死之前要说几句，请把这遗言传于后世。岭噶六部的众百姓，应同心同德做事情。对外马头并齐、步调一致，敌人就是死神也不足惧；对内同铺座位同心办事情，事情再难也不用怕。敌人来攻击，要扼住他的脖领压下去；弱小者来投奔，要以诚相待给好处。适逢苦乐要用智慧，权势在手要珍惜……我的这些话，事有变化的时候须提一提，时运升降的时候要想一想。"

格萨尔和岭地众英雄纷纷点头，表示记住了老总管的临终嘱咐。

初八，天色还没有大明，格萨尔命岭地上师将供品摆好。当阳光照到山尖的时候，王城上空出现了彩虹，鹭鸟在空中盘旋，花雨降下，空气充满香味。绒察查根的女儿娜姆玉珍来到父亲的面前，为父亲唱了一支送行的歌：

父亲像太阳落向西山，
女儿玉珍我泪涟涟；
父亲如莲花被雹摧，
女儿如花蕊依附谁？
我是三位兄长的小妹，
三位兄长如天上的日月星，
太阳被死神曜星所吞噬，
月亮被厚厚乌云来遮蔽，
明星在行经中天时陨平地。
以往姑娘我伤心泪水多，
但还有父亲可依托；
如今须弥从顶崩塌了，
姑娘我愁上又添忧。

"父亲啊，现在空中降下花雨，城头彩虹围绕，这是您成就虹身的瑞兆。父亲若往净土去，女儿我就不痛苦。脱离了世间的轮回海，女儿我愿随父亲去。"

这时，西南方出现了虹光，虹光中出现一匹马，身体纯白，鬃蓝尾青，头像松石一样透明晶莹，遍体虹光闪烁。这马只停留了片刻就消失了。再看老总管，遗体不见了，只留下衣物、头发和指甲。

雄狮大王遂命娜姆玉珍继承父业，做岭地的总管。

雄狮大王从地狱里救出母亲七个月后，父亲森伦王因重病去世。格萨尔又将父亲渡往净土。

之后，格萨尔处置了不时挑起内讧、危害岭地的达绒长官晁通。

降伏了四方妖魔，安定了三界，格萨尔该返回天界了。
这天，格萨尔召岭国各部的男女老少到森珠达孜宫集会。
众人打扮得漂漂亮亮，兴高采烈地来到广场。他们想，大王召见，一定又有什么恩赐，因为妖魔已被降伏，四方安定，岭国骡马成群，牛羊满山，金银珠宝不可计数。虽然日子过得幸福安乐，可他们还是希望大王能多多赐福。

广场上搭起了大帐篷，雄狮大王高坐在金宝座上，威严中透着慈祥。他下界已经八十一年了，八十一年来，他东征西讨，降妖除魔，惩恶扬善，除暴安良，造福百姓，众生过上了和平安宁的生活，使命完成，他该返回天界了。

应召前来的臣民，格萨尔吩咐他们尽情欢乐。欢歌笑语使格萨尔十分喜悦。但他想到自己就要返回天界，又有不舍，想要对众人说几句话。但是，俗语说："临终不说多余的话，这是上等好男儿；飞行不多拍翅膀，这是有翅力的好鸟儿；奔驰不需鞭子打，这是善走的好马儿。"话多没必要，三言两语还需讲。想着，雄狮大王对臣民说：

> 后代的青年儿孙辈，
> 都要向我做祈祷。
> 上对长辈要敬重，
> 下对弱小不欺凌；
> 对外不暴露自家丑，
> 对内不欺压老百姓；
> 不分尊卑说话要和气，
> 切记不做坏事情；
> 要尊敬有恩的父母，
> 因为福分是他们生；
> 王子崇尚白业善法，
> 要使地方得安宁；
> 要去向土地神求福，
> 他能使夏季六谷生。

然后，格萨尔把扎拉王子叫到座前，对他说："孩子啊，你是嘉察的儿子，像你父亲这样的男子汉，世上难找寻。我把岭国的国事托付给你，把国王的宝座交给你,把岭地的百姓交给你,你要保持贤父的良规,保持我雄狮王的国法。对百姓要和气,不要把公众的财物据为己有,不要轻信闲言碎语。俗话说,'如果武器常磨拭,战神自然会助你;若要马儿跑得快,全在平时细心喂'。叔叔的这些话,你一定要牢记。"

格萨尔说罢,觉得话说得够多了,"狗叫多了人心烦,话说多了讨人嫌",别人愿听有一句就够了,若不愿听空说百句。

王子扎拉手捧红光闪耀的绸缎哈达献上,请大王永住人世:

雄狮大王离岭地,
岭国幸福谁谋取?
岭国百姓把谁依?
女人向谁诉苦乐?
男人由谁来教训?
王妃让她依靠谁?
谁带兵马打敌人?
雄狮大王叔叔啊,
请您不要离岭地!

"亲爱的雄狮王叔叔,请您不要把众生抛弃。虽说命尽无法留,但大王与凡人不相同,生死自主,您若定要回净土,也请您再住三年,待岭地的儿孙成长了,在老年人的话语说完后,叔叔您再走。"

岭地众生也匍匐在地,恳请大王不要离去。格萨尔大王接过哈达,对众生唱道:

大鹏老鸟要高飞,
是雏鹏双翅已长成;
雪山老狮要远走,
是小狮玉鬃已长成;

我世界太阳要落山,

　　是十五明月已东升。

　　说完,格萨尔王又满怀不舍地说:"我已到了回归天界的时候,谁也无法挽留,把我的话记在心里就好了。"

　　扎拉见大王执意离去,不肯留下,就请大王把百姓不明之事给予开示:"大王啊,您是我们的保护神,对岭地众生有大恩,哺育大恩可同慈母比,关心和爱护赛过姊妹和兄弟,有了大王您的护佑,岭地才能牛羊成群马满坡。如今您若返天界,谁做我们的保护人?黑魔像石山搬掉后,会不会出现小石岩?黄霍尔像草山被摧毁后,会不会再出现小草山?天、地、半空中的魔鬼神被驱赶后逃虚空,今后会不会重新危害我岭国?达绒晁通被降伏,后代还会不会起纷争?……古谚说,'部落太多上师苦,管家太多仆人苦,儿子做贼父母苦,家境太贫门犬苦'。大王您若走了,我扎拉苦,请您把今后的事情说清楚。"

　　"扎拉啊,我的好侄儿,莫心焦呵莫忧愁,魔国的黑妖和白妖,来世变作黑白大毒蛇,只对老鼠贪心大,还要受岭国大鹏鸟的管辖。霍尔三王自有去处:白帐王来世是九部冤魂鬼,危害不了世间人,用不着去降伏他,让他做本尊的护法神;黑帐王来世是千眼忿怒护法,只对天上的事业有瞋心,用不着把他去降伏,他会用心保护善法;黄帐王来世是角劈雷神,不用降伏自会奉善法。达绒长官晁通王,在乌鸦城被降伏时,我在他身上压了一座白水晶佛塔,你们不必再惧怕,岭国内哄的祸根已被挖。天、地、半空的魔鬼神已经变作岭地的护法……王子啊,危害岭地的妖魔已降伏,众生今后的安乐要靠你维护。"

　　格萨尔大王说话之时,宝驹江噶佩布在大滩上与群马嬉戏玩耍,突然,它长嘶三声,眼中流出泪水。它知道,格萨尔大王就要返回天界,自己将随他一同返回。群马静静地看着江噶佩布,不知发生了什么事。江噶佩布连声嘶叫,山上山下狂奔起来。

　　昔日同时在疆场上驰骋的骏马——美背白背马、白臂宝珠马、火山会飞马、千里善走马、乌鸦腾空马、黑尾豺狗马、红雄鹰马、青鬃马等纷纷聚拢来,希望江噶佩布告诉它们发生了什么事。江噶佩布站住了,对着马群说:"同生一地的骏马们啊，雄狮大王就要归净土，我江噶佩布也要随大王去了。"说着，江噶佩布唱道：

父亲骑过的老骏马，
落到儿子手里会卖掉它；
母亲挤过奶的老犏牛，
落到儿子手里会宰杀它；
英雄用过的老角弓，
落到傻瓜手里会折断它；
雄狮大王定要归净土，
我也不留下要跟随他。

"想我江噶佩布，当初与神子推巴噶瓦一同下界，天生的三种本领众人皆知。一是可同劲风比速度，二是可与人类通言语，三是可与群马赛智谋。我陪伴雄狮大王东征西讨，给世人留下了说不完的故事。大王把王位传给了王子扎拉，我也应把鞍鞯传给王子的坐骑——白臂宝珠马才是。"

只见那宝驹四蹄腾起，背上的黄金鞍，有条玉龙盘绕在鞍上；前鞍鞯像是金太阳，后鞍鞯又像螺月亮；四四方方的银花垫，镶嵌着五种珍宝；一双银镫挂两边，好像玉盆垂马腹；下边是花花绊胸带，好像引入群山的黄金路；一条珠宝交错的马后鞯，好像进入平原的赶马鞭；一条镶着白蛇的肚带绳，系在肋下走路最平安……

江噶佩布腾起又落下，将身上的鞍鞯饰物留给白臂宝珠马，嘱咐它和群马说：

草虽不索价要知足，
水虽常流淌别搅浑；
一滩牧草共同吃，
一泉清水共同饮；
清晨上山要同去，

碰见恶狼要结群；

　　如果快跑要同跑，

　　万万不可单独行；

　　外对敌人莫把缰绳给，

　　内对百姓莫用蹄子踢；

　　同群伙伴不要用嘴咬，

　　要把这些牢牢记心里。

　　江噶佩布说完，在地上打了三个滚，站起来抖了三次毛，长嘶一声，升天而去。

　　与此同时，雄狮大王箭筒中的火焰雕翎箭立了起来，对众箭说：

　　雄狮大王要归净土，

　　神箭我也要去天界；

　　你们留下镇敌军，

　　痛饮敌人心脏血；

　　要把敌人深深刺透，

　　要把岭地百姓保护；

　　若有一天战争又起，

　　我们还能再次相聚。

　　说罢，"嗖"的一声，神箭离开箭筒，向天界飞去。

　　与雄狮大王一同下界的红面斩魔宝剑也离了鞘，对兵器库中的众兵器说：

　　雄狮大王若是回净土，

　　宝剑我也要升天。

　　你们要做战神眼，

　　对外露锋芒，

> 对内要柔软,
>
> 一旦敌人来犯边,
>
> 要显利刃去迎战。

唱罢,红光一闪,宝剑围绕所有兵器绕了一圈,也飞向天际。

高踞宝座上的雄狮大王感觉到了什么,吩咐珠牡:"快去看看我的宝驹还在不在,宝剑和神箭在不在。"

珠牡骑上玉鬃马火速赶到王宫。马、剑和箭均已无影无踪,她急忙回来向大王禀报。格萨尔说:"我的兵器和坐骑已返回天界,我明早也要离开。"

岭地的臣民虽不愿大王返回天界,却也无可奈何。

第二天一早,大梵天王、天母等带着十万天神前来迎接格萨尔返回天界。悦耳的仙乐响彻虚空,奇异的香气布满中界,天神们翩翩起舞,娓娓歌唱;众空行铺下绸路,搭起彩桥,从空中直垂地面。大梵天王将一条洁白的哈达递与格萨尔,唱道:

> 雄鹰一般的星宿,
>
> 快把空行母请到这里。
>
> 要用大乐心情去敬信,
>
> 众多天神前来迎接你。
>
> 送你一条白哈达,
>
> 是为接你回天界。

雄狮大王见众神前来迎接,天父大梵天王又赐给自己哈达,很是感激:"天父啊,您对孩儿恩情重。孩儿与您不再分离,只是难舍众生,难舍岭地。"

大梵天王说:"孩子啊,降伏妖魔、除暴安良的伟业已经圆满完成,你理应心向天界,随父王归去。"随即唱道:

> 雄狮要到雪山去,

只因雄狮住在雪山最适宜；
大鹏要向山上飞，
只因大鹏住在高山最适宜；
猛虎要到紫檀林，
只因虎踞檀林最适宜；
苍鹰要飞高山岩，
只因鹰落石岩最适宜；
神子要到天界去，
只因你在天界最适宜。
在上方快乐天界里，
仙乐歌舞无休止。
天界声音最美妙，
天界气味香无比，
天界食物自然成，
天界自有天然衣，
舒适住所是天界，
天界快乐住神子。
世界雄狮格萨尔王，
你应回到天界去。
好男得王位最快乐，
好女得美餐最快乐，
你已得高位称了王，
现在该舍命离尘世。
古代藏族有谚语：
"好汉若衰老，
纵有本领无人服；
骏马若衰老，
跑得再快没买主；

家犬若衰老，
　　再凶把人吓不住。"
　　好汉要早些离开家，
　　好马要快些找买主，
　　你一生事业已成就，
　　再无必要留岭地，
　　不要犹豫快启程，
　　快快随我上天去。

　岭地众生听大梵天王唱罢，十分忧伤。格萨尔恋恋不舍，但是时间已到。格萨尔唱了一首离别的歌：

　　离开岭地，我心也凄惶，
　　必走的命运已注定，
　　我雄狮要归天界去。
　　祝愿岭地部落人人平安！
　　不要悲伤要欢乐，
　　愿我们来世再相见。

　唱罢，格萨尔缓缓向空中升去。左右侍立的王妃珠牡和梅萨随大王升到了黑白云相接的天界。
　天空顿时布满彩虹，香气四溢，花雨降下，众天神将格萨尔大王和二位王妃团团围绕，他们一同返回了天界。

写于2023年11月